成田蒼虬（一七六一～一八四二）

秋ののゝいくところにもゆふ日かな

桜井梅室（一七六九～一八五二）

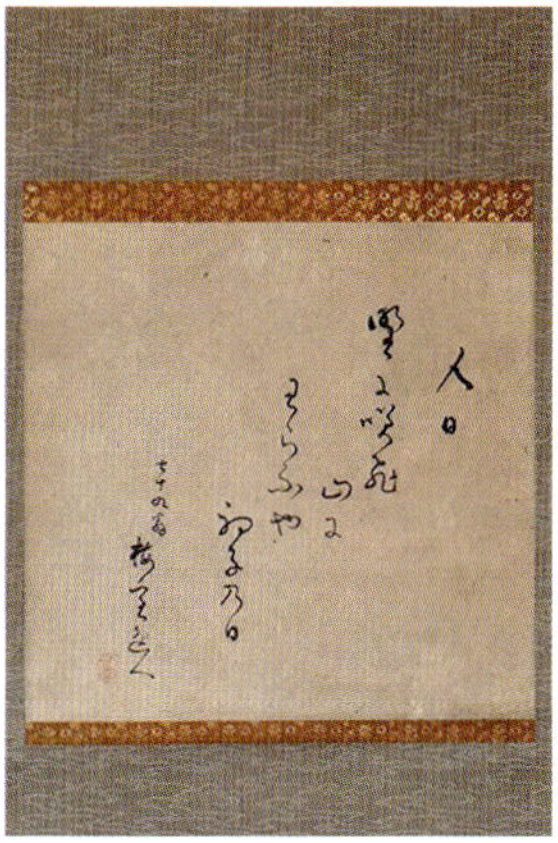

人日　野に咲ひ山にわらふや初子の日

小森卓朗（一七九八～一八六六）

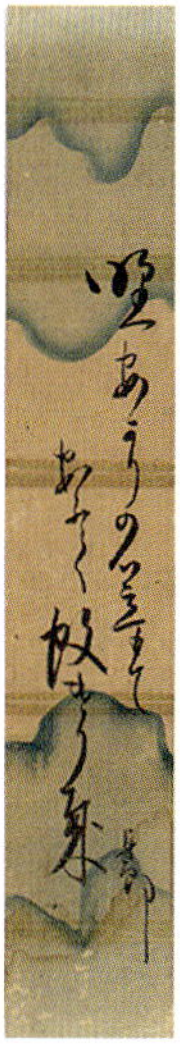

野あかりの笠もてあふぐ蚊遣り哉

関　為山（一八〇四～一八七八）

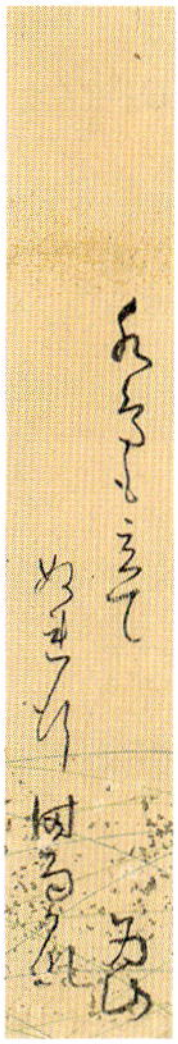

水鳥も立てぬれ行時雨かな

八木芹舎（一八〇五～一八九〇）

風をり〳〵土手より辷る青田かな

志倉西馬（一八〇八～一八五八）

寐るよりも費がましき納涼哉

内海淡節（一八一〇～一八七四）

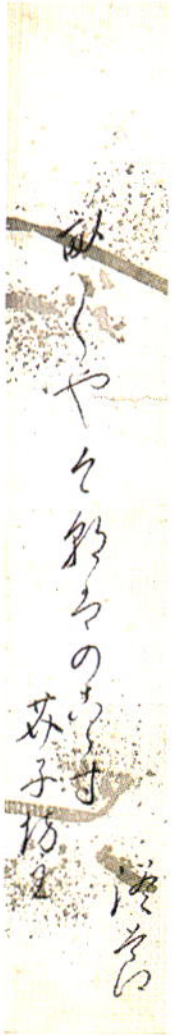

畝〳〵や今朝はのこらず芥子坊主

橘田春湖（一八一五～一八八六）

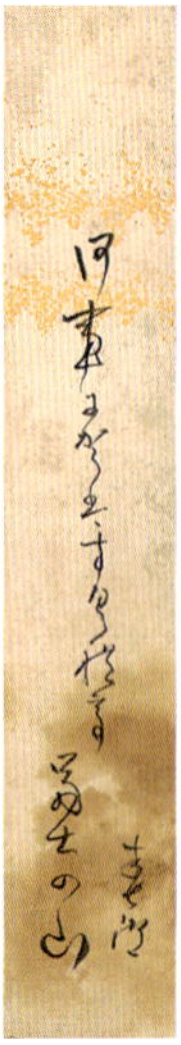

何事にかうはすぐれて富士の山

岩波其残（一八一五～一八九四）

埃立道に雪ちる二月哉

東　旭斎（一八二二～一八九七）

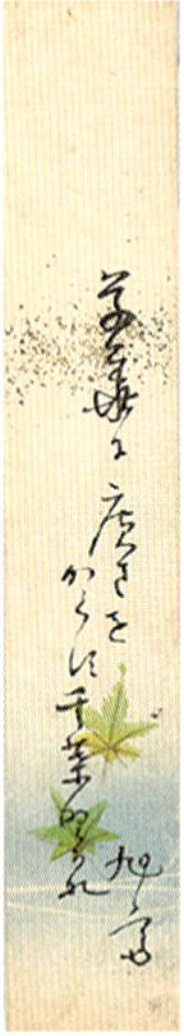

草華に広さをかくす千葉野かな

穂積永機（一八二三～一九〇四）

のゝ宮　鳴を歇すゝきのたけや小柴垣

鈴木月彦（一八二五～一八九二）

花のえんの巻をみて

深き夜のこゝろも空や朧月

松浦羽洲（一八二七～一九一四）

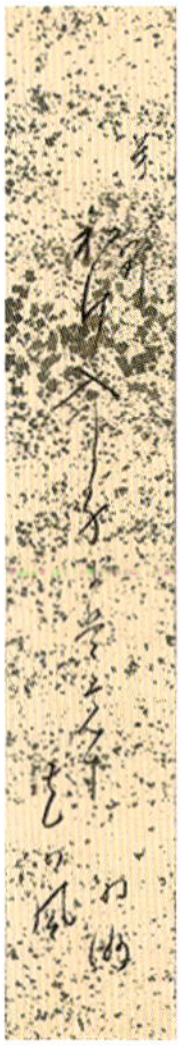

芳野　わけ入し身には覚ず花の風

近藤金羅（一八三〇～一八九四）

から風に芙蓉の皺や魨《ふぐ》の肉

三森幹雄（一八三〇～一九一〇）

葦芽は神枯芦は仏かな　ミ木雄（幹雄）

子規に至る

十九世紀俳句史再考

秋尾敏

新曜社

はじめに

幕末から明治前期にかけての俳句史については、平成時代にいくつもの発見があった。しかし、それらをまとめた書物がないため、いまだに昭和時代の俳句史が参照され、事実が誤認されたままになっている。そろそろ新しい俳句史が書かれるべきであろう。

さらに近年、江戸期の歴史が世界史の視野で語られるようになり、幕府の政策への評価なども変わりつつある。特に幕末の動向については、以前とはかなり異なった捉え方がなされるようになった。そうした面からも、この時代の俳句史は見直される必要がある。

当時の人々の関心は、諸外国に対抗できる国家のあり方にあり、俳人たちの世界観も例外ではなかった。その世界観は〈国学〉と呼ばれるものだが、従来の俳句史は、その思想をあまり重視してこなかったのではなかろうか。

国学は、この国が本来どのような国なのかという問いに始まる。それは、幕藩体制に対する疑問と、世界の中で日本はどうあるべきかというアイデンティティの模索において培われていった。

まずそれは、古代の書物を研究する文献学に始まった。人々は、この国の本来の姿を知りたいと思ったのである。

するとそこに古代の言葉を読み解く〈語学〉が必要になった。それが言語学の基礎を作りだしていく。単語の分類や活用の種類など、多くの法則が国学によって発見されていく。

当時の俳家の多くは、そうした国学を学んでいた。まず、そのことの意味を考えておきたい。〈国学〉という用語が、日本を考える思想の総称として使われるのは近代になってからのことである。それまでは古学、和学、皇朝学、本教学などと呼ばれていた。そもそも国学とは律令制における学校のことだったのであるから、この用語でよいのかという疑念はあるが、本書においてはとりあえず国学という用語で対象を把握しておくことにする。また、そこから派生した語学への関心の成果を〈国語学〉と呼んでおくことにする。

その国学は、古典を読み解き、それを典拠として思想を形成する方法論を生んだ。そこから幕藩体制を変革しようとする尊王論が生まれ、歴史は明治維新へと突き進む。それは、どうすれば世の中がもっとよくなり、諸外国にも対抗しうるかと、武士ばかりでなく、庶民までもが考えた結果であった。

江戸後期の歴史は資本主義への道程でもある。明治維新の思想原理を築いた国学者平田篤胤は、キリスト教を学び、新たな国家の統一に宗教が不可欠であることを悟ったといわれる。平田がピューリタン革命と資本主義の関係に気づいていたかは不明だが、彼の直感は新たな死生観をも創り出し、明治維新を実現させた。

そうした状況下で、俳句もまた変化しはじめる。

文献学としての国学は、芭蕉を古典として読み解き、典拠とするという手法を生みだした。佐久間柳居の『俳諧七部集』（享保一七〔一七三二〕年頃）はさまざまに形を変えて刊行され、それを読んだ人の中に、口伝による伝承の矛盾や狭さに気づき、より自由な表現を目指す人々が現れる。高桑闌更の系統、殊に桜井梅室の一門にそれは顕著である。

さらに、俳句の分析法や表現論にも国学の影響が現れる。元木阿弥《もとのもくあみ》の『俳諧饒舌録』（文化一三〔一八一六〕年）は、伝承されてきた〈切字〉によって俳句を読み解こうとはせず、語と語の関係性において句を分析しようとしており、明らかに本居宣長が見いだした〈係り結び〉の影響下にある。当時、本居宣長による〈係り結び〉の発見は、日本語本来の姿を見出したという意味で大事件であった。おそらくそこから、日本語には係り受けがあるというような認識が生まれたと思われる。〈切字〉という概念は、語と語の連想関係による俳句の認識を作りだす。したがってそこから生まれる解釈は主に意味論的なアプローチとなるはずである。

一方で〈係り結び〉は、統辞論的なアプローチを作りだしたと言えるだろう。『俳諧饒舌録』はその手法を採用し、明治中期に至る潮流を作りだしたようである。

国学の思想面での影響も重要である。

明治期に結成された〈教林盟社〉と〈明倫講社〉という二つの俳句団体も、国学思想によって近代国家を作ろうとする政府の枠組みにおいて生みだされたものだ。

教林盟社も明倫講社も、俳諧の宗匠が〈教導職〉に任命されたことがきっかけとなって結成されている。教導職とは、国家理念としての神道と、文明開化を国民に広めていくための職であった。教林盟社は、国学的な国家観を持ちつつも、そこに仏教を認めさせようとする勢力が生みだした俳句団体で、そこに旧徳川幕府の人脈が入り込んでいる。

一方、明倫講社は、より純粋に国家神道を受け止めた人々の団体である。つまり、教林盟社と明倫講社は俳句の団体ではあったが、同時に〈国家神道〉の枠組みで国民教化を進めるための団体であった。

しかし、明治十七（一八八四）年に国が教導職制度を廃止すると、この二つの結社は、民間宗教である〈教派神道〉としての性格を強いられることになる。

従来の俳句史は、芭蕉を神格化したということで、教林盟社や明倫講社を前時代の遺物のように扱ってきたが、それが神道国教化政策の流れの中で起きた〈近代化〉のための動きであったことは理解されなければならない。

本書は、そうした歴史の流れを踏まえつつ、俳句史を、文学、語学、歴史学、文化史などの視点から、多面的に捉えようとするものである。

例えば、江戸期の著名な俳家が大家と認められるようになった理由を考えてみよう。それは単に彼らの作品が文学的に優れていたからだったのだろうか。

おそらくそういうことではない。ざっと考えてみても、受容者側に、次のような評価の観点があったはずなのである。とすれば、私たちもそうした観点からの幅広い考察が必要になるだろう。

①門流（式目などの正統的な伝授・伝承）
②俳諧式目・作法の知識理解・付句の巧みさ

③発句の巧みさ、あるいは個性
④弟子の数・テリトリーの広がり
⑤点取句合《くあわせ》選者としての人気
⑥著作（自著のほか、序・跋を依頼されている数）
⑦地域（出身地・居住地）
⑧旅の実績
⑨文字力（何でも読める・個性的に書ける）
⑩学識（漢学・国学・釈教）
⑪一門のネットワークの大きさと強さ

①の「門流」は、これまでの俳句史も重視してきた。しかし幕末以降は庵号の継承などもかなり怪しげなものとなっており、その混乱の中で教林盟社と明倫講社という二つの近代結社が組織されたことの意味を問うことは重要であろう。二つの結社は、伝統的な門流とどう関わっていたのか。

②の俳諧式目や作法には、江戸期に口伝であったものもあり、明治になってそれを文字化する人たちが現れる。伝承の実体は、むしろ明治前期の資料によって明らかになる場合も多い。

③は、単独の発句の評価ということだが、これまでこの時代の句は〈月並《つきなみ》〉と括られ、まともに評価されたことがなかった。それはおそらく〈新派〉を際立たせるための〈新派〉側の戦略だったと思われる。そろそろその枠組みを相対化する時期であろう。

教林盟社のリーダーたちの句を見ても、格調を崩そうとしない江戸の関為山と、自虐的に人間性を醸しだす大坂出身の鳥越等栽の作風はまったく別物だし、宝井其角の門流に身を置く橘田春湖《きったしゅんこ》にはやはり技巧が目立つ。

また一方に明倫講社の三森幹雄や鈴木月彦の理念的な句があり、さらには江戸座の点取の流れを汲んで奇抜さを狙う穂積永機や近藤金羅らがいて、それらすべてを〈月並調〉のひと言で括るというのは、あまりにも乱暴な話であろう。

④の弟子の数・テリトリーの広がりは、当時の社会の実相を知る上で重要なファクターとなるはずだ。当時の人々の金銭や情報のやりとりの実態が見えてくるからである。

⑤の「人気」は、俳諧宗匠としてはもっとも周縁的な価値のはずだが、実際にはかなり重要な要素となっていたと考えられる。

⑥の「著作」の把握はすべての基礎である。まずはこの時代にどのような俳書があったのかを把握する必要があり、また、版本から活版への転換が何を引きおこしたのかを捉えなければならない。

⑦の「地域」については、幕藩体制によるヒエラルキーがあることは当然だが、幕末・明治期においては、出身地が勤皇・佐幕のどちらに付いたかという視点も重要になる。正岡子規の思想も、松山藩が幕府側だったことに大きく影響されている。出身地によって世界の見え方が違っているということである。

⑧の「旅」は、本物の俳人と認められる大きな要素となっていたと考えられる。各地を見聞してつながりを作るという実質面のほかに、芭蕉のように旅をする人だというイメージの形成も重要で

あったろう。桜井梅室、橘田春湖と続く旅の伝統は、子規、河東碧梧桐にも受け継がれている。⑨の「文字力」は、江戸後期から、一目でその人の文字と分かるような書体が志向されていたようだ。明治期の新派にもそれは受け継がれ、特に碧梧桐は、そのことに生きたとさえ言える。⑩の「学識」については、冒頭に書いたように、漢学と釈教に加えて国学の知識が重要であった。神道思想や世界観もさることながら、国語学の知識も重視されるようになってくる。その変化の過程を把握理解しておくことも重要であろう。

⑪について気になるのは伊勢派の実態である。幕末期に伊勢派の俳家が活躍する背景には、伊勢派が培ってきた巨大な人的ネットワークがあるように思うのだが、その実態がなかなか摑めない。郵便制度以前に、彼らはどのように投句料を伴う伝達を可能にしていたのであろうか。すでに元禄期からそれはあったという田中優子の指摘があるが、幕末期の実態をさらに具体化する必要がある。

これらの視点は文化研究とも言えるものだが、これを文学研究として統合することは可能だろう。文学研究は、人間の行為の謎を解明する学問である。人は、イメージが作りだす〈物語〉に導かれて、行為の方向性を決めていくのである。

その視点から十九世紀の日本史を簡潔に語れば、国学という〈物語〉によって明治維新が引きおこされた時代、ということになる。人々は国学が紡ぎだす〈物語〉によって国家意識を持ち、国の体制を変えたのである。

そのとき〈俳句〉は、その〈物語〉の重要な要素の一つであった。その様子を明らかにしていきたい。

本著のもうひとつのねらいは、従来、近世と近代に分けて論じられてきた俳句史に連続性を見出すことにある。

そのため、第一章では、〈俳句〉という用語が十七世紀末から使われはじめ、概念を変化させながら正岡子規の近代俳句に連なっていく過程を追った。

つづいて第二章では幕末期の俳句史を概観し、第三章で、それが明治期にどのように展開したのかを記した。江戸期の俳壇と明治期の俳壇の連続性と展開をご理解いただきたい。

さらに第四章では、江戸から明治への俳句の展開を、太陽暦、調べ、国学、一茶の受容、旧派から子規へのつながり、という五つの観点から見直した。

繰り返すが、江戸期の俳句と明治前期の旧派の俳句、そして正岡子規以降の近代俳句は、一連の連続した俳句史の中にある。そのことをご理解いただければと思う。

＊本書の表記について
当時の資料については読みやすさを考慮し、適宜送り仮名、振り仮名、濁点等を加えた。漢字も常用漢字を用いたが、人名等で旧字を用いたものもある。

目次＊子規に至る——十九世紀俳句史再考

装幀――岡澤理奈事務所

第一章 〈俳句〉の出自

まずは〈俳句〉という言葉の出自を捉えておこう。

現在、〈俳句〉は、俳諧の〈発句〉から派生した近代の詩型とされ、その結果、〈俳句〉には雑《ぞう》〈無季〉の句は含まれないとする意見が唱えられたりもしている。

だが、〈俳句〉という用語は江戸期からあり、それは俳文芸全般を指す言葉であった。そうした用例は明治期にもある。とすれば、〈俳句〉に雑の句からの伝統を引き継ぐ無季の句があっても不思議はないことになる。いや、それ以前に、無季の発句というものさえ存在したのである。

また、〈俳句〉という用語が正岡子規の俳句革新によって広がったと書く人も多い。

しかし〈俳句〉は、子規が上京する明治十年代に徐々に全国に広まり、二十年代前半にはすでに一般的な用語になっていた。子規の〈俳句〉は、その潮流の中に現れたものである。

むろん、その後の〈俳句〉の広がりは、子規ら日本派の活動によるところが大きいのだが、明治時代に〈俳句〉という用語を一般化したのは子規ではない。

その経緯を追ってみよう。

1　其角に始まる〈俳句〉

江戸時代の〈俳句〉の用例については、かつて三好行雄が「近代俳句をめぐるおぼえ書[1]」に五点を挙げたが、中に活字本を見たことによる誤認と思われるものがあると指摘され、以来、江戸期の〈俳句〉は話題にのぼらなくなってしまった。

しかし、三好の指摘のうち、宝井其角編『虚栗《みなしぐり》』（天和三（一六八三）年）と、六平斎亦夢編『俳諧一串抄』（天保元（一八三〇）年）には〈俳句〉があり、また、『世界大百科事典』（平凡社）で坪内稔典が指摘する上田秋成の『胆大小心録』（文化五（一八〇八）年）にも〈俳句〉はある。

さらに捜せば、次の資料などに〈俳句〉という言葉を見出すことができる。

宝井其角篇『句兄弟』（元禄七（一六九四）年序）
砂岡雁宕編『夜半亭発句帖』（宝暦二（一七五二）年）
堀麦水『俳諧蒙求』（明和七（一七七〇）年）
堀麦水『新みなし栗』（安永六（一七七七）年）
三宅嘯山編『許野消息《きよやしようそこ》』（天明五（一七八五）年）
高井几董『井華集』（寛政元（一七八九）年）
田上菊舎尼編『手折菊』（文化九（一八一二）年）

夏目包寿等編『成美家集』（文化一三〔一八一六〕年）
夏目成美文集『四山藁』（文政四〔一八二一〕年）

つまり、江戸期を通して〈俳句〉という言葉の用例はあるといってよいだろう。

これらのなかでもっとも古い用例が『虚栗』の巻末に置かれた「戯序」である。漢文で書かれ、次の上段のように書かれている。これは杜甫の「貧交行」という七言絶句のパロディなので、元の詩を下段に示しておく。

嚙古人貧交行之詩一吐而戯序

翻手作雲覆手雨
紛々俳句何須数
世不見宗鑑貧時交
此道今人棄如土
凩よ世に拾はれぬみなし栗

貧交行　杜甫

翻手作雲覆手雨
紛紛軽薄何須数
君不見管鮑貧時交
此道今人棄如土

一行目は「手を翻せば雲となり、手を覆えば雨となる」と読める。人の行いはころころ変わるということである。

もとの詩の二行目は「紛紛たる軽薄、何ぞ数うるをもちいん」であろう。入り混じる軽薄さは数えるまでもなく多い、ということである。

これを其角は「紛々俳句何須数」と言い換え、入り交じる俳句は数えるまでもなく多い、と言う。

下段四行目の、「管鮑貧時交」は春秋時代の管仲と鮑叔牙の、状況に左右されない交友を言ったもので、其角はそれを貧しく暮らしたとされる山崎宗鑑の話に変えている。

ここにある〈俳句〉が、現在までに確認できるもっとも古い用例である。この〈俳句〉が一語ではなく、「俳の句」というニュアンスであった可能性はある。

しかし、同じ其角が編んだ『句兄弟』における用例では、〈俳句〉は明らかに一語の意識で使われていると思われる。

兄　　　　　　　　　岩翁
達磨忌や朝日に僧の影法師
弟
達磨忌や自剃《じぞり》にさぐる水鏡
論俳句如論禅日の影と水影差別なし空房独了の似て似ぬ影二句一物なし

評の冒頭は「俳句を論ずること禅を論ずる如し」と読める。この〈俳句〉は、一語の意識で使われているのではなかろうか。

どうやら〈俳句〉は、〈俳諧連歌〉を漢文脈中で言い表すために其角が思いついた用語だったようである。其角の漢文の素養には定評がある。漢文中に〈俳諧〉と書けば、ただ滑稽という意味にしかならず、詩の種類には見えない。〈俳諧連歌〉も、漢語としては得体が知れないという感覚があったと思われる。それを〈俳句〉と書けば、少なくとも〈俳〉の〈句〉ということで、漢語として意味をなす一般名詞になると発見したのは、おそらく其角の手柄であったろう。その用語が、江戸期を通して伝えられていったということである。

なお、幕末に刊行された志倉西馬《さいば》の句集『一翁四哲集』（安政三〔一八五六〕年）の序には、漢詩人の大沼枕山が「芭蕉翁正風俳歌ヲ首唱シ」と〈俳歌〉という語を使っている。やはり漢文の専家にとって、〈俳諧〉は使いにくい用語だったようである。

2　明治初期の〈俳句〉

『夜たゝ鳥』（明治八〔一八七五〕年）は、神戸の俳人伊藤梅圃の三回忌を追善する句集で、書名の「よたたどり」は、鳥類のホトトギスを意味する。[2] 今、梅圃を知る人は少ないだろうが、安政四〔一八五七〕年、二条家俳席に加えられており、当時は著名な宗匠であった。

編者は梅圃の子の梅痴で、春飆《しゅんぱん》による漢文の序、連梅の仮名序、片岡昌の漢文の跋が付されており、〈俳句〉は、春飆の序と片岡昌の跋に現れる。

春飆は、河野《かわの》通胤という大阪の漢学者である。大阪中学校教官を経て私塾を開いたという。序の冒頭には次のように記されている。

賞梅未必在多玩月未必欲盈盆梅可
以嚊芳矣鎌月可以玩光矣夫俳句之
於歌章亦盆梅耳鎌月耳僅々数語
足以悟造化之妙矣（「嚊」は「嗅」のつもりであろう）

多くの梅がなくても、月が満ちていなくても、それらを楽しむことができる。俳句もまた数語で自然の妙を悟る、というような趣旨であろう。

続く連梅の仮名の序に〈俳句〉の語はなく、巻末の片岡昌の漢文の跋に再び〈俳句〉が登場する。

先考梅圃君之在世也喜俳句被加
二条殿簾中賜号弄月庵而諷詠之暇毎戒
余以読書余時幼日嬉戯不勤業後及稍
長始就春颿河野先生受業而未成君已
没余無以如之何今歳偶以為其祥忌舎
兄梅痴君輯先考故人俳句為巻〔後略〕

最初に、亡父梅圃が〈俳句〉を好んで「二条殿簾中」に加えられて弄月庵を賜ったとあり、最後の行には、梅痴が亡父の古くからの友人の〈俳句〉を輯《あつ》めて巻を為したと書かれている。これが明治期に最初に登場する〈俳句〉である。

本文は、まず亡くなった梅圃の句を発句とする半歌仙から始まる。これは脇起《わきおこし》と呼ばれるもので、追悼集としては通例の形式である。その冒頭三句を示す（読み仮名などを補った）。

塵隈《ちりくま》もなき有明やほとゝぎす　梅圃居士
　袖も袂《たもと》もしほる入梅空《つゆぞら》　梅痴
嵩《かさ》たかき荷物は舩に皆積て　有隣

続いて、各地から送られてきた追悼句が載る。その中から、著名な宗匠の句を引用しておこう。

其方《そのかた》の今はなつかし苔の花　為山
声添えて香煙《けむり》も据《すえ》ん杜鵑《ほととぎす》　春湖
みとせ程《ほど》百合もうつむく手向哉《たむけかな》　芹舎

この、連句と発句があるという構成は重要である。亡父のために梅痴の編んだのが〈俳句〉であったのなら、その〈俳句〉は、連句と発句の両方を含む概念だったことになるからである。

前述のとおり、今日では、〈発句〉が〈俳句〉になったという考え方は定説化しており、それを根拠に、俳句から連句の〈平句《ひらく》〉的要素を排除しようという意見もある。

だが、ここにあるのは、俳諧連歌（連句）を含む概念としての〈俳句〉である。

明治期になっても、こうした用例があるとなれば、近代の〈俳句〉の成立についても、もう少し注意深く考察されていく必要があるだろう。

明治十五年刊の松田聴松編『題詠俳諧明治千五百題』の漢文の序にも〈俳句〉があり、漢文中で俳諧を〈俳句〉と記すという文化は、この後にも引き継がれていたことが分かる。

3　〈近代俳句〉の発明

①岡野伊平の〈俳句〉

明治十年代になると、〈俳句〉という用語は、東京の活字メディアに現れ、それが全国に波及していく。

まず、明治九年十月に岡野伊平によって東京市京橋区弓町の開新社から創刊された『風雅新聞』（後に『風雅新誌』『滑稽風雅新誌』と改題）の二号以降に〈俳句〉と題された句が登場する。三号に載るその〈俳句〉を読んでみよう。

世《よ》のはじめ思《おも》はるゝなり霧《きり》の海《うみ》　　東京　佳峰園等栽

雲《くも》多《おお》き秋に又この月夜《つきよ》かな　　同　小築庵春湖

　姥捨登山良夜清光

命《いのち》ありてけふ更級《さらしな》の月の本　　同　月の本為山

　十六夜《いざよい》はまだ更級《さらしな》の郡哉《こほりかな》との高吟《かうぎん》には反《はん》して待宵名月《まつよひめいぐゑつ》とも姥山の清光《せいくわう》に同伴《どうはん》の人々を先立《さきだ》て、

登《のぼ》り下《お》り二夜《ふたよ》までして月の宴《えん》　　仝

　善光寺に西御門主《にしのごもんしゅ》の着《ちやく》とて人々群衆《ぐんじゅ》なすを見て

色鳥《いろどり》のわたる仏《ほとけ》の都《みやこ》かな　　仝

物陰《ものかげ》に秋《あき》はかくれて法《のり》の声《こゑ》　　仝

鳥越等栽、橋田春湖、関為山は、幕末の江戸の三大家と呼ばれた人たちで、明治七年に教林盟社という俳句結社を設立した社長たちである。[3] つまり、当時の俳壇の中心人物たちは、すでに〈俳句〉という用語を認知していたことになる。

これらの句に〈俳句〉というタイトルを付けたのは、この雑誌の発行者である岡野伊平であろう。『国学者伝記集成続編』（國本出版社、昭和一〇年）によれば、伊平は文政八（一八二五）年に江戸の町家に生まれ、幼少から読書を好み、長じて浅草庵三代黒川春村に学んで浅草庵五世となった狂歌師だという。壮年に至って井上文雄に入門して国学を学び、古今集風の和歌を詠んだという。明治になると、外国人に依頼されて仮名新聞を編集し、同六年には『開花新聞』を編集。その後『有喜《うき》世《よ》新聞』に移ったらしい。後述するが、明治十五年の『有喜世新聞』には、橋田春湖が「出勝《でがち》俳諧」欄を担当しているから、二人に接点はあったと思われる。

国立国会図書館には、岡野伊平編として、『今体必用報知用文』（仮名垣魯文閲、寺田利八刊、明治一二年）、『字音仮字便覧』（静観堂、明治一七年）、『枕詞集覧』（佐々木弘綱註、博文館、明治二四年）などの書籍が残されているから、国学も本格的である。

明治維新を支えた思想は国学であった。特に平田篤胤の復古神道は、維新の多くの志士たちの精神的支柱となった。そうした時流の中で、伊平もまた国学を学ぶ必要を感じたのだろう。

井上文雄門ということなら賀茂真淵の系統で、本居宣長没後の門人を自称した平田篤胤とは門流を異にするが、大きく括れば同じ復古神道である。日本人としてのアイデンティティを自覚しようとしたということでは共通している。

この雑誌には、都々逸《どどいつ》や狂歌は載っても、俳諧連歌（連句）は載らない。短い詩歌を気楽に楽しむ雑誌なのである。伊平はそれを「俗中の雅」と呼んでいる。

したがって、そこに載る五七五は、俳諧を始めるための〈発句〉ではなく、最初から五七五で完結することを前提に詠まれた作品で、伊平はそれを〈俳句〉と呼んだ。

ここにおいて、俳諧の最初の一句が〈発句〉、五七五で完結する詩形が〈俳句〉という区別が生まれたと考えられる。とすれば、〈近代俳句〉を発明したのは、岡野伊平である。

伊平の〈俳句〉と『夜たゝ鳥』の〈俳句〉は内容が異なる。『夜たゝ鳥』の〈俳句〉は俳文芸全般を指す概念だが、『風雅新聞』の〈俳句〉は、独立した五七五である。

しかし伊平は、その「俗中の雅」の五七五を真剣に論じている。例えば「芭蕉」は字音（音読み）をもって和名としているのだから「ハセウ」と書くべきで、「ハセヲ」と書くのは「中古一種の訛なるべし」などと記し、国学者として明治の世に正しい古語を伝えようとする意識を示している。「俗中の雅」にも、日本文化を正そうとする志はあったということである。

② 仮名垣魯文の〈俳句〉

その後〈俳句〉という用語は、仮名垣魯文が創刊した『魯文珍報』（明治十年）や『月とスッポンチ』（明治一一年）など、都々逸や狂歌を掲載する滑稽文芸の雑誌に引き継がれていく。魯文はそれを「一吟の発句」と定義する。連句のための発句ではなく、その一句のみで完結する発句ということである。

魯文の周囲には江戸時代から、豪商の勝田幾久《いくひさ》、細木香以《さいきこうい》、戯作者の条野採菊《じょうのさいぎく》（山々亭有人）、河竹黙阿弥、俳人の其角堂穂積永機、絵師の河鍋暁斎らが酔狂を愛する一団を形成していた。岡野伊平もその一人だったと考えられる。伊平と魯文の交流は深かったようで、魯文は『風雅新聞』にたびたび寄稿している。とすれば、「一吟の発句」としての〈俳句〉は、二人のやりとりの中で生まれたアイディアだったかもしれない。

『魯文珍報』第九号（明治一一年三月）には、この時代にもっとも人気の高かった俳家のひとり、其角堂永機の〈俳句〉が載っている。

片貝《かたかい》にめしくふ猫のおもひ哉《かな》　其角堂永機
しのび音も白地《あからさま》なりねこの恋
研爪《とぐつめ》は恋のねたばかをとこ猫　　ねたば＝寝刃。切れ味の鈍った刃。
門《かど》さすをうらみ顔なり猫の妻
黒塀《くろべい》のくらきを猫のまよひ哉
樋竹《といだけ》を緒絶《をだえ》の橋やねこのこひ　　緒絶《をだえ》＝緒が切れること。

連作俳句の嚆矢というべきであろう。七七を付けず、同じテーマの五七五だけを並べた新形式である。

魯文の猫好きはよく知られており、猫はまた芸者を表す隠語でもあった。永機も、これらの句を俳諧（連句）の〈発句〉にしようとは思わなかったであろう。

〈俳句〉は、〈発句〉とはどこか違う一吟の発句として歩み始めたのである。だとすれば、〈発句〉が〈俳句〉になったのではなく、〈発句〉でないものが〈俳句〉になったという言い方も可能であろう。

そもそも俳諧は滑稽に始まったのである。蕉風がそこに精神性や風情をもたらしたが、その模倣が月並調を生んだ。要するに風雅を気取ったことが俳諧本来のエネルギーを失わせたのである。狂句・川柳が別ジャンルとなったことで、〈発句〉はますます風雅の模倣に傾き、幕末を迎える。魯文らの〈俳句〉は、その状況を克服し、俳諧本来のエネルギーを取り戻そうとする運動だったかもしれない。

七七の短句を付けることを想定しない「一吟の発句」を〈俳句〉と呼んだのは、岡野伊平と仮名垣魯文であった。とすれば、〈近代俳句〉は、彼ら二人の創始ということになる。

③ 三森幹雄の〈俳句〉

俳諧の専門誌では、明治十三（一八八〇）年に東京の明倫社から創刊された『俳諧明倫雑誌』の冒頭で、社長の三森幹雄が〈俳句〉の語を使ったことがよく知られている。

曩《さき》に正風社俳諧新報を開き次《つい》で成蹊社友雅新報の挙あり〔中略〕実に吾俳諧の世に盛なるを衆目に示すに足る者とす。今是を窺ふ処国として俳諧の至らさる国なく郷里俳句を首唱せる者の住さる地なし〔中略〕爰《ここ》に至て俳句を主唱する者は才に任せ学に矜《おごり》て云出せるのみ〔後略〕

幹雄は、冒頭で『俳諧新報』と『友雅新報』を紹介しながら、岡野伊平の『風雅新聞』には触れていない。明倫社は現在の水天宮のあたりで、開新社は現在の銀座二丁目である。たかだか半里ほどの距離であるから、幹雄が『風雅新聞』を知らなかったはずはない。

明倫社は、明倫講社という俳句団体の出版社であったが、その明倫講社と教林盟社は、基本的には対立関係にあった。

二つの団体の成立事情は第三章で述べるが、教林盟社には俳諧を楽しもうとする傾向があり、中心には江戸俳壇のタレント集団がいた。

それに対して明倫講社はより求道的な国学の集団で、当初は教訓的な句が多かった。幹雄は『風雅新聞』の〈俳句〉を知っていたと思われるが、それが教林盟社側の俳家が参加する遊興的な雑誌であったために紹介しなかったのだと思われる。あるいは、都々逸や雑俳も載る雑誌であるから、俳誌と認めていなかったということかもしれない。

二つの団体は、どちらも明治新政府の新しい文化施策に即して結成された団体である。従来の俳句史では、教林盟社は万事に消極的で、明倫講社がこの時代の俳壇を積極的にリードしていたように記述されている。

しかし、あらためて資料を精査してみると、この〈俳句〉という用語の使用も、太陽暦の採用も、「瓦斯灯」や「陸軍記念日」という新しい句材の採用も、みな教林盟社の方が先んじていることが分かってきた。

また、国の施策を国民に伝える教導職に就いたのも、従来は幹雄らが試験を受けて教導職となり、あとから教林盟社の為山や春湖が推薦されたとされてきたのだが、それも順序が逆であった。これらのことも第三章で詳しく記す。

では、なぜ今まで明倫講社の方が積極的だと思われてきたかというと、『俳諧明倫雑誌』という活版の機関誌が残されていて、その活動の内容がよく分かったからである。

それに対して教林盟社の方は、版本の資料がほとんどなので、近代俳句の研究者たちがあまり読まずに今に至っているのである。

けれど、前項で紹介した『風雅新聞』は、教林盟社の機関誌的な役割も果たしている。とすれば、活版の俳誌の発行も、教林盟社の方が早かったことになる。

ただ、教林盟社が宗匠のゆるやかな連合体の様相を呈していたのに対し、明倫講社はひとつの組織として活動していた。そのことが教林盟社を消極的に見せているのかもしれない。

明倫講社の『俳諧明倫雑誌』の価値は、その発行部数と継続性にある。毎号数千部発行されていたらしいのだが、明治四十四（一九一一）年の三二四号まで確認できる。

正岡子規以前に〈俳句〉という言葉が全国に普及したのは、この『俳諧明倫雑誌』の力と考えてよいだろう。

〈俳句〉という言葉は、明治十（一八七七）年の時点で、教林盟社と明倫講社のどちらもが認知する用語になっていた。その影響は全国に及び、例えば次のような資料に〈俳句〉という用語が使われている。

『田舎汚吐化絵「垂涎奇聞」』岩手　快々社、明治一三年
『玉競四季廼魁』和歌山　万寿堂、明治一四年
『岩木の栞　第一編』青森　秋元源吾、明治一四年
『方円珍聞』和歌山　方圓社、明治一四年
『玉競四季の魁』春海編、和歌山　万寿堂、明治一四年
『俳諧観風雑誌　一号』木甫編、新潟　観風社、明治一五年

『親釜集 再興一号』金田滝次郎編、東京 活東社、明治一三年
『我楽多文庫 一〇・一一号』尾崎紅葉等、東京 硯友社、明治一九・二〇年

これらはみな活字メディアであり、五七五で完結する文芸を指す用語として〈俳句〉が使われている。〈俳句〉は、明治十年代の活字メディアによって、俳諧（連句）のための〈発句〉ではなく、独立した五七五を表す言葉として各地に広がっていったのである。

4 明治二十年代前半の〈俳句〉

明治二十年代に入ると、郵便を利用し、全国に購読者を広げた活版印刷の雑誌が、〈俳句〉という用語を用い始める。

『穎才《えいさい》新誌』（穎才新誌社）は、明治十（一八七七）年に創刊された日本初の子ども向け投稿雑誌だが、その第五一五号（明治二〇年五月一五日）から〈俳句〉欄が設けられる。(4)

この雑誌の読者は多く、少年時代の尾崎紅葉、山田美妙、佐々木信綱、大町桂月、田山花袋らも投稿者であったという。(5) 編集主幹の堀越修一郎は仙台の教員であったが、上京し、この雑誌で成功を収め、妻の千代とともに、和洋裁縫女学院、堀越高等女学校などを創設しており、『穎才新誌』がいかに成功した雑誌だったかが分かる。第五一五号の入選句は次のようなものである。

卯のはなや雪と見まがふ垣つゞき　東京　魯堂
ふねてたく烟からひくかすみかな　常陸　桂里
むかしめく今めく雛のすがたかな　埼玉　海造
のどかさや雲につかゆるおきの船　丹後　竹陰

「雪と見まかふ」など典型的な月並表現で、他の句からも子どもらしい感性は感じられない。わずかに最後の句の「雲につかゆる」あたりには見どころがあるかもしれない。

ただし、子どもの投稿雑誌と言っても、成長した読者が離れず、購読の年齢が徐々に上がっていったというから、二十代の投句者も多かったのであろう。ともかくも、この欄に投句してきた全国の若者たちにとって、こうした作品が〈俳句〉なのであった。

また、明治二十二年四月に東京下谷の野々村鉱三郎によって創刊された『俳諧一日集』（第二編から松風会出版部刊行）は、創刊号に「互撰俳句募集規則」が載り、第三編からその〈俳句〉が掲載され続ける。

この俳誌は、沖縄も含めた全国から膨大な応募句を集めており、明治三十七年まで続いている。子規登場以前の旧派の俳誌に〈俳句〉があり、それが子規没後まで継続されていたということである。

選者の泉々居西山穿井《せんせい》は、明倫講社の会員で、版元の松風会出版部の住所は明倫講社と同じである。やはり〈俳句〉を全国に広めたのは幹雄の一門ということになるだろう。

このほか明治二十年代前半に刊行された次の資料に、〈俳句〉という語を確認することができる。

『花鳥風月都四季誌』明治二一年創刊、京都 京錦社
『人来鳥』明治二三年創刊、東京 初音会
『花月叢誌』明治二四年創刊、山形県酒田 花月社
『俳諧秘書俳句作法』明治二五年、田辺機一編、東京 穎才新誌社

このうち『花月叢誌』は、教林盟社系の俳誌であったと思われ、明治二十年代の活版の俳誌では〈俳句〉は通例の言葉になっていたと考えてよいであろう。〈俳句〉という用語は、子規の登場以前に全国に広まり、すでに一般的な用語になっていたと考えるべきである。

この時期、巷間では月並句合《くあわせ》（月例の句会）や、さまざまな行事にかこつけた点取句合（俳句大会）が隆盛を極めていた。それは教育の普及によって識字率が向上した結果でもあった。文字を身に付けた人たちは、それによって何かを表現しようとし、またその力を磨こうとしたのである。だがそれは、すでに形作られた〈発句らしさ〉というものに自らの表現を近づけるゲームとなっていて、自我の個性を重視する近代文学とはいささか距離のある文芸であった。

一方、近代小説はといえば明治二十年に二葉亭四迷の『浮雲』が発表され、新たな文学の時代が始まろうとしていた。

月並句合や点取句合の俳句は、まだ自我の発露を目指す近代文芸と言えるものではなかったが、それもこの国の近代化の過程に現れた一つの現象には違いなく、それらは〈俳句〉と呼ばれて世に広がり、正岡子規という優れた理論家の登場を待っていたのである。

5　正岡子規の〈俳句〉

子規は、いつから〈俳句〉という用語を使いだしたのであろう。

明治二十二（一八八九）年四月に書かれたとされる「詩歌の起源及び変遷」という文章中に〈俳句〉とあり、また同じ二十二年の『筆まか勢』にも「俳句と俳諧」という見出しの文章があって、文中にも〈俳句〉とあるから、この頃から子規もまた〈俳句〉の語を使い始めたと思われる。

さらに、『筆まか勢』第四編の明治二十五年には「十一時間の長眠」という文章があり、そこに「夜三時頃まで俳句の分類に従事し」とある。子規は、江戸時代の発句を分類する作業を続けていたわけであるから、ここで子規は、江戸期の発句を〈俳句〉と呼んでいることになる。

その後の「俳句談」と題する文章では、なかに「話次《わじ》俳諧の事に及ぶ　天外曰く俳句と狂句の別如何」とあって、ここでは〈俳諧〉と〈俳句〉の区別もあいまいである。つまり、子規は〈俳句〉を、かなり無頓着に使っていることになる。周囲の状況がそうだったからであろう。

子規の俳壇デビューは、明治二十五年六月に新聞『日本』に連載し始めた「獺祭書屋俳話《だっさいしょおくはいわ》」と考えてよいだろう。三十八回連載し、翌年五月に日本新聞社の印刷で、「日本叢書」として『獺祭書屋俳話』が刊行される。

しかし、この本の中でも、子規の〈俳句〉は無造作である。「字余りの俳句」の項では「俳句に字余りの多きものは延宝天和」と言い、同書に「増補」された「芭蕉雑談」にも「其角、嵐雪、去来等の俳句は」とある。これらは特に探しだした例ではなく、どのページを見てもこの調子である。

子規は〈俳句〉を、発句と切り離された別のものと考えていたわけではなさそうである。子規にとっては、単独で鑑賞される〈発句〉は、すべて〈俳句〉なのであった。それどころか、場合によっては俳諧連歌もまた〈俳句〉だったのである。何より確かなのは、子規は、江戸時代の発句を分類したあの大作業を、終生「俳句分類」と呼び続けている。しかも、そのなかには「雑の部」があり、無季の句も含まれているのである。

それにもかかわらず、子規が江戸俳諧を切断し、〈近代俳句〉を作りだしたと考える人が多いのはなぜなのであろう。

その背景には、〈近世〉より進歩した〈近代〉を見せようとする人々の思いがある。政府も国民も、進歩した〈近代〉を意識しようとしていたのである。

さらに研究者たちは、教林盟社や明倫講社による〈俳句〉の近代化を見過ごしてきた。幹雄らの〈俳句〉が、明治新政府の方針に則った〈文明開化〉であったことに気づけば、子規の〈俳句〉がその行き過ぎを修正し、江戸期の俳文芸の本質を把握し直して伝承しようとしたものであると認識できたはずなのである。

江戸時代の俳諧文化を切断し、それと断絶した〈近代俳句〉を作りだそうとしたのは、むしろ三森幹雄ら、明倫講社の人たちであろう。彼らは、廃仏毀釈運動を背景に国家神道に連なる結社を作り、太陽暦を採用し、教導職となって富国強兵を説き、「陸軍記念日」などの近代国家の季語を作りだした。それを元に戻し、まっとうな江戸時代の俳文芸を復活させようとしたのが子規なのである。子規は、江戸の俳文芸の最上質の部分だけをすくい取って、次世代に残そうとした人である。

つまり子規は、ポストモダニズムの先駆者である。いや、子規だけではない。新聞『日本』がそうした集団であった。

新聞『日本』の社主陸羯南《くがかつなん》は、政府の表層的な欧化策に反対し、日本のアイデンティティを保った上での近代化と外交を考えた思想家であった。それゆえの「日本」という社名なのである。その羯南の死後、バランス感覚を欠いた新聞『日本』は分裂し、政教社ができて雑誌『日本及び日本人』が刊行され、日本中心主義に傾いていく。だがそれは、羯南や子規の知るところではない。

子規が追求したのは、普遍的な価値を持つ〈俳句〉であった。月並表現や表層的な近代化によって歪んだ〈近代俳句〉ではなく、文学として普遍的な価値を持つ〈俳句〉を子規は追い求めた。それは、世界文学としての価値を持つ〈俳句〉の姿だったと言ってもよい。

子規の考える〈俳句〉の重要な要素に〈滑稽〉がある。〈滑稽〉は〈写生〉と深く結びついた概念である。それは、子規の創りだした〈写生文〉を見ても明らかだ。

明治三十三（一九〇〇）年、新聞『日本』に書いた寒川鼠骨《そこつ》の社説が、内閣への官吏誣告《ぶこく》罪に問われて十五日間収監される。すると鼠骨は、そのときの様子を写生文に書き、『ホトトギス』に連載してしまう。

鼠骨の記事は評判となり、『ホトトギス』の読者をかなり増やした。収監中に見聞きした取調べの様子を、「何をしたのだ」「窃盗」「初犯か」「ハイ」「年は」などとそのままに書き記しているのだから面白くないはずがない。記事は翌年『新囚人』（ほととぎす発行所）として出版された。

つまり、〈写生〉は〈滑稽〉を生みだす。それは、それまで言語化されないことが常識だった事象を言語化してしまうからである。

思えば連歌から俳諧連歌が生まれたときも同様の現象が起きていた。それまでの和歌に現れるはずのない事象が、使われるはずのない言葉によって言語化されたのである。

しかし、芭蕉以降、俳諧は〈滑稽〉を離れ、〈風雅〉に歩み寄って形骸化していく。蕉風の〈深さ〉にあこがれた人たちが、その形を真似ることによって生みだされたのが月並調であり、その結果、俳文芸のエネルギーの一面が失われていった。

子規は『獺祭書屋俳話』で、「芭蕉已後の俳諧は幽玄高尚なるものありて必ずしも滑稽の意を含まず。ここに於て俳諧なる語は上代と異なりたる通俗の言語又は文法を用ひしものを指して云ふの意義と変したるが如し」と述べている。

俳諧の表層的な「幽玄高尚」化は〈滑稽〉という創造のエネルギーを疎外し、狂句・川柳・雑俳を他ジャンルに分化させ、月並調の再生産を本流にしてしまう。

それに対して子規一門は、事実をありのまま言ってしまうことによる〈滑稽〉を重視した。子規存命中の明治三十四年、佐藤紅緑子編の『滑稽俳句集』（内外出版協会・言文社）が出され、また、子規没後の明治四十年には寒川鼠骨が『古今滑稽俳句集』（大学館）を、また四十二年には今井柏浦も『古今滑稽俳句集』（博文館）を刊行している。

子規の〈写生〉は、本当のことを言ってしまう、という滑稽のエネルギーを秘めたものだ。それを、俳文芸の本質を探究する復古運動と捉えることもできるだろう。子規一門は、形だけの風雅を求めたり、国家主義の教訓調に傾いたりして、俳句本来の表出エネルギーを弱めた〈月並〉に、いきいきとした精神の躍動を取り戻そうとしたのである。

注

（1）「近代俳句をめぐる覚書」『三好行雄著作集 第七巻』筑摩書房、一九九三年、所収。

（2）『夜た、鳥』は綿屋文庫、月明文庫、柿衞文庫、鳴弦文庫にある。月明文庫は署名を『夜たし鳥』とするが『夜た、鳥』であろう。ホトトギスの古名である。鳴弦文庫本を参照した。

（3）従来、教林盟社の初代社長は為山とされてきたが、書類上は為山、等栽、春湖の三人が社長だったようで、為山はその代表であったと思われる。

（4）河合章男「『穎才新誌』における俳句欄の登場――明治20年における俳句文化の一側面」（『情報メディア研究』第三巻一号、二〇〇四年）による。

（5）上笙一郎「『穎才新誌』解説――日本近代文学の揺籃として」『復刻版穎才新誌』不二出版、一九九二年。

第二章　俳壇維新

小林一茶から正岡子規までの百年間、おそらく俳句はもっとも社会に貢献し、為政者にも関わった。しかし、それにもかかわらず、この時代の俳句史を語る人は少ない。

俳句は、当時の人々に読み書きを広め、さらにその言語能力を高めた。人々は俳句によって文字を覚え、言葉を増やし、思考の深さを獲得した。俳家の中には、寺子屋を開き、無償で読み書きを教えた人もいた。

読み書きを身に付けた人々は世界観を育み、頻りに来航する外国船への不安もあって、世界の中でのこの国のあり方を考えるようになる。

それが〈国学〉という学問である。国学は、古代にあったはずの統治にこの国の本質を見いだし、現在の政治体制を相対化し、やがてこの国を明治維新に導く。

そのとき、俳壇はどうであったかといえば、やはり〈維新〉と呼ぶべき構造転換が起きていた。少年時代に紺屋で働いていた橘田春湖《きつたしゅんこ》と三森幹雄が、明治俳壇のトップに立つのである。

春湖の師禾木《かぼく》は其角系の万和《まんわ》門だが、際立った俳家ではなかった。一方、幹雄の師西馬《さいば》は白雄《しらお》系の優れた俳家だったが、白雄の春秋庵を継ぐことなく五十一歳で歿している。そんな師を持つ二人が、二条家に認められた花の本宗匠（六六頁参照）よりも強い影響力を持つようになる。これは〈俳壇維新〉と言い得る状況であろう。

まずは、明治俳壇が形成されるまでの過程を追ってみよう。

1　国学と俳句

十八世紀末から十九世紀にかけて活躍した夏目成美《せいび》、建部巣兆《そうちょう》、鈴木道彦らは、みな個性豊かな文化人であった。流派や師系を誇示せず、自分自身の生き方を信じ、独自の作風を誇った。なかでも夏目成美は「俳諧独行の旅人」を自称し、独自の作風を通した。丹念に日記を記していたというから、自分自身のことに関心が強かったのであろう。

その成美に庇護されていた小林一茶も、『父の終焉日記』『七番日記』『おらが春』などを書き残しており、自分自身への関心が高かった人である。一茶の文章は、過去の文学様式を踏まえた文芸というよりも自分自身の記録であろう。その句に自我が感じられることは言うまでもない。

これらの自我意識は、明治期以降の〈近代的自我〉とは異なるものではあろうが、この時代にはこの時代の〈自我〉があったということである。幕末からの西欧思想の流入によって〈近代的自我〉は形成されたのであろうが、その下地となる〈自我〉が、この時代から徐々に形成されていた。

例えば、彼らの揮毫《きごう》する文字にもそれは顕著である。この時代の俳家は、文字においても、古典主義的な上手下手ではなく、ひと目で誰と分かる書風を模索していたように思われる。

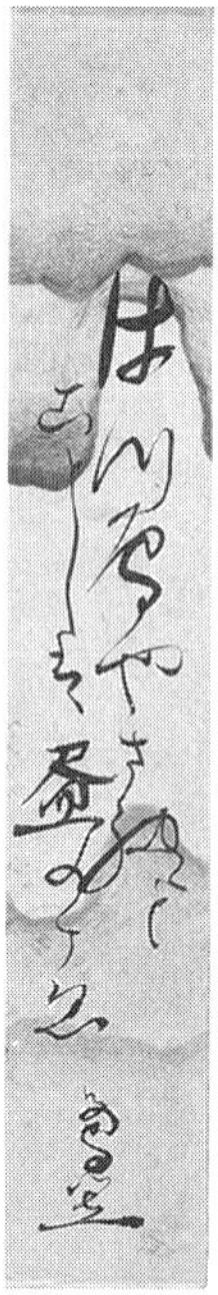

はつ雁《かり》やされどことしは昼のこゑ
鶯笠（鳳朗）（鳴弦文庫蔵）

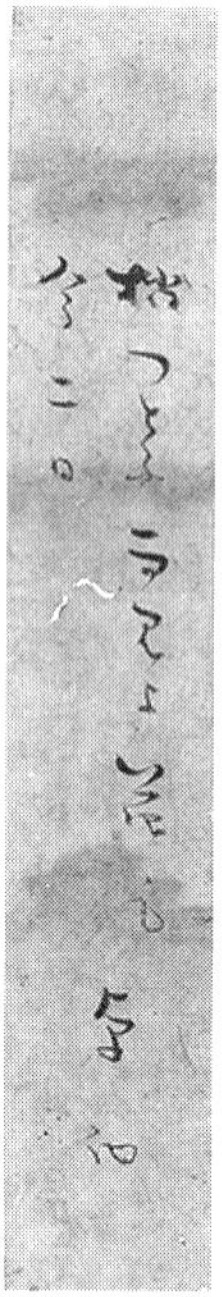

梢つとふ雨見よ花も今二日
卓池（鳴弦文庫蔵）

田川鶯笠《おうりつ》（後の鳳朗《ほうろう》）は宝暦十二（一七六二）年、鶴田卓池は明和五（一七六八）年生まれ。一茶とほぼ同世代のこの二人が、一茶同様自分らしさを追究していたことは文字からも伝わってくる。

こうした〈自我〉に、根拠と展望を与えていた学問が〈国学〉である。

一茶の国学的な国家観や自我については昭和時代から指摘されていたが、それは一茶だけの特性ではない。この時代の俳家の多くにそうした傾向があった。

国学は、古代の文献を読み解くことによって、この国には本来的な姿があるという世界観を作りだし、人々に展望と自信を与えた。それによって人々は、この国の文化を正しく踏襲するという意識と、自分自身の思想を構築する意識とを育んだ。

国学の俳句への影響には、おそらく三つの側面がある。

一つは文献主義的な側面で、佐久間柳居の『俳諧七部集』（享保十七年頃）が起点となり、芭蕉一門の作品を直接読もうとする人たちが増える。(1) その注釈書である茂呂何丸《なにまる》の『俳諧七部集大鏡』（文政二年序）や、芭蕉の発句を解説した『芭蕉翁句解参考』（文政三年序）はかなりの評判を得て明治期に至るまで後刷《あとずり》（重版）され、多くの読者を獲得した。これは言い伝えられている俳諧の式目（ルール）を鵜呑みにするのではなく、芭蕉やその一門の作品を直接読むことによって理解を深めようとする姿勢の現れと言えよう。

二つ目は国語学的な側面で、まず文化四（一八〇七）年に北辺大人《きたのべのうし》（富士谷御杖《みつえ》）の『俳諧天爾《てに》波抄《はしよう》』が刊行される。これは、当時の最新の文法論によって俳句の語法を捉え直そうとした書である。御杖の父は日本語の品詞分類の基礎を築いた国学者富士谷成章《なりあきら》である。

御杖は、和歌の文法と俳諧の文法は違うものではないという立場から、従来の国学者が「逃詞《にげことば》」としてきた音通、通用、やすめ詞、助辞、発語などの概念について「わが家学これらをひとつもいはず」と一蹴し、あくまで父成章が分類した品詞に則って俳句の「てにをは」を解説する。(2)

この書は、それまでの〈切字〉という視点からの俳句論に揺さぶりをかけるものだったと考えられる。〈切字〉には、助詞や助動詞のほか、自立語の活用語尾も含まれており、それが文法的に一種類の言葉でないことは明らかだからである。

続いて文化十三（一八一六）年に、元木阿弥《もとのもくあみ》著『俳諧饒舌録』が刊行される。この書は本居宣長が見出した〈係り結び〉によって俳句を捉え直そうとするもので、その手法は〈切字〉による俳句の分析とは真逆のアプローチと言えるであろう。〈切字〉による分析は、表現された事物を意味論的関係性において論じることになるが、〈係り結び〉による解析は、統辞論的な関係性を論じることになるからである。[3]〈係り結び〉を忘れた人々の俳句を〈係り結び〉によって分析するというのも妙な話なのだが、彼らは〈係り結び〉に日本語の普遍的な性質があると信じたのである。

当時の知識人たちにとって、宣長が係り結びの存在を示した『てにをは紐鏡』（明和八〔一七七一〕年）と、それを詳述した『詞玉緒《ことばのたまのお》』（天明五〔一七八五〕年）は衝撃的な書物であった。なぜなら、それは忘れられていた古代の日本語の法則を明らかにしたからである。

この時代の人々は、諸外国の存在を強く意識するなかで、この国のあるべき姿を知りたいと強く願っており、宣長の語学の書は、その解答への扉を開くように思われたのである。一茶にも、文化六（一八〇九）年に『紐かゞみ』や『玉の緒』を購入したという記録がある。[4]

三つ目は思想的な側面で、日本という国の姿やあり方が句の中に詠まれるようになる。一茶が「日本」や「わが国」という言葉をよく使うことは知られているが、そうした意識は一茶だけのものではない。国家を詠むという伝統は、明治期の三森幹雄にまで続いていく。

幕末の俳家の中には、勤王派と佐幕派の抗争に直接関わった人もいた。

松山藩の内海淡節は、勤王思想の持ち主で、藩の家老と意見が合わず、京に上って桜井梅室の門に入り、その養子となって二条家俳席の脇宗匠を務めるまでになっている。

また、六世芭蕉堂（河村）公成は長州の武士で、勤王の志士として活動し、慶応四（一八六八）年六月、佐幕派の凶刃に倒れている。

その公成を後継して芭蕉堂七世となったのは、淡節の娘婿の良大《りょうだい》（本名、良資）であった。良大も勤王思想を貫いた人で、明治四年には公成の仇を討ち、長州の公成の墓前に報告に行っている。

彼らの思想がどのようなものであったのかは、良大が婚姻にあたって妻となるよね（淡節の娘）に与えた次の書状から伺い知ることができよう[5]。

日々相心得の事

一、正直第一の事。

一、神国の人に生れ常に信心なきは夷狄《いてき》に斉《ひと》し、女子たりとも勤王の志忘るべからず。

たとへ美婦たりとも、こゝろのよこしまなるものはあくるものなり、慎むべき事。

一、腹を立、ものを苦にする事。

一、己がまんしんをして人を見下す事。

一、人の悪を見て己が悪をます事。

一、〔破損読みがたし〕ながら、心に実なき事。

一、日々神国の難有き事を□□事。

一、貞操をつく□事。

夫にするとおもふべからず、天下の鏡になる□□□ふ事、又夫より信義をつくすならん。

一、男女の道正しくすべし。

右心得のため書、依て国光の短刀を遣す也。

良資（花押）

よ祢《ね》どの

今から見れば、何という上から目線ということにもなろうが、当時の武士の世界観からすれば通例のことであろう。しかもよねは良大より十八歳も年下だったのである。「国光の短刀を遣《つかわ》す」というのは、すべてに覚悟をもって生きよということである。

この後よねが、ただ夫のために働くだけの女性になったのなら、良大のこの書状もあまり意味のないものということになるが、よねはこの後京都で塾を開き、明治十年には夫とともに東京の浅草に移ってそこでも開塾。さらに埼玉県の熊谷に移り、熊谷小学校に奉職しているのだから、よねの学問も良大の思想も、新しい時代にふさわしいものだったと言えるだろう。

よねに学問を与えたのは父の淡節である。書や漢学を学ばせ、自ら漢詩や俳諧を教えたという。よねは香畦という号を持ち、夫と句作を続けた。勤王思想と俳諧は二人を繋ぎ、その生き方を定め、自立に向かわせるものとなった。

この時代、俳句は人々の教養を深め、人脈を広げる文化として機能していた。

令和三（二〇二一）年に放映されたＮＨＫの大河ドラマ『青天を衝け』には、明治になって五百もの企業を動かすようになる渋沢栄一の、若き日の時代背景がよく描かれており、国学思想が若者の間に広がっていた様子も伝えられていた。

そのなかで、小林薫演じる栄一の父親があまりに物分かりが良く、読み書きも達者で、封建時代の農村にこれほど合理的な知性を持つ農民がいたのかと訝る視聴者がいたかもしれない。

渋沢栄一の父市郎右衛門は、二十代半ばまで烏雄《うゆう》という号で茂呂何丸の指導を受けていた俳家であった。句集や月次《つきなみ》集に名を残しているが、渋沢家を継いでからは家業に専念したようで、栄一も後年まで父の俳諧を知らなかったという。後にそれを知り、昭和になってから伊藤松宇に市郎右衛門の書や句を『晩香遺薫』という本にまとめさせている。

大名の御槍は長しほととぎす　　烏雄

『晩香遺薫』からの一句である。時鳥《ほととぎす》を詠むときの視線の移動は伝統的な手法で、切れもしっかりしており、印象的な句に仕上がっている。

市郎右衛門は、まさにこの時代を象徴する農民といえよう。読み書きに優れ、藍の生産技術を高め、商いにも工夫を凝らす。農工商全般に手腕を発揮し、江戸後期の経済を支えた一人であるわけだが、その教養の基盤には俳諧があった。俳諧によって読み書きを鍛え、教養を吸収し、江戸との繋がりを作っていたのである。

何丸は信州から江戸に出て、札差の守村抱儀の庇護を受けて名を上げた。十返舎一九の狂歌に「儒《じゅ》は太宰相撲雷電武士真田そばに月見に一茶何丸」と詠われたと伝えられている。儒学者の太宰春台、相撲取りの雷電、武士の真田幸村、俳家の一茶、何丸らが、みな信州の名物だというわけである。

何丸の評価は明治期になっても衰えず、『芭蕉翁句解参考』の後印（重版）が東京の北畠千鐘房から出され、またその活字版が『芭蕉翁句解大全』と名を変えて明治二十六年と三十四年に大阪の圭文堂から刊行されている。

活字化された俳書は、版本《はんぽん》の時代よりも多くの読者を生み出すのが通例であろう。明治期に何丸の著書を読んだ読者は、江戸期より多かったかもしれない。

さらに『俳諧七部集大鏡』も、明治二十六年に内外出版協会と今古堂によって活字化され、三十六年からは大阪の青木嵩山堂からも活字版が版を重ねている。つまり、正岡子規の歿後も、何丸の著書によって蕉風を学ぼうとした人はかなりいたということである。

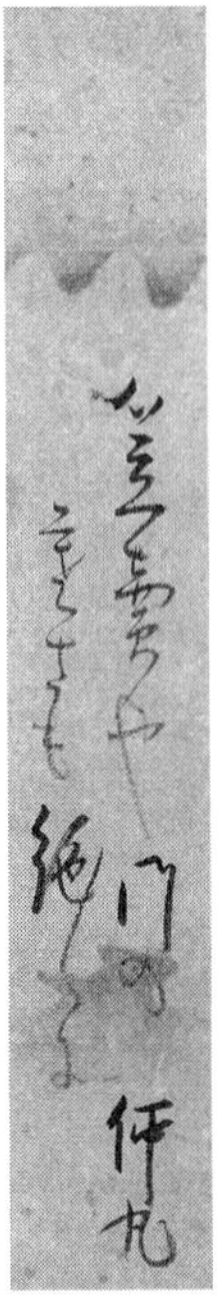

笠売や門の寒さも絶〳〵に　何丸
（鳴弦文庫蔵）

まったくの私見だが、こうした近代的自我の萌芽が伊勢派から起こった理由のひとつに、伊勢派連句の「自他場《じたば》」論があるのではなかろうか。金沢の北枝が記した『山中問答』の付録にある「附方自他伝」は、「自他場」論として伊勢派に伝承されていった。連句の付句を、自分を詠んだ「自の句」、他者を詠んだ「他の句」、両者と読める「自他半の句」、人物が登場しない「場の句」に分け、前の句との重複を避ける工夫である。この思考方法が、主体と客体を分離させる近代の思考法の萌芽を助けていた可能性があるように思う。

国学は王政復古の思想を生み、明治政府による神道国教化政策を作り出す。その潮流の中に、三森幹雄ら明倫講社の活動が生まれるのだが、そのことについては第三章に記すこととし、まずは江

江戸後期主要俳家師系図

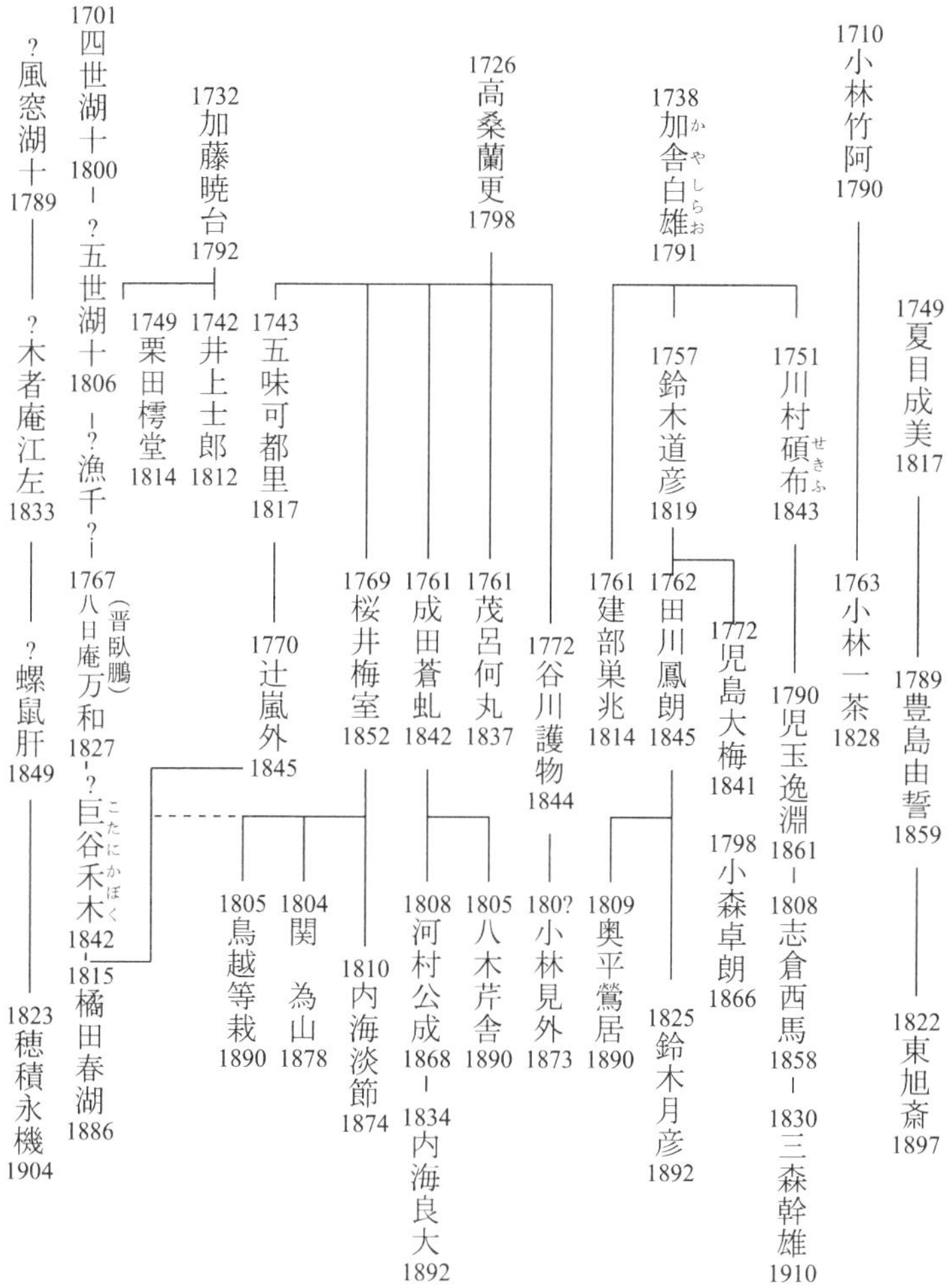

＊氏名の上の数字が生年、下の数字が没年を示す。おおよその世代（生年）ごとに高さをそろえて示した。

戸末期の俳壇の様子を見ていこう。

2　天保時代——俳壇維新の起点

小林一茶が文政十（一八二八）年に歿すると、一茶と同世代ながら生き長らえて天保の三大家と呼ばれた田川鳳朗《ほうろう》、成田蒼虬《そうきゅう》、桜井梅室のもとから、新時代に向かう潮流が作られていく。

鳳朗はさまざまな俳家に学んでいるが、鈴木道彦の一門であったことは確かであろう。鳳朗の周辺からは国学思想を色濃く感じさせる流れが生まれる。鳳朗と親しかった児玉逸淵《いつえん》は、一茶とも親しく、『おらが春』の序を書いている。

逸淵は加舎白雄《かやしらお》門の川村碩布《せきふ》に学んだ人で、鳳朗の遺句集は逸淵門の志倉西馬《さいば》が編んでいる。明治七年に明倫講社を立ち上げ、社長となる三森幹雄は、この西馬の弟子である。元治元（一八六四）年に西馬述・幹雄編として刊行された『標注七部集』は、今日でも最も信頼できる「七部集」とされているのであるから、この人たちの国学の力を侮ることはできない。

一方、蒼虬と梅室には全国に広がった伊勢派のネットワークがあり、そこから江戸期の神仏混淆文化を新時代に残そうとする潮流が生まれる。背景には公武合体派の二条家があり、彼らは公家も幕府も神道も仏教も、江戸期にあったものはすべてそれを残そうとするような動きをする。

その最前線で動いていたのが明治期に教林盟社社長となる橘田春湖である。春湖は、表向きは其角の流れを汲む万和《まんわ》の系統に身を置きながら、一時梅室に学び、伊勢派の人脈を使って活動範囲を広げていった。

まずは天保の三大家の周辺から調べはじめよう。

① 田川鳳朗――国学への傾倒

田川鳳朗は宝暦十二（一七六二）年、肥後に生まれた。一茶の一歳年上である。熊本藩士を辞し、対竹の名で諸国を遊歴。後、江戸で鶯笠《おうりつ》と改名して〈真正蕉風〉をとなえ、弘化二（一八四五）年に歿した。

鳳朗は、五升庵蝶夢、加藤暁台《きょうたい》、夏目成美などさまざまな宗匠に学んだようだが、門流ということでいえば鈴木道彦門で、春秋庵系の俳家に置くべき人であろう。

天保十四（一八四三）年、芭蕉百五十年忌に際し、芭蕉が「花下《はなのもと》大明神」となるよう二条家に請願し、実現させた。

しかし近代になると、このことが芭蕉を宗教に結びつけたと捉えられ、前時代的な行為として非難され、鳳朗の評価を下げる原因となってしまう。

けれどこれが国学思想に基づく行為であったことは理解されなければならない。

寺沢範保著『田川鳳朗傳記』（嘉永三年）によれば、熊本から江戸に出て文政時代初期には有力な俳諧宗匠となっていたにもかかわらず、文政十二（一八二九）年、火災にあったことをきっかけに諸国漫遊の旅に出て大坂に行き、鶴海翁と交わったとある。

鶴海翁とは、鶴峯海西、すなわち国学者の鶴峯戊申《しげのぶ》のことであろう。戊申は、鳳朗より十九歳年下の気鋭の国学者で、洋学も学び、オランダ語の文法書に倣って国文法書を編んだ最初の人として知られている。また太陽暦の採用においても、平田篤胤と後先を争っている。

諸国漫遊と書きながら、範保が特記しているのは戊申の名だけであるから、特別の存在だったと考えられる。戊申は豊後国臼杵の人であるから、多少の地縁があったかもしれないが、鳳朗の国学が付焼刃でないことは推測できる。

天保三年、戊申は江戸に出てくるが、同時期に鳳朗も江戸に戻っている。連れ立っての江戸入りだったかも知れない。二人は、これからの時代は江戸が中心だと判断したのであろう。

その後、戊申は水戸藩とつながり、鳳朗歿後には正式な仕官も叶って、安政六（一八五九）年、桜田門外の変の前年に歿するまで水戸藩に仕え、水戸学にも影響を与えた。

国学は学問であるが、一面で宗教的側面も持っている。

天保時代には地震、大火、コレラの流行が重なり、外国船の来航も多く、社会不安の増大した時代となっていた。さらにアヘン戦争の噂も流れ、心のよりどころとしての新興宗教が乱立した。

芭蕉の神格化も、その風潮の中では自然な流れであったと思われる。すでに芭蕉は寛政三（一七九一）年、神祇伯白川家から「桃青霊神」の名を与えられている。[6] 鳳朗には、その芭蕉をさらに自分たちの信じ得るものに高めておきたいという思いもあったのであろう。

「明神」は神を特別に敬う称号であるが、江戸期には本地垂迹説によって仏教とも強く結びついた概念になっていたとも言われている。その辺りに戊申と鳳朗の思想の特徴があるのかも知れない。

平田篤胤は洋学を学び、西洋の近代化にキリスト教の存在が不可欠であったことを知り、日本の近代化にも何らかの宗教が必要だと考えた。同じく洋学を学んだ戊申にも、同じような発想があったのだろう。

鳳朗は、芭蕉が「花下大明神」となるに際し、二条家から「花下翁」の称号を与えられた。こうしたことには蒼虬一門などから批判も出たようだが、それは蒼虬側が二条家を自分サイドに置いておきたかったという事情もあったと思われる。

芭蕉の神格化は、復古神道や国学の普及とも関連し、攘夷思想や言霊信仰に関わる事象で、その思想は明治期にも継承されている。宗教の背景をあまり簡単に考えない方がよい。そこには歴史の必然性というものがあったに違いないからである。

今から見れば古臭く見えることだが、芭蕉の神格化の先には、来たるべき新時代の国家像が描かれてもいたのである。

鳳朗の句には、新時代の自我というものが感じられるものがある。

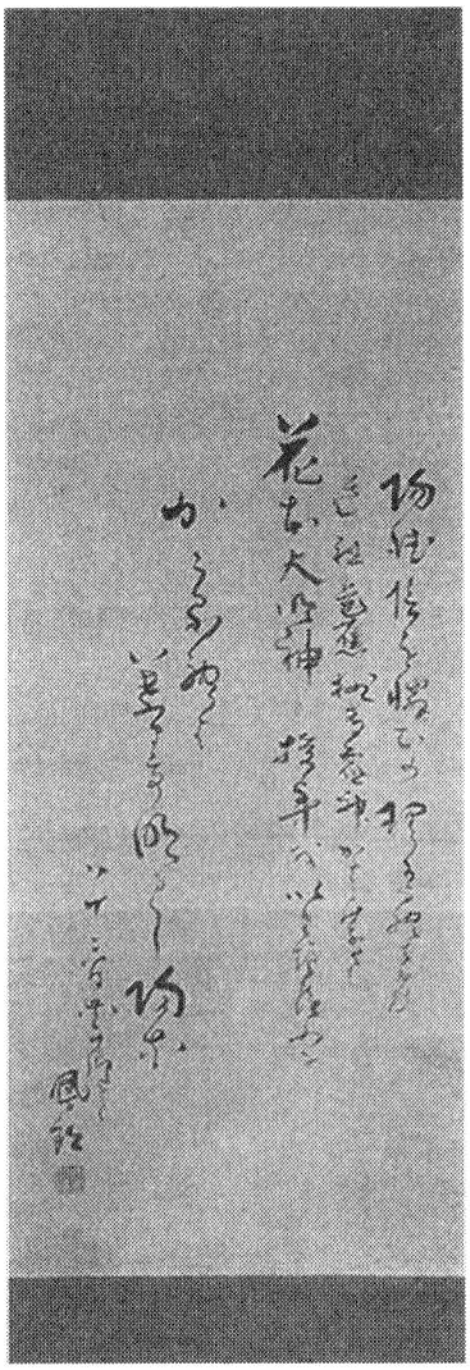

鳳朗の軸（天保一四年、鳴弦文庫蔵）
陽徳陰を憐むの理有ればにや
道祖芭蕉桃青霊神かたじけなくも
花本大明神　授與をいたゞき給ふに
かたるれば葉まで明るし帰花
八十二翁花の御もと　鳳朗　印

金田房子・玉城司編『鳳朗《ほうろう》と一茶、その時代——近世後期俳諧と地域文化』（新典社、二〇二一年）には鳳朗についてのすぐれた論考が集められているが、その巻末に「写本『鳳朗句集』」の翻刻が置かれており、なかに次の句がある。

まぼろしもみな梅になる日比哉《ひごろかな》
名のないは一ひらもなき落葉哉

一句目の下五は確かに月並調だが、「日比」を「この時代」と読めば、幻想的で現代的な感覚をも感じさせる句であろう。幻想が現実になるような時代を生きているという感覚である。

二句目を、合唱曲にもなった新川和江の詩「名づけられた葉」に重なるテーマだと言えば、いや、これは名の木（名のある木）を詠んだ屋敷褒めの挨拶句だという反論が出るかも知れない。

しかし、この句を読んで「そうか、私にも名はある」と思った読者がいなかったとも言い切れない。ここに、この時代の〈自我〉の萌芽を見ることは可能なのではなかろうか。

一方、鳳朗にはわざと稚拙にしたような不思議な句もあって、それが評価を混乱させていると思うのだが、同書に納められた金田房子の論「一彡《〔いっさん〕》と鳳朗　地域文化に貢献した神主」にある「鳳朗の添削」という項を見ると次のような直しが記録されており、晩年の鳳朗が型にはまった言い回しを避け、口語も取り入れた新しい俳味を作り出そうとしていることが分かる。

七草の中でい、よき薺《なずな》哉　→　七草でいつちい、よき薺哉

「い、よき」は「言い良き」で、「いつち」は「一《いち》」が促音化した「逸《いつち》」（最も、の意）なのだと思われるが、「中で」がいかにたるんでいるからといって、ここに話し言葉の「いつち」を入れるという発想はどこから生まれるのかと思ってしまう。

しかし、この特徴的な直しにこそ、鳳朗の俳諧精神の根源があるのではなかろうか。「七草の中で」という言い回しは日常的な散文の文脈であって俳諧ではない、と鳳朗は考えたのであろう。一茶同様、鳳朗も国学的な自我を育んだネットワークの中にいた。この直しも、一茶の時代と考えれば納得できることである。この時代の句がみな月並調に見えるのは、先入観、あるいはこちらの知恵が彼らに追いついていないだけなのかもしれない。

西馬編の『鳳朗発句集』（嘉永二年）には次のような句がある。

一おろし蚕に来たり山の冷〔ひえ〕
殻になる無常もありて蝸牛
鹿子《かのこ》はや峯に立〔たつ〕事覚えけり
蟬といふせみ蜩〔ひぐらし〕に成にけり
積にけり消る力のなき粉雪
くらがりを面〔めん〕の見て居る神楽哉

ふと買て無用な笊や年の市

芭蕉後期のいわゆる〈軽み〉の句に比べれば、多少意味性は強いかも知れず、また〈知〉のはたらきに頼った句もある。しかし、それが嫌みになっているとも思えず、むしろ平成後期の俳句によく見られる知的な〈軽み〉に近いと思うのだが、どうであろうか。

鳳朗一門の広がりについての研究は多くないが、伊藤善隆の論「鳳朗編『正風発句湯島三十六吟』」（『立正大学人文科学研究所年報』第五六号）には、鳳朗に近い三十六人の句額図が紹介されていて、中に次の句がある。天保十二（一八四二）年の資料である。

郭公《ほととぎす》あふげば声も眼にかゝる　龍風　福岡藩主黒田斉溥《なりひろ》（長溥）
君が春千里外からみゆる也　四山　出雲母里《もり》藩主松平直興
暁やすゞめもいほの百千鳥　鴬居　伊予松山藩筆頭家老

この三人が鳳朗門であることはよく知られている。鳳朗が藩主や家老を一門に持っていたことは重要であろう。皆、江戸詰の際に鳳朗に入門したようである。

黒田斉溥は薩摩の島津斉彬の弟で、時代の先を読み、幕府を導こうとした名君として知られる。

松平直興は新田開発や灌漑に力を傾け、母里藩中興の祖とも言われる人。俳家としても一茶の『おらが春』などに句を残している。

最後の鶯居は幕末の松山藩筆頭家老奥平貞臣である。鳳朗を松山に招いたことでも知られている。禁門の変では幕府軍として出兵し指揮を執った。明治期には俳家として生き、十四年から新聞『愛《え》比売《ひめ》新報』の付録として刊行された『俳諧花の曙』の選者となった。

このほか、近江大溝藩主分部《わけべ》光寧《みつやす》や、常陸牛久藩主山口弘道と思われる人の名が記されている。女性もいて、藩主の家族が多いが、下総の園女が成美、鳳朗に学んだことは地元でもよく知られており、その墓は船橋市の文化財に指定されている。

明やすき夜のさいはひやけしの花　　園女　斎藤安兵衛妻

絢爛たる一門だが、その結束はそれほど強くなかったようだ。藩主や家老格が並び、鳳朗個人と結びついた人が多かったのであろう。そのことが鳳朗の死後の門流をあいまいなものにしている。

鳳朗の前号である鶯笠を継いだ二世は東海道の箱師だったという話もあり、三世の塩坪鶯笠は東京府大参事にまでなった人だが春湖門となったようで、鳳朗との関係はよくわからない。

そんななかで、三森幹雄とともに教導職試験を受けて明倫講社を設立した鈴木月彦は、鳳朗の国学思想を明治俳壇につなげた人と言えるだろう。松本顧言にも学び、雪中庵系の東杵庵《とうしょ》を継いでもいるが、幹雄とともに点取俳句を否定し続けている。一茶、鳳朗、逸淵、西馬という国学を重視した系統が、幹雄、月彦という個性を育て、明倫講社を生みだしたということになるだろう。

② 成田蒼虬と桜井梅室――〈有の儘〉の系譜

成田蒼虬《そうきゆう》と桜井梅室は高桑闌更の門流にいる。闌更は金沢の人で、和田希因に学び、明和六（一八六七）年に『有の儘』を著して、芭蕉後期の平明な句に依るべきことを説いた。その門下には、すでに紹介した茂呂何丸もいて、一門は天保時代以降の京、江戸の俳壇を席巻する。

この一門は伊勢派の系列ということになるが、高桑闌更は、田舎蕉門と揶揄された伊勢派とは少々趣きの異なる都会的な平明さを生みだしている。成田蒼虬も桜井梅室も金沢の人で、金沢と京を繋ぐ文化圏が作りだした都会的な伊勢流である。

成田蒼虬は加賀藩士で弓馬術の達人だったという。俳諧は上田馬来《ばらい》に学んだ。故あって父が獄死し、京に上って闌更に師事し、芭蕉堂二世となって南無庵を継ぎ、文政期の京俳壇を席巻した。江戸の何丸と同時期に二条家宗匠を務め、二条家俳席においても大きな力を持った(7)。

師の闌更は、『有の儘』を出し、〈私〉を消して蕉風に徹することを説いた人だが、蒼虬自身の自我はかなり強かったかもしれない。京に上って闌更に付いたのは、父の咎で知行没収となったためだろうから、尋常の自意識では生き抜くことが難しい立場だったろう。よく蒼虬の代表句とされる次の句には、蒼虬のそうした一面がにじみ出ている。

うぐひすの手がら顔なり声の隙《ひま》　　蒼虬

正岡子規は、こうした自意識や技巧を〈嫌み〉と言って嫌った。それはよく理解できる。これがいわゆる〈天保調〉の困った側面である。

さらに蒼虬には、芳しくないエピソードも多い。弟子にはかなり厳しかったというし、芭蕉堂を継いだときには闌更の未亡人得終尼と跡目を争っており、天保時代には浅草の札差、守村抱儀に請われて江戸に出たが、梅室一門の勢いに押されて京に舞い戻ったと書く資料もある。

しかし、これらの言い伝えは、逆に蒼虬を貶めたい勢力があったことを示しているのかもしれない。困難な状況を乗り越えて二条家俳諧の宗匠となり、京都俳壇のリーダーと目されるようになったのだから、その努力は並大抵のものではなかったはずである。

蒼虬は苦吟するタイプだったというが、梅通編『訂正蒼虬翁句集』（弘化四年）をよく読めば、先の「うぐひす」の句とは違って〈嫌み〉のない句も多い。次のような句などは、炭俵調の〈軽み〉をさらに平明にした天保調の良い面が現れていて、技巧も苦吟も感じさせない佳作と思う。

時鳥夜も物喰ふ神の馬
犬も尾をきりりと巻てけさの秋
吸がらの道にけむるや今朝の秋
大文字やはじめにぽつと一けむり
しばらくは膝にたまるや月の霧
鈴ひとつ鋏につけて冬ごもり
水鳥と同じうねりの丸太かな

これらは確かに〈有が儘〉の面白みがあり、このような句なら俳句の面白さというものを当時の人々に広く伝えることができたであろう。こうした句があるのに、わざわざ「うぐひすの手がら顔」などという句を代表句にするというのは、蒼虬を貶めるためとしか思えない。

俳壇は俳論では動かない。俳論を実証する句があってはじめて動きだす。闌更の〈有が儘〉というモットーは、蒼虬のこうした句によって人々に広がっていったと思われる。問題は子規ら明治の新派が、こうした句を見いだせなかったところにあるのではなかろうか。

桜井梅室も加賀金沢の人である。高桑闌更に直接学んではいないと思われるが、馬来に学んだ闌更の一門である。名は能充《よしみち》と言い、加賀藩の研刀師であった。文化四（一八〇七）年に蒼虬を頼って京に上り、大坂、江戸と移り住んで平明な作風を広げた。

梅室は、連句の名手として知られ、『梅室付合集』（文政十一〔一八二八〕年）、『梅室両吟集』（天保九〔一八三八〕年）などを残している。その評価は明治になっても変わらず、三森幹雄は『俳諧名誉談』（明治二六年）に「芭蕉門人没後《もっこ》。連句の達人此叟《このそう》の上に出る者なし」と書いて、次の付句を挙げている。

行灯《あんどう》を間《あひた》におや子《こ》さしむかひ
熊《くま》をうたねば抜《ぬ》けぬ借金《しゃくきん》　梅室（振り仮名は原点のまま）

行灯の前に向かい合う親子という情景から、猟師の借金という状況を連想して付けていく才能は並外れている。

むろん発句にもすぐれ、『梅室家集』（天保一〇年）には次のような句が載る。

梅さくや旅人山へかけのぼる
梅かつぐ一人にせまし渡しぶね
太良より次郎がさきに衣がえ
里見えて牛もはしるや秋のかぜ
萩の花一本をればみなうごく
雪花をまぶたにつけてみそさざい

梅室の句も〈有が儘〉である。梅室の代表句と言えば、高校の教科書にも載った「ふゆの夜や針うしなふておそろしき」だろう。これも佳句と思うが「おそろしき」と言って主観の句である。気持の〈有が儘〉を言ったと考えればよいことだが、この句を代表句とすることに何か先入観を感じる。蒼虬の代表句を「うぐひすの手がら顔」にするようなものである。

梅室の句は、蒼虬に比べると風情が深いように感じられる。蒼虬の方が知的なひらめきで事実をとらえている。しかし、それはそれぞれのよさであろう。

杖に手を重ねて見るや春の月　　蒼虬
元日や鬼ひしぐ手も膝の上　　梅室

知的な発想が共通している句だが、結果としてまったく風情の異なる句に仕上がっている。梅室の句は、前の晩に荒々しく鬼を追いやった手が、元日にはつつましく膝に乗っているということで、これは考えなくても誰にでも分かるし、伝わってくるのはつつましい手の情緒であって知性ではない。

それに対して蒼虬の句は、春の夜の寒さを言っていると思われ、手が冷たいから重ねるというのであるが、これは少し考えないと分からない。この句を老いらくの恋と読んだ人がいるが、そうだとすれば、なおさら考えないと分からない。

この微妙な違いが、読者の好みを分ける。蒼虬が明確に「見るや」と言っているのに対し、梅室は動詞二つを避け、「も」まで使って曖昧さを演出している。

俳句は、和歌の〈情〉と、川柳の〈知〉のはざまで詠まれているように思う。〈情〉に寄る人は和歌に行く。〈知〉の働きが好きな人は川柳に行く。おおざっぱに言えばそういうことだが、俳句の中にもそうした座標の幅はある。元禄、宝永に情の嵐雪、知の其角がいたように、この時代にも情の梅室、知の蒼虬がいて、そのことが闌更一門への参加者を増やしていったのではなかろうか。

蒼虬は師の妻と争ってまでも芭蕉堂を継ぎ、望んで二条家の俳席の宗匠を務めた。しかし、梅室は花の本宗匠となることを何度も断わっている。これには経済的な問題も絡んでいると思われるが、生き方の違う二人のリーダーがいたことによって、闌更一門は勢力を広げていったのである。

3　俳壇維新への潮流

①　一茶・鳳朗に連なる春秋庵の系譜——明倫講社の源流

このタイトルは、読者に多少の混乱をもたらすかも知れない。従来の俳句史の枠組みで、一茶を春秋庵の系譜に置く人はいない。それどころか一茶は、二世春秋庵鈴木道彦の豪奢な生活を戒めていたとも言われている[8]。

だが、書誌の面から系譜を追えば、現実にこうしたことが起きている。

一茶の『おらが春』（嘉永五〔一八五二〕年）を編んだのは地縁で結ばれた信濃国中野の酒屋、有明庵一之であるが、序は児玉逸淵《いつえん》で跋は志倉西馬《さいば》が書いている。逸淵は春秋庵三世碩布門で、西馬はその逸淵の弟子である。

通常一茶は、春秋庵の系譜には置かれない。しかし、逸淵と西馬が『おらが春』の刊行に関わっているのであるから、そこに何らかのつながりがあったと考えるしかない。

逸淵は一茶と交流し、柏原の家を訪ねてもいる。つまり、その生き方や人間性に共感していたということである。

西馬も師の友人を敬愛していたようで、『おらが春』の跋では一茶を広瀬惟然に並べて論じている。これは西馬が、俳句を形式的な門流によってでなく、生き方や作風の類似性という視点で見ていることを示している。西馬はすでに作家論や作品論の視点を獲得していたということである。

つまり逸淵や西馬は、門流とか伝承とかいう因習的な関係性を超え、作者個人の生き方とか思想、あるいは作風とかの視点で俳句を評価しはじめている。これはもう近代文学の視点を手にしはじめた行いというべきであろう。

この『おらが春』の刊行がなければ、明治大正期の一茶ブームは起きなかったであろう。明治大正期の一茶ブームについては第四章に述べるが、『おらが春』は、俳句史上極めて重要な本である。その西馬が、『鳳朗発句集』（嘉永二年）を編んでいることにも注目したい。これをお門違いと捉える識者もいるが、そこに一茶も含めた国学の世界観を共有する俳家のネットワークがあったと考えるべきなのではなかろうか。

従来の概念で言えば、それは伊勢派という括りになるが、一茶を伊勢派に加えることはできない。これはやはり国学派というような新しいカテゴリーが必要なのではなかろうか。

おそらく、伊勢派というもの自体が大きく変容しているのである。伊勢派は、もともと神風館を継いだ岩田涼菟《りょうと》と、中川乙由《おつゆう》の麦林派の系譜を合わせた呼び名である。

涼菟も乙由も御師《おんし》と呼ばれる伊勢神宮の神職であった。御師は、神社の周囲に住んで参詣人の案内や宿泊の世話をしたが、暦や御祓《おはらえ》を配ったりもし、各地を回ることもあったようである。それは信仰を広めるためであったが、そこで伊勢派の俳諧を伝えた御師もいたと言われている。(9)

その伊勢派の内実が、闌更や暁台などによって変容していくのだが、同時代の伊勢松坂に本居宣長がいたことは記憶しておくべきであろう。闌更、暁台と宣長は、ほぼ同世代なのである。

暁台の弟子であった井上士朗が宣長の門人録に署名していることを考えれば、この時代の伊勢派の変容が宣長の国学と関わっていたことは明らかであろう。

一茶の国学的な世界観を一茶だけのものと考えることは不自然である。彼の周囲には、そうした世界観を語り合う人が多くいたと考える方が自然であろう。ただ、それを俳諧に取り込み、表現しようとまでした人は限られていたということである。

そう考えれば、西馬門の三森幹雄が明治になって明倫講社を設立し、鳳朗門の鈴木月彦とともに、国家神道による国民教化策の教導職となったこともごく自然の成り行きであるように見えてくる。第四章で述べるが、明治になって幹雄が刊行した『俳諧自在法』（庚寅新誌社、明治二五・二六年）などにも一茶の句がかなり引用されているのである。

②梅室一門の興隆——教林盟社の源流

天保十二（一八四二）年に京の成田蒼虬と江戸の児島大梅《たいばい》が歿し、弘化二（一八四五）年に鳳朗が歿する。さらに、嘉永五（一八五二）年には梅室、翌年に江戸の高梨一具《いちぐ》が歿すると、十九世紀後半の俳壇は次の世代に移行していくことになる。

以降の江戸・東京俳壇の中枢を形成していくのは、主に梅室一門である。一方に春秋庵（加舎白雄の系統を引く三森幹雄もいるが、舞台を設えたのは梅室一門である。

明治七年に教林盟社を結成した関為山、鳥越等栽、橋田春湖の三人は、いずれも梅室に学んだ俳家たちである。春湖だけは、故あって其角の門流を継いでいるが、実質的には梅室一門と考えてよい。この時期の俳句史を考えるためには、まず梅室一門の動向を見ておく必要がある。

梅室亡き後の一門をまとめ、その隆盛を継続させたのは、梅室の養子、内海淡節であろう。

内海淡節は松山の俳家で、松山の俳句史には必ず登場する人だが、全国的にはそれほど知られていない。しかし、武士階級とは言えない関為山、鳥越等栽、橘田春湖の三人が、東京で教林盟社という全国組織のトップに立つという〈俳壇維新〉は、この淡節の働きなくしては起こりえなかったことなのである。

淡節の名は愛之丞。文化七（一八一〇）年、松山藩の家老に仕える家に生まれた。幼くして父と死別し、叔母に育てられたという[10]。

松山藩の重臣には水野家、長沼家、奥平家、吉田家などあり、淡節はこのいずれかに仕えていたということになる。地方史家の三好湧川は吉田家であろうと推定している[11]。

淡節には妻があり妊っていたが、天保十（一八三九）年ごろ、その妻を置いて京に上ったという。よほどの事情があったのであろう。松山では、淡節に勤皇の志があり、妻の親がそれに反対する家老であったと言い伝えられている[12]。

京では、はじめ蒼虬に付いたようだが、すぐに梅室門となった。確証はないが、二条家のために働いていたと思われる。

その頃、梅室一門と大坂の牧岡天来との論争が起きている。貞門《ていもん》の流れを引く天来は、『俳諧七草』を刊行し、梅室らの俳諧が式目からはずれていることを批判した。

それに対して梅室らは『梅林茶談』を刊行。さらに『霽々志《はればれし》』『誹諧春の田』『磯の波』（いずれも天保十二年）を刊行して反論した。淡節もこの騒動に関わって活躍したと思われる。

この頃、梅室の人気は高まっており、全国から門弟が集まっていた。天来の批判も、その人気を気にしてのことだったのだろう。後に教林盟社の社長となる橘田春湖も、其角、万和の系統を引く巨谷禾木《こたにかぼく》に学んでいながら、この頃、梅室の門に入っている(13)。

天保十四（一八四三）年、淡節は芭蕉百五十回忌を期に剃髪し、梅室の序で句集『犬居士』を刊行した。

『犬居士』（鳴弦文庫蔵）

剃立《そりたて》に侘《わび》しり初《そむ》るしぐれかな　　淡節

翌十五（一八四四）年、七十六歳になった梅室に男子が生まれ、辰丸と名付けられた。時期は定かでないが、この前後に、淡節は梅室の養子となっている。高齢の梅室は、淡節に辰丸の行く末を託したのである。

淡節は梅室が刊行していた『四時行《しいじこう》』の刊行を助け、一門をまとめた。嘉永三（一八五〇）年には吉田君子という女性と再婚している。

嘉永四（一八五一）年、二条家から梅室に花の本宗匠の話があり、年齢を理由に固辞したが許されず、代理に弟子を上京させてこれを受けた。

嘉永五（一八五二）年、梅室が八十四歳で歿すると、翌年、辰丸の名で追悼集『かれぎく集』が刊行される。序は江戸の為山が書いている。辰丸はまだ九歳のはずだが追悼の脇起《わきおこし》百韻の脇句を付けている。編集の実務は淡節が担ったと思われる。

淡節は、公家の出であった二人目の妻君子の力を借り、遺児となった辰丸を京都東山にある妙法院の名門、村岡家の養子とした。辰丸は多門と名を変え、やがて宮中に出仕するようになる。

安政三（一八五六）年、淡節は二条家から宗匠を許され、翌年には二条家俳席の宗匠も務めている。京都俳壇のトップに立つ一人となったということである。

二条家俳諧は、寛政期に暁台が俳諧の地位向上を願って実現させたシステムで、〈花の本〉が免許されることで知られる。貞徳、貞室、芭蕉も〈花の本〉とされるが、実際には暁台に始まり、鳳朗、梅室が継いだということであろう。[14] 貞徳に遡っての命名は、暁台の演出と考えるべきである。

梅室歿後は、安政三年に梅室門の林曹が花の本となり、淡節が附属宗匠を務めている。

さらに文久二（一八六二）年、淡節は花の本脇宗匠ともなった。この年、後に正岡子規の師となる大原其戎《きじゆう》も二条家から宗匠を許されている。

これ以降の梅室一門の隆盛を構想したのは、この淡節と為山、そして春湖であろう。春湖と淡節は、ほぼ同時期に梅室のもとに行っている。淡節は、梅室の養子として一門を取り仕切り、春湖は一門を離れて禾木を継ぎ、外部から一門の活動を支えた。

前述の通り、淡節の故郷松山には、淡節が松山藩の勤王派だったという話が伝えられている。松山藩は親藩であったが、時代は勤皇に傾いていた。淡節は、藩の存続のために勤皇を上進したが聞き入れられなかったので脱藩して京に上り、二条家に近づいたのであろう。

二条家二十六代の当主斉敬《なりゆき》は、すぐれた文化人であるとともに、政治の中枢で天皇を補佐した要人でもある。父は左大臣二条斉信《なりのぶ》だが、母は水戸徳川家の出身で、後に将軍となる徳川慶喜《よしのぶ》は従弟にあたる。尊皇攘夷派であったため安政の大獄で十日間の慎《つつしみ》を命じられているが、桜田門外の変以降は公武合体を進める親幕派の公卿の中心となって活躍した。

その二条家の俳席が大きく動くのは文久二（一八六二）年である。蒼虬門の堤梅通が花之本宗匠となり、淡節が花之本脇宗匠となる。さらに、後に子規の師となる大原其戎も宗匠を許され、伊勢の大主耕雨とともに二条家の俳席に加えられている。

文久二（一八六二）年は和宮降嫁が実現した年である。二条家俳席の活発な動きが、二条家の資金集めであったことは明らかであろう。

この年斉敬は、安政の大獄に絡んで謹慎を受けたにもかかわらず右大臣となる。攘夷派の公卿や長州藩に対抗し、翌文久三（一八六三）年八月の政変では、倒幕を企てていた三条実美《さねとみ》、四条隆謌《たかうた》、東久世通禧《みちとみ》ら七人を長州に追いやっている。世に言う「七卿落ち」である。そうした活動には、やはり多額の資金が必要であったと考えられる。

「七卿落ち」の公家たちが集合場所としたのは妙法院であったが、前述のように、そこの村岡家には梅室の遺児辰丸が多聞と名乗って養子に入っていた。ただの偶然とも思えるが、俳家の繋がりが二条家の情報源となっていた可能性もある。

二条家俳席の活発化は、梅室一門にも大きなメリットだったようで、この年の八月二十三日付の春湖の書簡には、「誠ニ我らが世の中ニ相成、万々歳喜申候」と記されている[15]。

一方、江戸の為山は御用左官で、幕府とそれなりのつながりがあったと思われる。江戸の大火のたびに江戸城も被害を受けていたのであるから、左官職であった関家とのつながりは小さくはなかったはずである。

春湖が雲水をやめ、江戸の深川に小築庵を結ぶのもこのころのことである。ここで江戸を選んだというところに、春湖の時代を感じ取る力を感じる。

京の淡節と江戸の為山、等栽は、幕末期に梅室一門のつながりを強めていった。彼らが、二条家のもとで公武合体派という立場にいたことは重要であろう。先の話になるが、明治十年代の教林盟社には、旧幕府の重鎮たちが関わってくるのである。

淡節の人脈は、二条家を介して明治新政府の内部にまで及んでいたのかもしれない。明治初年に旧藩主松平定昭が淡節の忠節に対し紋服と目録を下賜したという話が残されている。維新後に危うくなっていた松山藩の存続を支える力となっていたということであろう。

明治五年、淡節は内海姓に戻り、多門（辰丸）の籍を桜井家に戻して松山に戻ってしまう。忠義という武士の倫理を持ち続けた人だったのであろう。

村岡多門は桜井能監《よしかた》と名乗って明治政府内で敏腕を振るうようになる。教林盟社設立の背後に、この桜井能監の力があったことはたしかである。

辰丸（能監）が新政府の官吏になったのは、まずは本人の才覚であろうが、村岡家の格式もあり、また二条家と近かった父の知名度もあったはずだ。

だが、もしそこに淡節の差配がなかったら、辰丸の才能は埋もれていたかもしれない。辰丸が太政官にいたからこそ教林盟社はでき、梅室一門を中心として明治初期東京俳壇が作られたのである。俳壇史における淡節の功績は大きい。

明治七年、淡節は六十五歳で歿する。思いを成し遂げた人生ではあったろうが、いささか淋しい晩年であったかも知れない。

4　維新前夜の俳壇

文久・元治・慶応ごろの俳壇の様子をイメージできる人はそう多くないと思われる。著者も全体を把握できているわけではないが、いくつかの地域の代表的な俳家の活動を知っておくだけでも意味のあることかと思う。各地の俳家が、幕末の動乱期にも活発に活動していた様子を思い描いていただきたい。戊辰戦争の最中にも句会はあり、俳書が刊行されていたということである。

①　幕末の京俳壇

維新前夜の京俳壇で存在感を示していたのは蒼虬門の八木芹舎《きんしや》である。元治元（一八六四）年に花の本宗匠となって個人句集『泮水園句集』を刊行している。当時、生前の個人句集というのはかなりまれなことだったと思われる。芹舎は文化二（一八〇五）年に生まれ、明治二十三年に八十六歳で歿するまで活躍した。

芹舎に並ぶ京の俳家は岸田稲処《とうしょ》である。本姓、長谷川。別号に黄雲亭、樗庵（二世）、岸田御射山《みさやま》翁。梅室に学び、のち中島黙池に付いた。

信州上田に生まれた沢有節も幕末の京俳壇を彩った。大工を辞め、江戸に出て仁井田《にいだ》碓嶺《たいれい》に入門し椿海の名を貰う。しかし、不祥事があったらしく出奔して遊歴。名古屋で有節と名を換え、京に上って蒼虬に師事。天保十一（一八四〇）年、五仲庵を開き、明治五年に歿するまで京や大津で活躍した。芹舎と同年だが、こちらは紆余曲折の苦労人である。月並集の入選句から選んだ『花の井集』を慶応二（一八六六）年に刊行した。

芭蕉堂は、嘉永六（一八五三）年に五世九起《きゅうき》から蒼虬門の河村公成《こうせい》に移ったが、以降も九起は活動を続けており、慶応四年に『俳諧新苑集』を刊行している。六世公成の代になると芭蕉堂恒例の年次句集『花供養』の発行が滞りがちで、万延元（一八六〇）年以降の発行はない[16]。それは公成が勤皇派の武士としてさまざまに活動していたためと思われる。江戸に行って小森卓朗の『俳家新聞』の準備に手を貸していた気配もあるが、それも政局に絡んでの移動だったかも知れない。慶応四年六月に京に戻ったところを佐幕派の浪士に殺害された。六十一歳だった。政治にも文事にも力を尽くした人だったようで、明治元年に出された公成追悼の俳諧一枚摺には、近くで公成をよく見ていたはずの淡節が「野もどりのよごれたままや夕時雨」という句を贈っている。忙しなく立ち働

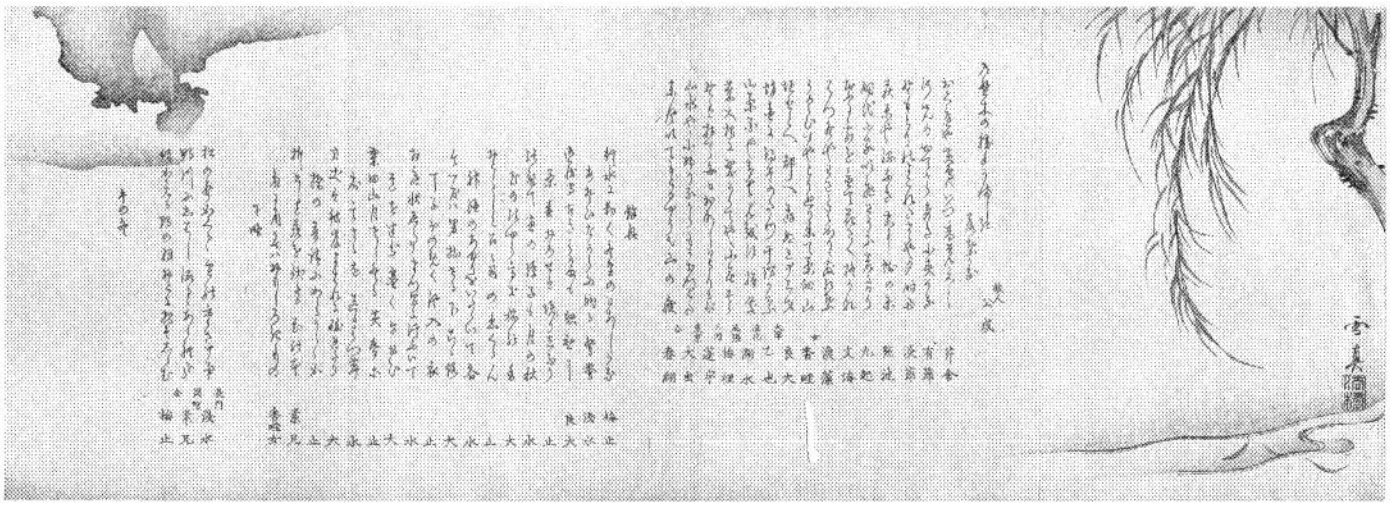

河村公成追悼の俳諧一枚摺（鳴弦文庫蔵）

いた公成の姿が想い浮かぶ。

前項に述べたとおり、松山から京に上って梅室の養子となった内海淡節は、二条家俳席で脇宗匠を務めるなど活躍し、梅室の実子辰丸を妙法院の名門村岡家の養子として宮中に入れた。桜井姓となった淡節は、娘よねの婿に公成門の良大を迎え、内海姓を復活させた。

戊辰戦争の和歌・俳句を集めた城兼文の『殉難前草』『殉難後草』『殉難後草拾遺』が、早くも慶応四年に京の近江屋から刊行された。

② 幕末の江戸俳壇

文久以降の江戸では、小林見外《けんがい》、小森卓朗《たくろう》、関為山が三大家と呼ばれていた。安政期までは西馬も活躍していたが、安政五（一八五八）年にコレラで歿し、以降は三森幹雄が後継している。

見外は甲斐の人で谷川護物門。士朗、闌更、道彦の流れを汲む。年刊の『槻弓《つきゆみ》集』は明治四年の二十八編まで続いた。甲州俳壇とのつながりは強かったようだ。

卓朗は伊豆三島の人。江戸に移り、鈴木道彦門の大梅に学んで孤山堂と号し、勢力を広げ、一門の池永大虫、佐藤採花などとともに活躍していた。江戸周辺にも勢力を拡大し、『俳諧画像集』（文久二年）を刊行した下総の希水も弟子の一人である。

前にも述べたが、為山は梅室門で、幕府のご用左官。関家は左官の名門で、今も関を名乗る左官会社は多い。江戸の大火は弘化、嘉永、安政、文久と続き、江戸城も焼けているから、関一門と幕府とのつながりは強かったと思われる。

慶応年間には関為山、鳥越等栽、橋田春湖を三大家とする動きが現れる。慶応三（一八六七）年の『松桜見立俳士鑑』（鞍馬山人誌）という一枚摺番付には、上から順に「和州　南都八重桜　エト為山」「江州　三井寺昔長等八重桜　エト　等栽」「城州　伏見西行墨染桜　エト　春湖」の三人が並ぶ。椿海潮堂編『俳諧名家新題林』が萩原乙彦らの序で慶応四年に刊行されている。題名に「新」と付した辺りに、時代の空気があったと思われる。

卓朗の企画で慶応年間に江戸から刊行された『俳家新聞』は、従来から木活字による俳書として注目されてきたが、それ以上に、幕末期の伊勢派が集結した句集として重要である。従来は慶応三年の創刊と考えられてきたが、表紙に「慶応二年春」と書かれたものがあり、その最後の丁に「丑年冬季」の訂正記事が載る。とすれば、創刊は「丑年」、すなわち慶応元（一八六五）年の冬だったことになる。その慶応二年春版は、校正が卓朗・香城、編集が奇泉・大虫で、卓朗一門の仕事であったことが分かるが、参加者として江戸の為山、小林見外、鳥越等栽、春湖、大岩五休、ミき雄（幹雄）らがおり、京からは八木芹舎、河村公成、中島黙池などがいて、伊勢派の大同団結の様相を呈し、新時代を予感させる「新聞」という名称と相俟って、江戸を中心とした新しい俳壇を形成しようという気配を漂わせている。

慶応三年には江戸本町の誠信閣から『芭蕉発句集』が再版され、また『蒼虬発句集』が三都（江戸・大坂・京）から発売されている。それに競うように『逸淵発句集』も刊行され、紅旗征戎どこ吹く風といった趣きである。江戸に戦火が及ばなかったということでもあるだろう。

慶応四年七月に江戸が東京となってからも、椿海潮堂『俳諧名家新題林』、春湖編『芭蕉翁古池真伝』などが刊行されている。この『芭蕉翁古池真伝』については次章で述べる。

旗本であった萩原乙彦は、慶応年間に日本橋、上野界隈の十書肆から『俳諧季寄持扇』を刊行。また『俳諧名家新題林』の序を記しているが、この本は明治期に何度も再版されている。明治になると乙彦はすぐ為山に付き、翌年から『俳諧新聞紙』（後『対梅宇日渉』と改題）を発行する。

乙彦は、もともとは鈴木道彦門で、戯作もし、茶華道、音曲（歌沢節）などにもプロの腕を持つ文化人であった。小普請《こぶしん》方の森家の次男で、著名な書道家萩原秋巖の養子となったが、明治十年に秋巖が没すると、その後妻と所帯を持った。そのため、義母と結ばれた人として新聞を賑わし、以来、その行動のすべてが奇行として語られるようになる。為山への弟子入りについても、ご時世で旗本が職人の弟子になったと面白がられるのだが、実家の小普請方は江戸城の修理が本来の役であるから、江戸期の絆が新時代の歪みを吸収していたという側面もあると思われる。

為山への弟子入りと言えば、しばらく信州で版下書きや貸本業を営んでいた広田精知も東京に戻り、為山門に入っている。精知も幕末の江戸に危険性を感じていたのであろう。

江戸中期から江戸に月次句合《つきなみくあわせ》を広めた俳句集団の太白堂《たいはくどう》は、文政四（一八二一）年から六世となった江口孤月が、渡辺崋山が挿絵を描いたこともある歳旦帳『桃家春帳』を明治初年まで継続している。

③ 幕末の各地方俳壇

大坂には大坂蕉門を拡大した菅沼奇淵門の藤井鼎左《ていさ》がおり、安政七（一八六〇）年に『四季部類大全』、慶応四（一八六八）年に『増補四季部類大全』を刊行している。

また、父の五木を継いだ二世五木庵潮水と、梅室門の松の本素屋《そおく》も大坂にいて、明治元年に潮水編、素屋序の句集『雀五歌仙』を刊行している。素屋は九竹園鴬室、豊田秋水らと明治三年に『俳諧発句此君次郎集』を出している。「此君《しくん》」は竹のことだが、享保時代の吉田了雨の『此君集』に続くものという意味であろう。

西国の月次句合《つきなみくあわせ》（月例句会）の源流となった八千房《はっせんぼう》は、弘化三（一八四六）年に淡叟が歿した後、野間流美《りゅうび》が後継している。その他、其角や桃妖の系統を引く蕉門も多かったはずで、貞門の俳家も多く活動していたと思われるが詳細は分からない。

名古屋では、古着商だった松浦羽洲が観世流謡曲師となり名を広めた。俳諧は士朗門の西川芝石、伊藤而后、大橋梅裡に学び、謡曲の知名度もあって多くの弟子を持った。

春湖《じこう》と紀行『雲鳥日記《くもとり》』を残した梅室門の長島蒼山は京に摩訶庵を結んだが、招かれて見付（磐田市）や浜松で安間木潤らを指導。『越の雪』（慶応元年）などを残して明治二年に歿した。慶応四年、金原明善に梅室の子桜井能監《よしかた》を紹介し、天竜川の治水を建白したことはよく知られている。明善は俳家でもあり、明治十一年に蒼山追悼集として『しら露集』を編んでいる。

遠江の伊藤嵐牛は鶴田卓池に学び、柿園を名乗って活動。晩年、松島十湖《じっこ》とも交流した。

三河国吉田（豊橋）の饅頭屋佐野蓬宇も卓池に学び、呉井園を名乗って天保期から明治二十八年に歿するまで活躍した[17]。

伊勢の大主耕雨は伊勢神宮主典であったが、京の堤梅通らに学び、文久二年、二十代で二条家の俳席に加えられる。しかし、神官であったため宗匠として活躍するのは明治二十年以降である。

出雲松江の骨董商、山内曲川は京の荒木万籟に学び、江戸、奥州を回り、安政五（一八五八）年から郷里に戻って茶道、俳諧を教えた。

広島には怪力の拳骨和尚として知られた武田物外《もつがい》がおり、慶応元（一八六五）年には第一次長州征伐の調停役を務めている。

丸亀では京極家普請奉行の津坂木長《ぼくちょう》が俳諧でも活躍。菊壺茂椎《もつい》門で梅室にも学んだという。

松山では後に正岡子規に俳句を教える大原其戎《きじゅう》が京から戻り、宗匠として活動していた。松山藩家老だった田川鳳朗門の奥平鶯居は藩兵を率いて御所警護に向かうなどするが、明治元年に隠居して以降は俳諧に生きる。京の内海淡節は明治五年に松山に帰郷。

佐賀は美濃派が主流だったようだが、幕末には梅室門の梅調が一門を増やし、雪峨、素九、月交らが活躍した。

甲斐の甲府では嵐外十哲の一人であった河野可転が前出の『正風俳士鑑』の「行司」に位置づけられている。また、これも嵐外十哲の一人、豆々花早乙女通志の『俳諧類題集』（文久二年）の慶応新版が刊行されている。通志は春湖を嵐外に導いた人である。

幹雄は、万延元（一八六〇）年に江戸で師西馬の句集『其夕集《そのゆうべ》』を編み、さらに元治元（一八六四）年に西馬注『標注七部集』を刊行したが、その後時流を危ぶみ、江戸を離れて甲斐に潜んでいた。慶応元（一八六五）年に上州の浦野得水らと『かめのをしふ』を刊行している。

信州の岩波其残は諏訪の豪農で、俳諧、絵画、楽焼、彫刻、生花、茶湯、写真、砲術、製図、音曲に才を発揮した人。尾張藩士の娘と出奔し、諸国を十一年間放浪して、諏訪に戻り、地域の文化に足跡を残した。

下総佐原の東旭斎は農業を営みながら豊嶋由誓《ゆうせい》に学んで声画庵を名乗り、朝日社を率いて、幕末、明治期に活躍した。

武蔵本庄の久米逸淵は文久元（一八六一）年に歿したが、その遺句集『逸淵発句集』が慶応三（一八六七）年に子息の信則によって刊行されている。本庄からの刊行と思われる。その逸縁に学んだ上野水沼村の名主、下平可都三《かつみ》は、羊合軒、田字庵を名乗って連句の名手として知られた。剣術にも優れ国定忠治の処刑に立ち会った人でもある。天野桑古も上野の人で逸淵の弟子の西馬門。養志軒を名乗り、寺子屋を開き、地域の文化に貢献した。

加賀金沢では島林甫立が視力を失った父の代筆をしながら俳諧を学んでいた。明治十四年、希因から続く暮柳舎七世を継いでいる。また、明治元年、一事庵百古編『近古発句明治五百題』が金沢の探花書房から刊行されている。百古は公成の前号だが事情がよく分からない。

奥州須賀川には市原多代女がいて、『晴霞句集』（嘉永六年）を刊行。慶応元（一八六五）年に九十歳で歿するまでこの地の俳句文化を支え、多くの弟子を残した。

秋田には、秋山御風に学んだ会田素山、庄司唫風《ぎんぷう》がいて、全国の俳家と結び、明治中期まで活躍した(18)。

北海道では、慶応四年に一井綺石が『一井集』を為山の序で江指（江差）から刊行。その後の箱館戦争で、土方才蔵らが句会を行ったことはよく知られているが、この地に俳句を広めていたのは卓朗の孤山堂を継いだ大塩無外である。万延元（一八六〇）年に蝦夷に渡り、旧幕府軍の中島三郎助らと句会を行っている。

どの地域にも俳諧宗匠がいて、俳諧文化が広がっていたということだが、幕末から明治初期にかけての薩摩の記録はどこにも残されていない。市街地の資料は薩英戦争で燃えたと思われるが、どこかに残されているものがあるのではなかろうか。

④ 戊辰戦争の俳句

俳句が〈近代的自我〉と呼びうるものを獲得するのは、やはり自由民権運動以降と考えるべきであろう。正岡子規の〈写生〉がその結実であった。〈写生〉は、形骸化した伝統美を〈月並〉として排し、個人の目で対象を捉えるという〈近代的自我〉を俳句にもたらした。

しかし、それ以前にも、国学の世界観に裏打ちされた〈自我〉や、〈国民国家意識〉は育まれつつあった。

吾国の色香きはだつ桜哉　　三森幹雄

（『俳諧明倫雑誌』明治一六年四月号）

表現の上では一茶の句と同じ水準かも知れないが、戊辰戦争（一八六八―六九）という戦乱を経た上で、近代国家成立の事実を背景に詠まれていることは重要であろう。こうした〈俳句〉は、どこからもたらされたのであろうか。

理念を詠む和歌は中世からあったと言われるが、ジャンルとして明確になるのは、江戸時代の心学の教えを詠んだ道歌であろう。その手法が国家理念への思いに使われ、吉田松陰らの和歌となって広がっていった。

しかしそのとき、わずかながら理念や状況を詠む〈俳句〉も作られていた。

幕末の抗争に殉じた人々の詩歌を集めた集に城兼文編の『殉難前草』『殉難後草』『殉難遺草』『殉難続草』と、馬場文英編『殉難後草拾遺』がある。これらは慶応四年から刊行され、なかに数は少ないが俳句が記されている。(19)

城兼文は西村兼文。天保三（一八三二）年に西本願寺の侍臣の子として生まれ、自身も同職を務めた。勤皇の志士と交流したが、寺が新選組の屯所となったために隊士とも交流し、後に『新撰組始末記（壬生浪士始末記）』（刊年不明）を著している。要するに、勤王、佐幕の双方に通じた人であった。著書は多いが、森銑三や荒俣宏によれば「偽書の天才」であったらしく、著書の内容を簡単に信じるわけにはいかないが、一連の『殉難草』は、明治四十年に、芳賀矢一の校訂で冨山房から翻刻され、昭和十八年には時代社の『武士道全書』、平成十年には国書刊行会から復刻されており、後世への影響もあったはずの本である。偽書であったにしても、誰かが幕末期にこれらの句を詠んだことは事実なのである。

身をすて、君にさゝぐる勝男かな　　杉山弥一郎

杉山弥一郎は水戸藩士。万延元（一八六〇）年に桜田門外で井伊直弼を襲撃。負傷して江戸熊本藩邸に自首し、文久元年に伝馬町の牢で処刑されている[20]。句は、季語の鰹に自身を重ねた命懸けの滑稽句である。

ころんでも弓矢は捨ぬ案山子哉　　昌木将監春雄

「辞世」と前書きがある句。昌木春雄は水戸天狗党の一員。元治元（一八六四）年三月、筑波に挙兵し千人を超す集団になった筑波勢の一人で、助川海防城の落城の際に戦死したと思われる。その後、城は奪還されるが、それを知ることなく絶命したようである。

「案山子」を季語とする秋の句で、九月の戦いで手傷を負ったときに詠んだのだろう。自らの緊迫した状況においてこのような詠みぶりをする俳句という文学の不思議さを思わずにはいられない。類型のある句だが、自らの死に臨んで、なぜ人はこのような滑稽表現を選ぶのであろうか。

此首をとるかとらんか今朝の春　　来嶋又兵衛正久

作者は長州人。遊撃隊を組織し、高杉晋作の騎兵隊に呼応した。元治元（一八六四）年、遊撃隊の総督を辞して変名で大阪に出軍。七月の禁門の変で狙撃され、甥に介錯させて喉を突いて死んだ。四十九歳であった。「此の首」は自分の首で、元朝の句としては異例。戦争という切迫した状況が、それまでの俳諧の常識を覆している。共同幻想としての風雅ではなく、個人的事情の表出とも言え、後のリアリズムや自我の表出につながるものであろう。

国々の料理にならぬ天狗茸　　国分新太郎

作者は弘化二（一八四五）年生まれの水戸藩士で、文久三（一八六三）年に新徴組に入って江戸の警備にあたっていたが、天狗党に参加。京へ向かうも金沢藩の軍勢に降伏し、元治二年二月四日、敦賀で処刑されている。二十一歳であったという。自虐的な滑稽に見えるが、反面、自尊心とも読める。この「国々」は、やはり諸藩と思われるが、彼らの強靱な攘夷思想を思えば、諸外国を意味していたとも取れる。この句は『絵入近世年代実記』（大英舎、明治七年序）という本にも「国分新七郎」の句として載っている。これらの句に西村の脚色が加わっていたとしても、慶応年間に詠まれたことに変わりはない。

先に紹介した三森幹雄の国家理念も、こうした表現に連なるものだ。彼らの「愛国」「皇国国体」「富国強兵」などの概念を、そうそう安易に取り扱うことはできない。

これまでの俳句史は、この時代を、五稜郭における土方才蔵の句会のみに預けて通り過ぎてきた。

もう少し丁寧なまなざしが必要であろう。

5　江戸期の春湖と幹雄

前期明治俳壇の主役と言えば橘田《きつた》春湖《しゅんこ》と三森幹雄であろう。

これまでの俳句史にも、この二人について多少は語られてきた。だが、あまりにも誤解が多い。例えば、春湖は其角の門流を汲む禾木門とされているが、伊勢派の梅室の門流も引いている。また、幹雄は子規に無学扱いされているが、当時の学問を名の知れた学者について一通りのことは学んでいる。さらにこれまでの俳句史では、明治期に幹雄が先に教導職になり、春湖が後から推薦されたように言われてきたが、事実は逆である。まずは、春湖と幹雄の半生を追ってみよう。

①　橘田春湖の半生

春湖は、文化十二（一八一五）年、甲斐国甲府横沢町に生まれた。幼名、定太郎、名は茂実、通称は幸蔵であった(21)。

父は京の公家侍だったらしいが、何か失策があったらしく、流遇した末に甲府にたどり着いたと伝えられている。当然、暮らしは貧しく、生活に困って横沢町の妙本寺に寄食した。妙本寺は今も中央本線の線路沿いにある日蓮宗の寺で山号は法澤山。創建は寛正三（一四六二）年という古刹で、寺の過去帳には、春湖の母と思われる人の記録が残る。

春湖はおそらくそこで生まれた。寺に寄宿しているのであるから、幼い頃は寺の小僧であったと思われ、住職に読み書きは教えられたであろうし、父も公家侍ということであれば、それなりの学問の手ほどきは施したであろう。

やがて働ける年になると紺屋に雇われたらしい。年嵩が増すと志村という姓の武士の僕《しもべ》となって父を養ったという。ちなみに弟がいて僧になっている。

天保五（一八四五）年、二十歳になった春湖は、甲府の宗匠であった辻嵐外の高弟、早乙女通志に入門。一笑と号して俳諧に励んだ。才能豊かであったようで、すぐ通志に導かれて通志の師である嵐外の弟子となった。おそらくそのときに、号を一笑から五株に変えたと思われる。

嵐外は著名な俳人である。明和時代に越前に生まれ、高桑闌更、加藤暁台、五味可都里《かつり》に学び、甲府に住んで「甲斐の山八先生」と呼ばれ、多くの弟子を育てた。別号に六庵、北亭、南無庵などがある。

俳句史の中で、闌更の門流は伊勢派とされてきた。作風を追えばさまざまな見方もできようが、例えば山本春松編『梅室宗匠紀年録』（嘉永七〔一八五四〕年）には、梅室の「俳諧伝系」が次のように記されている。

芭蕉翁　→　北枝　→　希因　→　闌更　→　素信（梅室）

一方、明治期の無界坊淡水編『俳諧千々の友』（明治三六年）には、為山の梅の本を継いだ津田耆《き》山《ざん》の系譜が、次のように記されている。

芭蕉→凉菟→乙由→希因→闌更→梅室→為山→梅之本耆山

希因には支考の影響もあるはずだが、いずれもそれを示してはいない。馬来も外されている。また、蒼虬《そうきゅう》を梅室の師と考えてはいなかったようである。

闌更は伊勢派の流れにはいるが、蕉風のあり方を根本から考えた人である。しかし、伊勢派であることを否定してはいない。伊勢派とは、作風の系譜ではなく、人脈のネットワークと考えた方がよいかもしれない。おそらくそれは、伊勢神宮の信仰を広めるネットワークとも重なっている。ここでは、春湖がその大きなネットワークに加わっていたということを記憶しておこう。

嵐外の下での春湖の努力はかなりのものであったらしく、二年後の天保七年には師に認められて江戸に出て巨谷禾木《こたにかぼく》の弟子となる。

橘田春湖
(『春湖発句集』明治25年)

翌八年に、早くも句集『頻つえ』を刊行。巻頭には師の禾木と春湖との両吟歌仙を置き、発句の部の冒頭には先師嵐外を配して配慮は行き届いている。

禾木という俳人についてはよく分かっていない。ただ、宗派は分からないが、僧であったようだ。春湖も剃髪し、道服を着るようになる。

不可解なのは、嵐外の紹介で江戸に行ったのなら、禾木も同じ伊勢派のはずだが、これがいささか筋の違う其角の門流の万和門だというのである。ただ、万和は伊勢派との付き合いもあった人で、禾木も梅室と句集を出すような間柄だったから、嵐外が紹介したのであろう。これはこの時期の蕉門が、単に伊勢派、江戸座などと単純に切り分けられない状態にあったことも示している。

このころの春湖（五株）の立場は「雲水」である。自分の家や庵を持たず、仮寓を重ねて旅のような人生を送っていたのである。その自由な立場のせいもあってのことか、天保十（一八三九）年、春湖は大坂に行って梅室に学びたいと言いだす。

梅室は当時もっとも人気のある宗匠の一人で、この年、芭蕉百五十回忌引上会式を大津で行っているから、そうした活動にあこがれたのであろう。

周囲には、師を変えることへの批判もあったらしい。しかし、禾木は梅室と何度も俳諧の座を共にし、句集も出している間柄であるからそれを許した。春湖はまだ二十五歳であったが、『たびやつこ』という句集を残して大坂に赴く。

この句集『たびやつこ』の序を児島大梅《たいばい》が書いているのだが、これがなかなかの名文である。五株（春湖）がたびたび師を変えることをいろいろ言う人がいるが、「おぼこ」という五六寸の魚が、流れを変えて「すばしり」となり、海に転じて「いな」となり「鯔《ぼら》」となり、やがて「胡猹《とど》」となるのは、好んで住むところを変えているのではなく、育った形の大小に従ってそうなっているのだ、という文脈で、出世魚に喩えて春湖の生き方を正当化し、その将来を言祝いでいる。大梅は漢詩人として名を成した人で、さすがに文章も凝っている。

その後春湖は、北は佐渡、西は高野山、東は金華、松島、南は尾張、美濃、さらに加賀、越中の名勝をめぐり、芳野、月ヶ瀬、琵琶湖、明石、上野（三重県）などを旅し、富山では「芭蕉七部集」を講じたという。梅室の遊歴に従っての旅もあったのだろう。

蕉門において旅は重要なファクターだが、特に伊勢派には、旅をして人と繋がっていくという文化が色濃いように思われる。それは、全国に広がる（伊勢）神宮の御師のネットワークと関係したことであろう[22]。

また神宮には、古くから御札を売って為替で集金するシステムが構築されていたようである[23]。ひとたび伊勢派に加われば、そのつながりに組み込まれ、句や為替の往来にも役立ったということではなかろうか。

二年後、梅室に従って京にいるとき、春湖は禾木が病に伏したとの知らせを受ける。すぐ江戸に戻って介護したが禾木は歿する。これを手厚く葬り、天保十五（一八四四）年、禾木三回忌の句集『はなさら』を刊行した。

当時、師の遺句集を刊行するということは、正統の後継者であることを公表したことになる。これについては春湖に逡巡もあったようで、『はなさら』の序に高梨一具が、師の恩を忘れるなと繰り返し書いている。春湖は、そうした周囲の意見を受け入れ、禾木の後継者となることを決心したようである。以来、春湖は其角の門流に身を置くことになる。

一具は、当時かなり人気のあった宗匠である。天明元（一七八一）年、出羽国村山郡に生まれ、陸奥福島の浄土宗大円寺の住職となった。岩間乙二の門弟で、四十三歳で江戸に出て宗匠となった。

幕末、明治初期の類題集を見ると、多くの句が掲載されていて、人気のほどが分かる。一具も僧であるから、その意味での禾木への思い入れがあったのかもしれない。

翌、弘化二（一八四五）年、五株（春湖）は岳陰《がくいん》と改名。無事庵を名乗り、句集『師走風雅集』を刊行する。禾木の門流を継ぎ、三十一歳となって新たな境地に向かうということの表明だったと思われる。しかし無事庵を結んで雲水をやめたかというと、そうではなく、嘉永三（一八五〇）年に至っても『大日本誹諧高名競』という俳諧番付には「雲水 岳陰」と記されている。

弘化四（一八四七）年、三十三歳となった岳陰（春湖）は、父母の忌に甲斐に戻り、法華経を写して冥福を祈ったという。

嘉永元（一八四八）年には越後に旅をし、契史と交流している。契史は本間徳左衛門という中蒲原郡下新村の庄屋である。白河藩、会津藩、村松藩の御用達であったというから、いわゆる豪農で、長島蒼山に師事し、古木庵、桂花亭を名乗っていた。蒼山も梅室門で春湖とは昵懇の仲であった。春湖も契史から金銭的な援助を受けていたと思われる。

嘉永四（一八五一）年、梅室は二条家から花の本宗匠を許される。既述のように、これは俳家としてはかなり名誉なことであったはずだが、梅室は高齢を理由に再三辞退している。そこには二条家に渡す礼金の問題があったと思われる。しかし、結局は断り切れず、弟子を京に向かわせて花の本宗匠となった。

春湖はこのときすでに梅室の弟子ではない。少なくとも表向きは、禾木を継ぎ、其角・万和の門流に身を置いている。ただし、嘉永五（一八五二）年に梅室の高弟の為山が編んだ『俳諧今人五百

題　三編』に岳陰の名で入集《にっしゅう》しているから、春湖（岳陰）と梅室一門のつながりは悪くなってはいない。

この年の十月、梅室が歿する。翌年出された梅室小祥忌句集『かれきく集』には「雲水　春湖」として次の句を出している。

聞忌や京の霜夜をかたごころ　　春湖

「聞忌《ききいみ》」は、遠方の縁者の死去を聞き知って喪に服したということで、江戸にいたのであろうか。「かたごころ」、つまり、少し気にかかると距離を置いてみせているのは、もう梅室門ではないということの表明であろう。

同年に出た光林輯『詞花類題発句集　三篇』には岳陰名の句が載るから、この年の前後で名を変えたということであろう。

「春湖」という言葉は、其角編の『虚栗《みなしぐり》』にある有名な歌仙「詩商人《しあきんど》」の、芭蕉の挙句《あげく》（連句の最後の句）に出てくる言葉である。

詩商人花を貪る酒債《さかて》哉　　其角
春湖日暮て駕レ輿吟《〔こしにのるぎん〕》　　芭蕉

「春湖」という名は、芭蕉・其角の門流として生きていくという思いを明らかにしたものであったと思われる。

安政元（一八五四）年、後に明治俳壇のライバルとなる三森幹雄が江戸に出てくるが、まだ面識はなかったであろう。

安政二（一八五五）年二月十七日、四十一歳となった春湖は蒼山とともに名古屋を発って『雲鳥日記』の旅に出る。「東北の勝地は祖翁の玉覯に啄まれて吾輩の黄吻を下す処あらじと、はるかに西南の空をこゝろざし」と二人は先ず伊勢に向かい、吉野を経て四国に渡り、松山から日向に渡る。そこで神武天皇陵とされている場所についてかなり詳しく記述しているから、二人は国学に対する関心も深かったと思われる。

さらに、霧島、熊本、島原、松浦、太宰府、宇佐、周防、石見、津和野、杵築（島根）、松江、安来、退休寺（大山）、鳥取、但馬、天橋立、近江を経て三河に戻る。ほぼ一年の長旅である。

安政年間と言えば、和親条約で火の付いた攘夷思想が燃え広がる不穏な時代である。大地震も続き、コレラの流行も始まる。そんな時代に、なぜ二人は長旅などに出たのであろうか。

察するに、これは前年の大地震と関わったことであろう。嘉永七（安政元〔一八五四〕）年十一月四日に安政東海地震、翌日に安政南海地震、七日には豊予海峡地震が発生している。名古屋も津波に襲われたはずで、被災地からの避難とも考えられるが、向かった先も被災の地であるから、各地の俳家の安否を気遣っての旅でもあったと思われる。

二人が天橋立に立った翌日の安政二年十月二日には、安政江戸地震が発生している。二人は「西南の空をこゝろざし」て命拾いをしたということかも知れない。

大地震の翌年の訪問ということで、各地の俳家とのつながりも深いものになったろう。ただ、驚くことに、この紀行のどこにも地震の被害について書かれていない。それが彼らの〈俳文芸〉なのだと思われる。

この旅の途中の加古川で、春湖は宇治山田にある興聖寺の僧環渓と親交を結んだようで、そのことが明治になってからの春湖の運命を大きく変える。環渓は曹洞宗の僧で、明治になって永平寺住職となり、発言力を得て俳諧宗匠を教導職にするよう建白。為山、等栽、春湖の三人を教導職に推薦するのである。

環渓は、幻斉という俳号を持つ俳人であり、春湖は剃髪の身であった。『春湖発句集』(明治二五年)に付された「小築庵春湖翁伝」には、春湖が環渓禅師から菩薩戒を受けたと記されている。

安政三(一八五六)年、蒼山、春湖の共著で前年の旅を記した『雲鳥日記』が刊行される。当時かなり評判になったらしい。

同年、岡田氷壺編『今人明題集』には五株の名で入集しているが、類題集は過去の句が掲載されるということであろう。

安政四年には見外編『槻弓集 十二編』に春湖の名で序を記している。見外も甲斐の出身であるから、同郷の後輩を取り立てたのかも知れない。前年の『雲鳥日記』の評判の影響もあったと思われる。天保時代から続く見外の年並集に序を書いたことで、春湖の評価はさらに高まったはずである。

安政五（一八五八）年には墨芳編『俳諧安政五百題』に春湖の名で入集。翌六年の鴬斎・眉山選『類題発句新花筏集』にも春湖の名で入集している。すでに類題集に春湖が名を連ねることは当然の時代になったようである。

万延元（一八六〇）年に刊行された『蕉風段付《セウフダツキ〔ママ〕》無懸直』という番付では、最上段の前頭筆頭に「雲水　春湖」の名がある。[24] 春湖の親友蒼山は同じ前頭だが二段目である。

この年、後に正岡子規に俳句を教える大原其戎が京に上る。梅室門ということになっているが、すでに梅室は歿しており、おそらく同郷の内海淡節のもとで学んだのであろう。前章にも述べたように淡節は松山藩の勤王派で、家老たちと意見を異にし、京に上って公武合体派の二条家に仕えた武士である。

文久紀元と書かれた俳諧番付『正風名家鑑』の「西の方」「雲水」欄に春湖がいる。これは文久元年のことであろうから、春湖は四十七歳にして未だ雲水だったことになる。

しかし、翌文久二（一八六二）年に出た希水編『俳諧画像集』の江東区芭蕉記念館本には、「小築庵春湖」として句と画像が掲載されている。つまり、この年に春湖は江戸の深川に庵を結んだということになる。[25] 文久二年は、前に述べたとおり、京の二条家の俳席が大きく動いた年である。

小築庵を結んだ春湖は、もはや押しも押されもせぬ宗匠となった。文久四年に刊行されてロングセラーとなった芳草編『俳諧文久千三百題』にはもちろん入集しており、越後の豪商契史の句集『ひらかさ集』の序も書いて親交をさらに深めている。

さらにこの年、『雲鳥日記』の旅で出会った僧環渓が武蔵野の豪徳寺住職ともなり、慶応三（一八六七）年に春湖はそこを訪ねている。

大渓山に宿して環渓禅師に呈し奉る
米搗に慧能居るべき茂りかな　　春湖

「慧能《えのう》」は中国禅の大成者だが、はじめ字が読めず、寺の米搗きをしていたという故事がある。それを踏まえて、豪徳寺には隠れた才能がいるということを言った挨拶句である。さらに深読みすれば、この慧能の「能」は、名を変えたばかりの桜井能監《よしかた》の名を詠み込んだ句にも見える。ただし、辰丸が能監と改名するのは明治三年頃と言われており、実際どうだったかは分からない。

環渓と春湖の親交はここでさらに深まり、翌、慶応四年秋、二人の共著で『芭蕉翁古池真伝』が刊行される。芭蕉の古池の句が成立する過程を禅的に解説した『芭蕉翁古池真伝』に、さらに環渓が著語《じゃくご》（禅の公案等への短い見解）を加えた本である。この環渓との関わりが、明治になって春湖らを教導職に導くことになる。

この時期、すでに春湖は江戸の大家として認知されるようになっていた。前項に記したように、この年に刊行された『松桜見立俳士鑑』（鞍馬山人誌）という番付には、春湖は「東」の部に、為山、等栽に継ぐ三人目として置かれている。

和州　南都八重桜　　エド　為山

江州　三井寺昔長等八重桜　　エド　等栽
城州　伏見西行墨染桜　　エド　春湖

春湖は、幕末の三老人とか三大家と呼ばれる立場になったということである。

ここで時代は明治に移るが、もう少し書き加えておこう。

この時期の俳句史を考えるとき、忘れてならないのは国学の影響である。明治政府の成立は、神道や国学との関わりなしには語れない。明治維新は国学の熱量によって達成されたとも言える。そのため、初期明治政府の内部は宗教紛争というべき状態にあった。

平田神道の信奉者や薩摩の国学者が純粋な神道国家の樹立を主張し、一方でより穏健な津和野派の国学者が長州を巻き込んで仏教をも認めようとしていた。また神道の内部でも、出雲と伊勢が覇権を争っていた。

明治初期の度重なる政府の機構変更は藩閥の争いに見えるが、角度を変えて見れば、それは信じる神の違いによる争いなのであった。

そこに仏教界の各宗派からの要求が加わり、さらにはキリスト教の外圧もあって、新時代の均衡は宗教の力関係によって模索されていた。

それがやや落ち着いたのは明治五年のことで、過激な薩摩の国学や平田神道を外し、教部省を設置して仏教を認め、キリスト教も黙認しつつ国家神道を形成していく方向に動き始める。そこには浄土真宗本願寺派の島地黙雷らの強い働きかけがあったと言われている。

一方巷では、廃仏毀釈の潮流によって各地の寺が打ち壊されていた。これは政府の思惑を越えた現象で、政府も困惑していたらしい。

そうした状況の中、春湖が新時代の俳壇組織をまとめようと動きだすのは、明治四年の『十州紀行』の旅からと考えてよいだろう。春湖は、越後の本間契史ともに、廃仏毀釈が吹き荒れるなか、各地の寺を回り、浜松に向かう。

紀行は契史によって書き出され、「聊《いささか》おもひ立《たつ》ことありて」とだけ書かれて具体的な目的は記されていないが、それを推測すれば旅の目的は三つある。一つは亡くなった浜松の長島蒼山の追悼。二つ目は廃仏毀釈で荒らされた寺社を見舞うことで、三つ目は、新時代の俳壇形成へのネットワーク作りである。

契史は蒼山の弟子で豪農であった。出発に際して子息から供を二人付けるよう諭されているから、それなりの金子を持っての旅立ちだったと思われる。

明治四年七月二十八日に出発し、三国峠、永井の宿（上州水上）から、伊勢崎、松戸を経由して深川の小築庵に到着。八月十九日に東京を出発し、箱根、三島、佐野、原吉原、宇都の山、牧ノ原から大井川を渡り、見附の宿（静岡県磐田市）に着く。ここまでは契史の筆だが、この先は春湖が書くことになり、磐田の行興寺を経て浜松に着く。

今朝からの冬とは見えず舘山寺《かんざんじ》　春湖

浜松の舘山寺での立冬の句である。具体的な景は述べられていないが、寺が荒らされていたことは十分に伝わってくる句である。

令和五年に舘山寺のご住職に伺った話では、寺は明治三年に一度廃寺になっているという。廃仏毀釈によって、この地域の徳川家に関わる寺はことごとく廃寺とされたようだ。現在の舘山寺は、明治二十年代に曹洞宗の寺として再建されたものであるという。つまり、春湖が訪れたのは、前年に廃寺となって荒れ果てた舘山寺だったのである。

この時代の月並と呼ばれる句の中には、重いテーマをこの句のように凡庸な光景で覆い隠したものがある。いうなれば、カムフラージュの文学である。それが文学的だったということでもあるだろうが、一方で、内容が明らかになると作者の立場が危うくなるということもあったと思われる。分かる人にしか分からないように詠むことが重要なのであった。そのため、事情を知らぬ後世の人からは月並と蔑まれてしまうことになるのだが、今の時代であっても、政情の不安定な国で詩歌を詠むことを考えれば、この時代に月並句を詠み続けた人たちの考え方も理解できるはずである。

明治政府が仏教を公けに認めるのは、この翌年の明治五年のことである。周囲は尊皇攘夷の高揚を世直しと言い換え、廃仏毀釈に走り回る人々で溢れていたはずなのである。安易に仏教を擁護できる状況ではない。そのなかを、春湖は旅に出て、新時代の俳壇を結ぼうとしたのである。

浜松から豊橋、豊川、伊良古に行って豊橋に戻り、牛久保、呼続《よびつぎ》の浜、熱田神宮を経由して尾張に入り、犬山、岐阜の守静亭、稲葉山、阿波手、鳳来寺、笠覆寺を訪ね、「田楽か窪は尾張の地なり鳴海駅」で終わっている。つまり十州とは、越後、上野、下総、武蔵、相模、伊豆、駿河、遠江、三河、尾張ということであろう。

『十州紀行』刊行の直後、上総東金の豪商、前嶋他山が吉野、京都を訪ねている。京で芹舎と歌仙を巻き、妙満寺で句会を開いた記録は『芳野土産』にまとめられ、春湖が序を記して刊行された。これも寺の安否を気遣っての奉財の旅であったと思われる。『十州紀行』に刺激されての旅だったのであろう。

この年の七月十七日、嵐外門で盛岡に住んでいた此一から秋田の庄司唫風《ぎんぷう》に宛てた書簡に、次のような一節がある。(26)


老俳の外は活計立ち難く、みきをなども在所へ引入り申し候。為山は株にて押すばかり、見外は世事上手に而独立、等裁も殊の外老衰いたし、多病のためか術もおもはしからず、春湖壱人、繁盛に候。これも方今、評判よろしからず、一つは嫉みも之有るか、高木風に吹るるの謂か、金満家へ諂《へつら》ふの癖ありなどと申す族《やから》も之有り。是は業家の常にて、敢て咎るにもあるべからず。


明治初期の不安定な社会で、俳諧で潤っていたのは春湖ばかりという状況だったようである。幼い頃のどん底の生活の中で、何としても俳諧で身を立てると心に決した春湖の一念を思ってしまうのだが、問題は、盛岡に住む此一が、なぜ東京のこうした状況を把握できていたのかということであろう。

最後に此一が春湖を擁護していることから見て、嵐外一門のつながりや、それを超えた闌更一門の巨大なネットワークを想定しておくべきかと思う。当時の俳家の手紙のやりとりは、今のＳＮＳにも劣らぬ情報量を作りだしていたようである。

春湖は廃仏毀釈の時代に、一門のネットワークを使って仏教勢力を支え、その人脈によって俳壇を再構築した。幼い頃から寺院に助けられて育ち、禾木、一具などの僧に見守られてきた春湖にとって、それは必然の選択であったと思われる。

一方で春湖は、国学や神道にも深いシンパシーを持っている。伊勢神道に連なる伊勢派に学んだ春湖にとって、それは当然の立ち位置である。春湖は、神仏混淆の文化に育まれた江戸の俳文芸を、そのまま近代に持ち込もうとした人と言えるであろう。

② 三森幹雄の半生

次に、明治前期の俳壇でもっとも活発な活動を繰り広げた明倫講社の社長、三森幹雄の半生を追っておこう[27]。

幹雄は春湖より十五歳年下である。文政十二（一八二〇）年、幕府領の形見村（現・福島県石川町）に生まれた。本名は寛で幼名は菊治。一族には俳号を持つ人が多く、幹雄も早くから俳諧に親しんでいた。次の句は八歳ごろの作という。

一つ持てば手一杯なり丹波栗　　菊治（幹雄）

幼くして母を失い、紺屋で修行して店を開いたが実入りが少なく、家を出て、嘉永二（一八四九）年に米沢藩半田銀山の横目付（監視役の役人）となった。しかし、仲間の素行に怒り、ひと月で辞めて仙台領長谷村（現・岩沼市）の吉田屋という藍染商人の手代となる。

その吉田屋の客の一人が、名主も務める俳諧宗匠で、幹雄は、その縁で商談をまとめたこともあったという。当時の『俳諧海内人名録』（嘉永六年）に次の句が載る。

ひややかな水踏あてぬ草紅葉　　静波（幹雄）

しかし、ここでも小利にこだわる生活に疑問を持ち、俳家を志して江戸の関為山と志倉西馬に手紙を出す。すると二人から懇篤な返事が届き、安政元（一八五四）年閏七月、店の許可も得ずに江戸の西馬の元に向かった。

西馬はもとは高崎の人で、児玉逸淵の弟子であった。逸淵は伊勢派の流れを汲む加舎白雄《かやしらお》の系統で、高崎で開庵して信州の一茶と交流し、後に江戸に出た宗匠である。西馬も同じように江戸に出て惺庵を開いた。一茶の『おらが春』の序は逸淵、跋は西馬が書いている。加舎白雄は、初期に北関東で活動しており、そのため高崎周辺にはその一門が根を張っていた。

三森幹雄（明治41年撮影）
（関根林吉『三森幹雄評伝』遠沢繁、2002年）

幹雄は西馬の下で俳諧や学問を学んだ。関根林吉『三森幹雄評伝』（遠沢繁、二〇〇二年）には、「水野越前守の儒官司馬遠湖に漢籍を、柴田是真の紹介で老儒池永東海に特に荘子を学んだ。西馬の妻ツネの義兄大沼枕山のもとに、聯字詩格・杜律集などを持参し、その講義を聞き詩作を試みた。また上州高崎の新居守邨《あらいもりむら》のもとに寄宿して、韻鏡易学のことを聞いた」、「国学および和歌は、橘冬照に学び、その没後は伊能頴則《ひでのり》および井上淑蔭に就いた」とあり、さらに禅も学んだと書かれている。

司馬遠湖は漢学者として多くの弟子を育てた人である。

池永東海は不明だが、これはおそらく赤井東海を誤認したのであろう。昌平黌に学んだ漢学者で、洋学の必要をも説いた人である。

大沼枕山は、明治初期の東京で森春濤と人気を二分した漢詩人である。明治二十四年に歿するまで髷を切らなかったことでも知られている。

新居守邨は、著名な国学者東条義門の門下生で、幕末に勤王思想を広め、廃仏毀釈にも荷担した人である。

橘冬照は、本居宣長を批判した伊勢の国学者橘守部の長男である。

伊能頴則は香取神宮の神官。明治になって神祇官に入り、天皇に『令義解《りようのぎげ》』を進講している。

つまり、みな一流の学者たちである。これを幹雄の虚言と思う人がいるかもしれないが、幹雄が西馬の弟子であるなら、こうしたつながりには何の不思議もない。

枕山の妻と西馬の妻は姉妹であり、橘守部の国学は、当時西馬の故郷上野国に広まっていて、新居守邨も上野国高瀬村（富岡市）の出身である。

正岡子規には無学扱いされているが、幹雄の学識をあまり簡単に考えないほうがよい。明治の文明開化の世で、人に先駆けて活版印刷の俳誌を出し続けた人なのである。ただ、洋学の知識がなかったことは確かであろう。

安政二（一八五五）年からは地震と大火に襲われた江戸を逃れている。しかし五年に師の西馬がコレラに罹って五十一歳で死去すると、翌六年に江戸に戻り、京橋丸太新道に一戸を構えた。

　　亡師一周忌の牌前に髪を薙《なぎ》て

窓一つ持《もち》ても月のあるじかな　　幹雄

世にふれぬ心を今日の手向けかな　　幹雄

西馬の三回忌にあたる万延元（一八六〇）年、大沼枕山の序で、西馬の追悼集『其夕集《そのゆうべしゆう》』を編み、跋を記して後継者と認められた。この年の三月、桜田門外の変を目撃したという。

翌、文久元（一八六一）年、『玉川行記』を刊行。逸淵門、西馬門の人々と歌仙を巻き、為山、等栽、春湖、永機、香以、芹舎、有節ら名のある俳家の発句を収めた。

香以は、森鷗外の歴史小説『細木香以』で知られるように、摂津国屋《つのくにや》という酒屋の主人で、幕末の文化人のパトロンとなって財を使い果たした人である。香以について幹雄は、『俳諧明倫雑誌』第二九七号（明治四二年二月）の「明倫講話」に、「鳳朗門人後西馬に属す」「廿万円の身代六年間に遣ひ果す津藤の名一時にひゝかす人今紀文と呼ぶ」と紹介している。香以と交遊があったということは、幹雄もまた当時の江戸文化の中心的なグループに加わっていたということである。

この年、上野から武蔵に移り住んでいた西馬の師、逸淵が歿した。

文久三（一八六三）年八月の大和十津川の乱（天誅組の変）では、事前に天誅組に誘われたが、断わったという。国学を学んだ仲間とのつながりであろう。

元治元（一八六四）年、西馬の七回忌に西馬著『標注七部集』と『西馬発句集』を刊行した。『標注七部集』は、後世、流布本の誤りを正した書として評価された本である。西馬もまたかなりのレベルの国学者であったということになろう。

慶応元（一八六五）年四月、日本橋亀島町に転居。不去庵と改号し、妻富貴を娶って、披露の句集『亀尾集』を刊行。序は等裁で、「不去庵と号するも居を永くこゝにとゞめん意なるべし」と記している。

長き日をながめあかぬや壁はしら　　幹雄

慶応三年、卓朗門の池永大虫が『古今俳家合鑑』を刊行。そのなかで大虫自身を上島鬼貫《うえじまおにつら》に、幹雄を貝増卓袋《かいますたくたい》に喩えたため、怒った幹雄が大虫をなぐるという事件が起きる。これはよく人の知るところとなったようだ。確認はできていないが瓦版にも載ったらしい。芭蕉と親しく、その最期を看取った卓袋ならそう文句もないはずとは思うのだが、やはり鬼貫とは格が違うと感じたのであろう。このとき、大虫と同棲を始めていた採花が気丈に間に入ったという話も残されている。前章の

最後にも触れたが、採花は大虫と同じ卓朗門である。(28)

この直後、幹雄は江戸を離れ、甲斐の俳人の食客として一年を過ごす。幹雄自身は、不穏な世の中で「奥州者」である身の安全を図るためと語ったようだが、大虫とのいざこざが関係していたのかも知れない。

幹雄がいつ江戸に戻ったかは定かでないが、明治二年に幹雄編『俳諧千題掌玉集』を刊行している。序は不知庵河田寄三《きぞう》で校閲が潭堂得水であるから、上毛周辺にいた可能性もある。

明治三年、郷里の実父が本家の養子とその兄弟に殺害されるという衝撃的な事件が起こる。財産管理をめぐる争いであった。幹雄は仇討ちの許可を磐前県《いわさきけん》に出願したが、兄弟は白河県で捕えられ、二人は病死、一人は受刑となって仇討ちは叶わなかった。仇討ち禁止令が出るのは明治六年のことで、まだそういう時代だったということだが、ここに幹雄の性格や世界観が表れているとも言える。

明治三年の暮れには大虫が歿しているので、それを幹雄に打たれたためと書く人もいるが、これは少々時間が経ちすぎている。大虫が歿すると、採花は春湖の小築庵に入ったようである。

そうしたなかで、国の機構は変化し続けていた。

慶応四年閏四月に太政官制が敷かれ、太政官の下に置かれた神祇官は、明治二年に独立し、行政機関の筆頭となった。神道による国の統治が考えられていたということであろう。

しかし翌年、天皇を神とし、神道を国教にして祭政一致を図るという方針が決まり、大教宣布《だいきょうせんぷの》詔《みことのり》が出され、それを推進する宣教使が設置される。

明治四年、神祇官は神祇省となって太政官の下に置かれ、五年にはその神祇省と民部省社寺掛が併合されて教部省が作られる。これは、神道のみによって国を動かそうとする急進的な国学派が力を弱められたことを意味している。

春湖の略歴にも書いたが、急進的な薩摩派や平田派の国学者が追放され、より実際的な津和野派の国学者などが神道、仏教、儒教の合同布教体制を組織しはじめる。キリスト教も黙認し、芝の増上寺に大教院を設置して僧も教導職となっての国民教化が始まる。(29)

同じ明治五年に廃藩置県が実施されるが、現在の都道府県の形が整ったわけではない。例えば武蔵国もいくつかの県に分かれ、ほぼ今の埼玉県のかたちに落ち着くのは明治九年のことである。東京も明治元年に江戸府が東京府《とうけい》に変わっているが、その領域はまだ流動的であった。そんな混乱期にも、幹雄は次の句集をまとめている。

明治4年『海内俳諧一覧集』梅の本沙山・行庵有終・不去庵幹雄編、東京 沙山・有終・幹雄

明治5年『俳諧一覧集 二編』沙山・有終・幹雄編、為山序、東京 沙山等

明治6年『寄三発句集』寄三著、幹雄・笳言著、幹雄跋

明治四年には、梅の本沙山・行庵有終・不去庵幹雄編『海内俳諧一覧集』を刊行する。為山が序を書いており、前章で紹介した『俳家新聞』同様、門流を超えて結集しようとする動きが感じられる。なお、翌年には『俳諧一覧集　二編』が刊行されている。

この「一覧集」という発想は、文久三年のノ左《へっさ》編『一覧集』に始まるかと思うが、その序を卓朗

が書いており、それが幕末の『俳家新聞』につながっていった可能性もある。宗匠ごとの小さな門流を超越した伊勢派一門の集まりを作るという発想は、この頃からあったということである。

幹雄は、師の西馬を早く喪ったが、そのことよって逆に西馬一門を継ぐ者と認められ、明治になって頭角を現していったということであろう。ただ、江戸末期から明治にかけての生活は、かなり不安定だったと考えられる。

注

（1）楠元六男『俳句史のかなめ佐久間柳居』（新典社、二〇〇一年）による。

（2）「逃詞《にげことば》」が何かは不明だが、おそらく論理的に説明できない用語というようなことであろう。「音通」は母音または子音の連続がある語と語のつながりを言うが、これについては第四章「2〈調べ〉の俳句史」に詳述する。「通用」「やすめ詞」「助辞」「発語」が当時どのような意味で使われていたかはよく分からない。

（3）宇井十間は『俳句以後の世界』（ふらんす堂、二〇二四年）の「不可知について」において、「俳句が、意味を否定する（少なくともそういう傾向を持つ）詩形」だとし、「俳句の方法は、つねに意味論とかかわってかつそれを否定する傾向をもって」いると書き、俳句の〈フォルム〉それ自体の把握を説いている。だとすれば、解釈が〈切れ〉を利用すると、意味のないところに意味を見出すという〈解釈〉が必然的に行われることになる。それに対して〈係り結び〉によるアプローチは、俳句の〈フォルム〉それ自体の把握に向かう方法として、ひとつの可能性があるかもしれない。

（4）青木美智男『一茶の時代』（校倉書房、昭和六三年）による。

（5）谷峯蔵『芭蕉堂七世内海良大』（千人社、昭和五二年）に書状の写真とともに掲載された翻刻である。引用に当たってはルビを振るなど多少の書き換えを行った。

（6）寛政三（一七九一）年、筑後田主丸の俳人、岡良山の求めで神祇伯白川家が「桃青霊神」の名を与えたと、久留米市役所編『久留米市誌　中編』「第十章　藝術　第三節　俳諧」（久留米市役所、昭和八年）にあり、久留米市に桃青霊神社が現存している。なお、芭蕉が「飛音明神」の名を与えられたという説については確証がない。

（7）富田志津子『二条家俳諧——資料と研究』（和泉書院、一九九九年）による。

（8）中田雅敏『小林一茶の生涯と俳諧論研究』角川文化振興財団、二〇二一年。

（9）『俳文学大辞典』（角川書店、一九九五年）の「伊勢派」の項に岡本勝が「伊勢派の俳諧は伊勢風と呼ばれ、伊勢神宮の御札を諸国に配った御師が広めたこともあって、広い支持を集めた」と記している。また柏崎順子は「伊勢と俳諧」（『人文・自然研究』第八号、一橋大学大学教育研究開発センター、二〇一四年）において、岩出甫石の指摘する中川乙由の覚書を根拠に「御師の仕事を行ないながらそのネットワークを利用して俳諧活動を行っている」と指摘している。

（10）谷峯蔵『芭蕉堂七世内海良大』（千人社、昭和五二年）に淡節の略歴がある。以降も淡節についてはこの資料に基づく。

（11）『内海淡節九十年忌記念編』（内海淡節顕彰句碑保存会、昭和三八年）による。

（12）松山市立子規記念博物館のホームページ内にある「俳句の里松山」の「松山ゆかりの人々」に「内海淡節」の項があり、そこに、「勤王の志厚く、職を辞して京都に到り、東洞院四条に籠居し、時の到るのを待っていたところ、旧藩主松平隠岐守が、勤王佐幕論のうちにあって去就に迷うことがあり、彼は、憂国報国の念やみがたく、ひそかに松山に帰り、建白しようとして果さず、憂愁悶々の情おくところなく、世を憤り　雪かげや扇の箔の照くもり　の一句をものした」と記されている。出典は不明。（http://www.haiku-matsuyama.jp/

yukari/（二〇二三年四月三日参照）

（13）年齢については、橋田仲太郎編『春湖発句集』（明治二五年）に、明治十九年二月十一日に七十二歳で歿したことが記されている。以下、秋尾敏「橋田春湖の研究――国学・伊勢派という視点から」（『短詩文化研究』第八号、短詩文化学会、二〇二三年八月）による。

（14）富田志津子『二条家俳諧――資料と研究』（和泉書院、一九九五年）による。以下、花の本に関する記述は、この資料による。

（15）高橋古棠宛て書簡。矢羽勝幸『新出近世俳人書簡集』（和泉書院、一九九一年）所収。

（16）竹内千代子『近世後期京都の芭蕉顕彰俳諧資料――芭蕉堂歴世の俳諧と花供養』私家版、二〇一九年十二月。

（17）豊橋中央図書館蔵「慶応三丁卯年」刊『此夕集 三十六』が、村松裕一編として「古文書講座火曜会」（代表丸地八潮）から翻刻・刊行されている。

（18）庄司唫風あての書簡を翻刻した加藤定彦の論文「教導職をめぐる諸俳人の手紙――庄司唫風『花鳥日記』から」（『連歌俳諧研究』第八八号）および「続・教導職をめぐる諸俳人の手紙――庄司唫風『花鳥日記』から」（『連歌俳諧研究』第一〇〇号）は、この時代の俳壇を考察する最も重要な基礎資料であり、本書のこの論を起点として記述している。

（19）『殉難草』の俳句については、呑海沙織編『戦争と文化』（桂書房、二〇一二年）において記した。

（20）『明治維新人名辞典』（吉川弘文館、昭和五六年）による。以下の人物の解説についても同様。

（21）秋尾敏「橋田春湖の研究――国学・伊勢派という視点から」（『短詩文化研究』第八号、短詩文化学会、二〇二三年）による。

（22）笹川裕「安房における伊勢御師師職争論と俳諧ネットワーク」（東四柳史明編『地域社会の文化と史料』

（同成社、二〇一七年）には、文化十一年、一茶とも交流のあった安房の俳家井上杉長（名主、松平定信の侍医・採茶庵系）のもとに、内宮の御師から、外宮ばかりでなく内宮の御師も安房で配札できるようにしてほしいという手紙が俳名を宛名として届いていることが記されている。杉長・郁賀らの俳諧ネットワークに認められて内宮の御師は目的を達したらしいという内容である。これには天照大神の札のみを扱う内宮の御師が、両宮の札を扱う外宮の御師に手を焼いていたという背景があったようだ。内宮と外宮の御師の競合のエネルギーが信仰を広げていったのであろう。

（23）久保松和則は『長崎の伊勢信仰――御師をめぐる伊勢と西肥前とのネットワーク』（長崎文献社、二〇一八年）において、永禄年間（十六世紀半ば）の文書をもとに「旅の便宜として為替によって旅費用を伊勢に送金するシステムが使われていた」と記している。

（24）「早稲田大学図書館古典籍総合データベース」を参照。以下の番付類も同様。

（25）希水編『俳諧画像集』には異本が多く、春湖の載らない版もある。

（26）加藤定彦「明治俳壇消息抄――庄司唫風『花鳥日記』（二）から（下）」『立教大学日本文学』第九六号、二〇〇六年七月。

（27）この項は関根林吉『三森幹雄評伝』（遠沢繁、二〇〇二年）をもとにしているが、時代状況の誤認を正し、書誌データなどを追加している。

（28）佐藤採花は蜂庵を名乗る著名な女性俳人。弘化元（一八四五）年、信濃の浅科村（現・佐久市）に生まれ、五歳で江戸に出て野沢市助の名で娘義太夫を語っていたが、十五歳で帰郷。小林葛古に俳諧を学び、寺子屋を開いた。安政六（一八五九）年、再び江戸に出て春湖に入門。後、大梅門の卓朗の内弟子となり、卓朗歿後は同じ大梅門の池永大虫と同棲。大虫の死後漫遊し、春湖の小築庵に入った。『袖日記』（採花編、雪主翁序、明治八年）、『これはかり』（採花女編、素石園序、明治一四年）などの句集がある。

(29) この時期の歴史の把握はまだ流動的で、政界、宗教界の動きが実際どうなっていたのかはよく分からない。造化三神（天之御中主神、高御産巣日神、神産巣日神）を信じる薩摩の勢力が削がれていったのは確かだろうが、翌明治六年に芝の増上寺に移された大教院には、なぜか造化三神と天照大神が祀られていた。窪壮一朗は『明治維新と神代三陵――廃仏毀釈・薩摩藩・国家神道』（法蔵館、二〇二二年）において、伊勢を神道の中心にしたのは薩摩藩士の田中頼庸だと述べている。

第三章　明治東京俳壇の形成――教林盟社と明倫講社

明治初期の東京俳壇は、これまで語られてきたように、俳諧宗匠の教導職拝命をきっかけとして形成されている。俳諧宗匠の〈教導職〉を支える機関として〈教林盟社〉と〈明倫講社〉が結成され、それが国の中央俳壇の様相を呈していく。

しかし、その経緯については見直すべき点が多い。

まず、教林盟社と明倫講社が、国の〈祭政一致〉という方針の中で作られた団体であることを理解しておく必要がある。

江戸期から水戸学や平田派の国学者らは祭政一致論を唱え、神国として天皇の治める国家の成立を企図していた。

一般の人々にも時代が変わるという高揚があり、〈世直し〉という風潮によって、廃仏毀釈を初めさまざまの騒動が地方に広がっていく。

しかし、寺社からの反発も強く、新政府は宗教と地方の統治を安定させる必要があった。

そこで政府は、明治四（一八七一）年七月に廃藩置県を実施し、その翌月、神祇官を神祇省として太政官の下に置く。地方と宗教をコントロールする制度を作ったということである。

明治五年三月には宣教使と神祇省を合併して教部省を設置。近代国家の理念を全国民に伝え、神道国教化を推進するために教導職が置かれる。つまり教部省は、国家神道の理念を貫きながら仏教とのバランスを取り、かつ地方に国の方針を行き渡らせるという多面的な機能が持たされていたことになる。

明治六年、教導職大教正となった永平寺の住職環渓から建白があり、正風俳諧も正しい道を求めてきたという理由で、俳諧宗匠が教導職に駆り出されることになる。

教導職が国から求められていたのは、「敬神愛国」「天理人道」「皇上奉戴」という「三条の教則」に基づく「神徳皇恩」「天神造化」「皇国国体」などの国学的世界観の理解と、「万国交際」「富国強兵」「文明開化」などの国際化への理解であった。

前章で見てきたように、江戸期から多くの俳家は国学を学んでいた。したがって、俳諧宗匠を教導職にするというのはそれほど的外れな話ではない。

教林盟社と明倫講社は、教導職となった俳諧宗匠の活動を保証するための組織であった。つまりそれは、国家神道の枠組みに位置づけられるべき団体だったはずである。

ところが、わずか十年ほどで教導職制度は廃止され、教林盟社と明倫講社は、教派神道（民間の宗教団体）と見做されるようになる。

江戸期には、宗匠の門流によって培われ、伝承されてきた俳句文化だったが、明治期になると、政府によって国家神道の枠に組み込まれ、文明開化の一翼を担うようになる。教導職制度によって形成され、やがてその制度の廃止によって変貌する明治前中期の俳壇の変化を追ってみよう。

1　教林盟社の成立

教林盟社は、明治前期の俳壇を二分した結社の一つで、関為山、鳥越等栽、橘田春湖の三人が教導職訓導に任じられたことをきっかけに、明治七（一八七四）年に設立された。

この三人を教導職に推したのは永平寺住職の環渓である。教導職十四階級の最上位である大教正となった環渓は、明治六年三月に俳諧師も教導職とするよう進達し、為山、等栽、春湖の三人を推薦した。その結果、三人は五月三日に教導職訓導となり、それを全国の俳家に通知する。(1)

三人の教導職拝命の翌々日、天皇が暮らす皇城となっていた江戸城に火災が発生する。これはかなりの大火で、重要な文書や国書の多くが消失したという。

すると、為山、等栽、春湖は百円という大金を見舞金として国に寄付した。(2) 貨幣制度が一両一円と変えられた直後のことで、貨幣価値が混乱していたとはいえ、百円と言えばかなりの高額である。資金に苦労していた新政府にしてみれば有り難いことであったはずだ。

為山らにそれだけの蓄えがあったことには驚くしかない。教導職就任の祝い金が見込まれていたのかもしれないが、生活に余裕がなければできないことであろう。

近代俳句史は、俳諧宗匠たちの学識や収入を少々低く見過ぎていたかもしれない。そこには、新派俳人を優位に見せるためのバイアスがあったのではなかろうか。

考えてみれば、大阪に通天閣を建てた土居通夫は八世八千房であり、浦安に海苔養殖の基礎を築いた大塚亮平も釣月を名乗る卓朗門の有力俳人であった。静岡の農業を近代化した松島吉郎が年立庵十湖であることはよく知られており、みな俳家でありながら一流の経済人や政治家であった。春湖が交流していた越後の本間契史、愛知の永井士前、上総東金の前嶋他山らは、いずれもその地を代表する豪農、豪商なのである。

それにしても、教導職は無給の職であった。経費は所属する社寺が出すことになっていたのである。ところが俳諧宗匠の教導職には経費を出すべき社寺がない。そこで何らかの団体が必要になり、企画されたのが教林盟社であったと考えられる。むろんそこには全国の俳家を束ねていこうとする野心もあったであろう。

教林盟社は、社寺に相当する立場であるから、必然的に宗教団体である。これは、国民のすべての活動を国家による神道の枠組みに置こうとする当時の政府の方針に基づいたことである。

彼らが芭蕉を神として祀ったことにより、この時代の俳家は前時代の遺物のように扱われるわけだが、その背景に国家神道があったとすれば、彼らは時代に遅れていたわけではない。時代とともに歩んでいたということである。近代という時代の初めには、そういう時期もあったと理解しなければならない。

ともあれ教林盟社は明治六年に設立された。天理大学附属図書館綿屋文庫に残る『教林盟社起源録』（明治七年）の冒頭には、明治六年に為山らが教導職訓導に補せられたことが記されており、この結社が教導職の活動のために結ばれた組織であることが分かる。続いて「五月三日訓導拝命」と題した次の三句が記されている。

この道のけふや開けて五月晴　為山
やせ骨もかずには入りし扇かな　等栽
あふかばや扇も添て道の風　春湖

為山の句はまっとうな挨拶句である。「この道」は教導職の道だが、それは日本が近代国家として歩み始めた道に重なる。さらにそれは新時代の蕉風俳諧が歩み始める道でもあった。「開けて」は文明開化である。五月晴の空の下、開墾されて開通した道路の晴れやかな景に寄せて、為山は当時の状況を完璧に詠み込んでいる。

一方、等栽の句は自虐的な滑稽句である。自分も少しはお役に立つだろうと言っている。佳峰園を名乗っていたが、それを「あほうえん」と呼んで笑う人もいたという人柄なのである。それは十分に自覚的なことで、この人の句集『ひとよさけ』は「一夜酒」だろうが、『人良さげ』を掛けているのではないかとも思われる。しかし、見逃してはいけない。季題は「扇」である。私はあなた方を煽ぐと、国と俳家に向かって言い放っているのである。

春湖の「あふかばや」は「仰がばや」と「煽がばや」の掛詞であろう。技巧的なのである。其角の門流を引くとなれば、このくらいの技巧は必要だったのだろう。為山の「道」と、等栽の「扇」を使っているのも意図的なことかもしれない。

三人三様だが、なかなかに巧みであろう。しかし、正岡子規から見れば、どの句もそれぞれに月並調の典型かもしれない。ただ、三人三様で個性があるという点は、子規も認めるであろう。

この三人を教導職に推した永平寺の環渓は、第二章でも少し述べたが、越後高田藩の出身で、明治二年秋、山城の興聖寺から大本山永平寺に移り、四年十月、太政官から大本山永平寺六十一世住職に任命されている。関三刹（下野の大中寺、下総の總寧寺、武蔵の龍穏寺）以外からの大本山住職就任は異例の人事であったという[3]。つまり、太政官から格別の待遇で認められた僧侶だったということである。

教導職を束ねていたのは大教院で、当初、紀尾井坂の紀州邸に置かれていたが、明治六年二月、芝の増上寺に移され、天照大神と造化三神（天御中主神《あめのみなかぬしのかみ》・高皇産霊神《たかみむすびのかみ》・神皇産霊神《かみむすびのかみ》）が祀られた。

三人の俳家が教導職になったという報せは全国の俳家に通知され、その後、多くの俳家が大教院拝謁に訪れたようである。秋には、俳家による大教院神殿拝謁の儀式が開かれた気配もある。それを機に組織を作ることが決められ、翌年、教林盟社が設立されて、句集『真名井』が刊行される運びとなる。

環渓禅師
（郡司博道『久我環渓禅師詳伝』昌林寺、昭和58年）

『真名井』は大教院神殿拝詠の奉納句集である。序は二つあり、ひとつは太政官五等議官桜井能監《よしかた》、つまり桜井梅室の実子辰丸が書いている。辰丸は多門と名を変えて京の妙法院村岡家の養子となり、そこから宮中に入って新政府の役人になっていた。「議官」は太政官左院の官職で「五等」は最下位だが太政官は最も権力を持つ役所である。

続いて「越の雪主翁」と署名された序があって、これが永平寺の住職環渓である。「雪主」は環渓の俳号である。

気になるのは、教導職は大教院が管理する職で、その直接の上位機関は、太政官ではなく教部省だということである。環渓を永平寺住職に任じたのも太政官であった。すべてが太政官の横槍で決まっているように見える。

加藤定彦の論「教導職をめぐる諸俳人の手紙――庄司唫風『花鳥日記』から」に翻刻された明治六年の「七月五日の条」にある此一の六月二十一日付の手紙に、次のような一節がある。[4]

此の度の儀は、春湖大に骨折り申し候。梅室息多門［太政官大主記］此の仁より主上御歌の御師範従二位殿［三条殿伯父君］へ申し上げに相成、お取り受けよろしく夫より大教正の建白に至り候ことに候。此儀は内実の事故御含迄に申し上げ候。（［ ］は原注）

春湖の骨折りによって、太政官の主記多聞（辰丸・桜井能監）から天皇の歌の師範の「従二位殿」へ申しあげて、大教正（環渓）の建白に至った、ということである。「従二位殿」は、明治天皇の歌道師範となった三条西季知《すえとも》である。季知は、このとき大教正兼神宮祭主の職に就いているが、それは教部省教導職の長官なのである。

だとすれば、環渓が永平寺住職となったことについても、春湖の仲介があった可能性があるのではなかろうか。春湖が旧知の環渓を多聞に紹介したということである。

これは推測に過ぎないが、あり得ない話ではない、第二章に記したように、春湖の友人の長島蒼山も天竜川の利水を企てていた金原明善を能監《よしかた》に紹介し、国を動かす契機を作りだしている。能監は、庶民の願いを為政者につなぎ、迅速に国を動かす能吏であった。見ようによっては仲間内の利益を優先させたということになるだろうが、こういう役人がいなければ国は動かない。明治三十年に依願退職した後、能監は錦鶏間祗候《きんけいのましこう》（無給で天皇の諮問に答える役）に任じられている。その翌年に五十四歳で死去し、従三位に叙せられている。おそらく病を得て退職し、それを惜しんだ人が錦鶏間祗候に推したのであろう(5)。

さて、『真名井』の編者は、巻末に林甫・是三《ぜさん》・素水・禾暁《かぎょう》・石叟《せきそう》と記されているが、皆、為山門の俳家だったと思われる。

林甫は東京今川橋に住む宗匠。庭庵と号した。今も東京都墨田区の三囲神社境内に「水音や花の白雲冴かへる」と刻まれた還暦記念の句碑が遺されている(6)。

是三は東京南茅場町の宗匠で、名は中村茂左衛門。明治十二年に歿し、翌年、追善句集『柄香炉集』が春湖編、雪主序で刊行されているが、是三は二人の友人という体で、春湖門という気配ではない。既に為山が歿していたため、春湖編となったのではなかろうか。

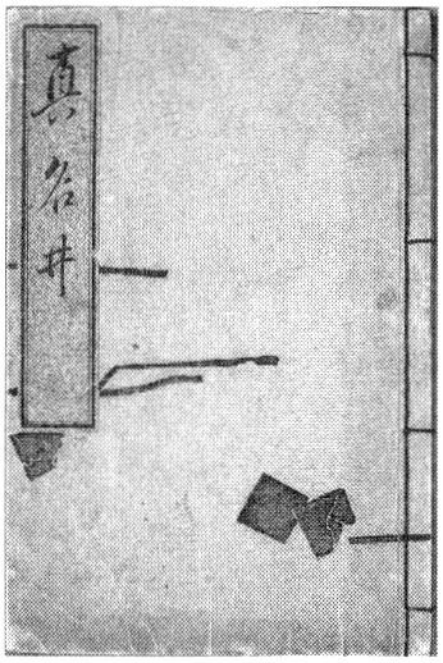

句集『真名井』（鳴弦文庫蔵）

素水は小野素水。文化十一年に信州に生まれ、中島碓嶺、卓朗、為山に学び、明治十二年に為山の月の本を継いだ。十九年には、春湖を継いで教林盟社社長となり、明治三十年に歿した。

禾暁についてはほとんど分からないが、禾暁編『慶応俳仙異名録』（慶応元年）は当代の著名俳家を並べ、最後に為山を置いているから、為山門であったと思われる。

石叟についても不明だが、明治二十六年に為山・石叟追福として幸島桂花編『明治類題発句集』（万文堂）が刊行されているから、この人も為山門であろう。

句集『真名井』の俳句は旧国名ごとに並び、山城、摂津、尾張、近江、河内、大和、遠江、駿河、甲斐と続くが、この序列は徳川時代を思わせる。長門は中ほどにある。東京と武蔵が後方にあるのは主催者側ということであろう。東京と武蔵からは百五十九人が参加。山城五十二人、長門三十五人、因幡三十二人、出雲十九人と続き、春湖の旅の人脈も生かされているように見える。一方でこの句集は、一度は幕府軍に付いた地域の俳人たちを長州に繋ぎ、東京を中心とした新時代の俳壇の見取り図を示そうとしている気配もある。

教林盟社の成立に関わった人は、ほとんどが桜井梅室に連なる人である。梅室の子が能監で、高弟が為山。為山に並ぶ俳家が等栽と春湖。その春湖が帰依していた僧が環渓で、その環渓が有力な仏教勢力の要員として能監に見込まれたのである。

しかし、春湖はこの時期、自らが其角の門流であることを強調しているように見える。明治七年九月に師の禾木三十三回忌追善句集『紫苑集』を刊行し、翌々年には『八日庵万和居士追福半百回忌』を刊行する。万和は文政十年（一八二七）歿とされているから確かに五十年忌の年にあたるが、おそらく、教林盟社がただ梅室一門の党派では具合が悪かったのであろう。

著名な俳諧宗匠の子で、名利の養子ともなった能監は、神道国教化政策の進む中、太政官に勤め、仏教や俳諧を新時代に取り込む仕組みを作ろうとしたのであろう。それはまた、勤皇と佐幕に分裂したこの国を、ひとつにまとめ直す仕事でもあったはずである。

能監は、明治十一年には内務権大書記官兼太政官少書記官となり、十五年に内務省社寺局長となって皇典講究所の創立に尽くす。さらに、明治十七年には宮内大書記官兼掌典、十九年に宮内書記官補内事課長となった。二十年に自由民権運動を推し進めた板垣退助が伯爵の爵位を辞すると言い出したとき、その説得に当たったのも能監であった。さらに内大臣秘書官、小松宮別当、山階宮別当などを歴任し、明治三十年に依願退職。錦鶏間祗候を任じられたが、翌三十一年六月に死去。五十五歳であった。

多忙な人生を送ったと思われる能監だが、しかし彼は方円斎春沙を名乗る俳家でもあった。方円斎は父梅室の号を継いだもので、次のような句集に名を残している。

明治10年『五渡発句集』有磯庵五渡著、蕉宇等編、方円斎春沙序、為山跋、有礒庵蔵板
明治11年『養和集 一編』白鱗舎拾山編、方円春沙錦洞題字、京都 馬場利助（摺）
明治11年『しら露集（蒼山追悼集）』金原明善編、桜井春沙序、金原氏蔵板
明治11年『時雨祭集 一』教林盟社編、方円主人春沙序、教林盟社
明治13年『養和集 二編』白鱗舎拾山編、方円春沙錦洞題字、京都 馬場利助（摺）
明治15年『古今図画発句五百題』穂積永機・服部梅年共編、方円春沙題字、東京 定訓堂
明治23年『名所さぐり』渡辺不浄・花輪墨雨共編、方園春沙序、東京 片岡権六（摺）

還渓も能監も俳家である。この時代の俳家を、歴史の外側にいた無能者のように扱うのは誤りであろう。彼らは知識人であり、政治とのかかわりもあった。各地方都市の近代化の基盤は、多くその土地の俳家が作りだしている。寺子屋を開き、明治五年の学制施行にあたって教師となった人も多いのである。

教林盟社は、俳家がただ集まって作ったという集団ではない。それは政府の文教政策のひとつとして意図的に作られた組織である。そうでなければこの時代に、蕉門各派や勤王・佐幕の枠を超え、これほど多くの俳人が全国から参集することはないであろう。「5　教林盟社の活動」に詳述するが、この後、教林盟社総官となるのは美濃加納藩最後の藩主永井尚服《なおこと》で、管長となるのは幕府の外国惣奉行だった平山省斎なのである。

つまり教林盟社は、幕末期に徳川方だった人々を、明治政府の新しい秩序に再度位置付けようとする性格も持っていた。考えてみれば、為山は江戸の人で幕府御用達の左官職。等裁は大坂、春湖は甲斐といずれも幕府直轄地の出身なのである。

教林盟社の設立は歴史の片隅の出来事ではない。俳人が、歴史の舞台の中央で社会の構造変革に加わったのである。そんな時代の俳句史が忘れ去られてよいはずがない。

2　明倫講社の成立

明治六年五月に、為山、等栽、春湖の三人が教導職訓導を拝命したと知ったときには、三森幹雄も驚いたろう。

しかし幹雄は、その時点ではまだ冷静に事の成り行きを見守っていたように思われる。

その後、俳人たちに大教院を拝謁するよう通知が出たようで、夏から秋にかけて、芝の増上寺の大教院に多くの俳家が出向いたようである。

それを記念する句集を作ると言い出したのは、おそらく為山であろう。周辺にいた林甫、是三、素水、禾暁、石叟の五人が編者となり、句集『真名井』がまとめられた。

この句集を読む上でやっかいなのは、掲載句に、春、夏、秋の季語が混在していることである。それが拝謁した時期のずれのためなのか、それとも太陽暦に対する認識の違いによるものなのかが分からない。何月が夏なのかが定まっていない時期の話なのである。

東京や武蔵の俳家の句の多くは夏季である。教導職拝命の知らせが為山たちから送られたのが五月で、近隣の宗匠たちは五月、六月に拝謁したということであろう。幹雄の句も夏である。

涼風のをとさだまりぬ宮はしら　　ミき雄

「をと」は音の誤記であろう。「さだまりぬ」は、大教院の場所や体制がここに定まったと言っている。格調も高く、なかなかの佳句である。やはり幹雄は、このころはまだ事態の進展を肯定的に受け止めているように思われる。

摂津（大阪）の俳家の句も夏が多いが、春の句もある。

神垣もあらたに御代の風かをる　　摂津　素屋
御手洗や汲めどもつきぬ花のかげ　　梅雄

素屋は夏の句で、「あらたに」と詠んでいるから実際に行った気配がある。明治六年二月に大教院が増上寺に移されたことを踏まえた句か。一方、梅雄の句は、文音（手紙）での出句だったと思われる。なお、この梅雄は、後に教林盟社の『結社名員録』に載る東京の茂木梅雄とは別人と思われる。

それに対し、山城（京都）の俳家の句は秋が多い。明治六年秋の句であろう。

よろづ代と只あふられり神の秋　　山城　芹舎

これらも文音とは思うが、七月になってから大教院に駆けつけたということだったかも知れない。当然のことだが、幹雄を含め、みな敬意と祝意を表している。

ところが、九月になると、幹雄の態度が変わる。教部省に、為山、春湖らが訓導の職意を忘れて私欲に走り、他を軽蔑しているから何とかしてくれという進達を提出したようなのである。

教部省はこれを受理し、翌明治七年一月、幹雄らは全国の俳家に対し、教導職に応募する人選を依頼する「舌換《ぜっかん》」というチラシを配布する。前出の加藤定彦の論「教導職をめぐる諸俳人の手紙――庄司唫風『花鳥日記』から」に示されたその「舌換」を、読み仮名、送り仮名、句読点などを補って示しておこう。

俳諧中へ教導職相立ち候儀《そうろうぎ》、兼て御推察も之有る可く候へども、為山・春湖、手寄の権家へ相図り、去る酉の五月三日、訓導職拝命仕り候。其後、業家遊俳の差別無く人撰致し、布教伝道大いに盛り相成り候様取計ひ、当道の規則相立ち、悪風一洗之を致す可き処、俳諧の総管主任に相成候心得にて、訓導の職意を失ひ、内に私欲を構へて己を尊大にし、諸家を軽蔑せんとの巧み眼前なれば、いよいよ同盟隔意を抱き、当道の衰微見るに忍びず、去る酉の九月、右三名の所置、教部省へ進達致し候ところ、同御省より御内沙汰にて、大教院より建白書にて相廻し候様致す可き旨仰せ渡され、之に依って国中一般老練の者拝命致させ、布教伝道相立ち候様、今般建白仕り候間、御下知次第人撰各名差出し候に付き、各府県大小区郡町邑番号苗字通称俳名御記し、御廻し置き下さる可く候。尤御社中并に御近連は、各庵にて人撰致し御送りなさるべく候、以上。

戊年一月

三森幹雄
永井狐登
伊藤有終

かなり過激な内容である。権力者と通じて教導職となった為山、春湖が、その後その活動を広げて俳道の悪風を廃すべきであるのに、尊大となって周囲を軽蔑するようになったので、教部省に進達したところ、国中の（俳諧の）老練の者に（教導職を）拝命させることにしたから、各庵中において人選して住所氏名を差し出せ、というのである。

幹雄に並ぶ永井狐登についてはよく分からない。伊藤有終は行庵洒雄と同一人物で、美濃の人だが逸淵門。女性の俳家、三浦浪兮女の夫である。

この結果、明治七年四月に教導職の選考が行われたようで、そこで認められた幹雄ら十五人が教導職となった。

『郵便報知新聞』の「府下雑報」によれば、幹雄らが教導職となったのは七年四月十日のことである。「府下有名俳諧者流の内明倫社発起の者本月十日教導職拝命せりと云」として、西村乙雄、三橋兎玉、後藤蔦雄、鈴木月彦、晋永機、兒島可即、間宮宇山、澤口芳泉、永井秀奇、竹澤如白、杉浦山月、近藤金羅、伊藤有終、永井柘登、三森幹雄の名を挙げている。

初めての教導職試験に合格したのであるから、さぞかし名を残した俳家たちだろうと思うのだが、今調べてみるとよく分からない人もいる。分かる範囲で記しておこう。

三橋兎玉は下谷竹町（現台東区）に住んだ。号は文合庵。明治二十六年創刊の雑誌『平民文学』の俳句選者を務めている。

鈴木月彦は浅草の宗匠で、西福寺にあった松平神社に住んでいた。鳳朗門だったが、松本顧言《こげん》の号東杵庵《とうしょ》を継いだ。東杵庵は大島蓼太門の山岸秋良に始まる庵号である。幕末期の庵号の移動は、門流を継いだと言えないものもある。明治十八年に還暦賀集『今ひとしほ』が出ているから文政八（一八二五）年の生まれであろう。渡辺桑月編『明治俳諧金玉集』（明治二二年）の跋を記しているが、このころは東杵庵を松本蔦斎に譲り、宝の家を名乗っている。

晋永機は著名な俳家で、姓は穂積。文政六（一八二三）年、六世其角堂鼠肝の長男として生まれ、七世を継いで三囲神社に住んだ。教林盟社との交流もある。

間宮宇山は文政五年の生まれで号は栗庵。幕臣であった。美濃派を学び、芝山内（芝公園）南松原に住んでいたというが、京橋区上槙町にいたという記録もある。権訓導となり、十二年に訓導に昇格。明治二十二年に鴫立庵十三世となった。三十二年、鴫立庵に強盗が押し入り重傷を負ったという。三十五年歿。

澤口芳泉は余滴庵を名乗り、東京深川清住町に住んだ。明治三年に『杉柱集』、十一年に『以車集』を刊行している。『以車集』の序は五休であるから、成田蒼虬の系譜と思われる。

杉浦山月は浅草の人で風光堂と号した。明治十四年に『改書新選明治五百題俳諧道のしおり』という本を編んでいるが、人物については不明である。

近藤金羅は四世金羅。湯島天神女坂下に住み、父である三世金羅を継いで人気のある点取宗匠となった。書道も教えていたという。

伊藤有終と三森幹雄については既に記した。西村乙雄、後藤蔦雄、児島可即、永井秀奇、竹澤如白、永井柘登についてはは手がかりが見つからない。

おそらくこのメンバーは、江戸期から国学を学んでいた俳家たちだったのではなかろうか。幹雄の呼びかけに応えて試験に合格したのは、俳諧の実力よりも、天皇による統治という国学的世界観と、西洋文明の受け入れによる文明開化の両面を理解している俳家だったということであろう。

さらに、鈴木月彦以外は明倫講社の中核メンバーになっていないことにも注目しておきたい。永機は付かず離れずだが、他の俳家はむしろ距離をおいている感すらある。どうやら幹雄の呼びかけは公明正大なもので、そこが為山、春湖らの組織づくりとは違うところだったのだろう。

この試験の結果が出た四月に、為山・等栽・春湖を社長とする教林盟社が設立された。幹雄らも組織作りを急ぎ、八月二十日に、幹雄を社長として明倫講社が設立された。

教部省は、もともとが国学各派の集まりであり、仏教界からの提案で教林盟社を認めた以上、より純粋に国学を受け止めている幹雄らの進達を受け止めたのは当然であろう。

それにしても、幹雄はなぜそれほど怒ったのだろう。その気性の激しさは前章で見てきたとおりだが、それにしても教導職推薦からわずか半年の間に全国にチラシを配り、翌年、教林盟社に対抗する団体を作り上げてしまうというのは、一時の激高というレベルの話ではない。

まず、幹雄が「為山・春湖、手寄の権家へ相図り」と書き始めていることに注目したい。「手寄の権家」とは手づるの権力者ということで、直接には永平寺の住職環渓だろうが、その人脈は太政官の桜井能監《よしかた》に及んでいる。

幹雄は明治十四年の『俳諧明倫雑誌』第十号に、『芭蕉翁古池真伝』の批判を書いている。幹雄はこの本のことを知っており、春湖が旧知の環渓と謀ったことを怒ったのである。

国学を学んだ幹雄は、為山や春湖よりも堅固な勤王思想を持っていたはずで、神道による新時代の到来を考えていたとすれば、仏教と結んだ春湖らが政府と組んで俳壇の中央組織を作ったことを怪しむのも当然である。

しかし、「内に私欲を構へて己を尊大にし諸家を軽蔑せんと巧み」とは何を指してのことであろう。幹雄が軽蔑されるような出来事があったのであろうか。「私欲」は、全国の宗匠から祝い金を集めたことだろうが、「諸家を軽蔑」するような事実があったのだろうか。

一つ気になるのは、『真名井』には、幹雄が「東京」ではなく、「武蔵」の俳人に見えるような編集がなされているということである。「涼風のをとさたまりぬ宮はしら」は、いろいろあったが、ついにここに柱となるものができたという句で、これほどの思いを詠みながら幹雄が教林盟社を去ったのは、この句が武蔵の部に置かれたためかもしれない。

確かに幹雄は幕末に山梨に身を潜めており、その後、武蔵の俳家と活動もしている。しかし、幹雄はやはり東京の俳家であったはずなのである。『真名井』の刊行は明治七年の秋以降であろうが、編集の段階で武蔵に位置づけられることを知った幹雄が、不当な扱いだと感じた可能性はある。

教林盟社は、仏教勢力を背景にしているが、表向きは神道の団体である。それは国が、すべての結社（文化団体）を国家神道の体系に位置づけようとしていたためにそうなるのである。

一方、明倫講社は、正真正銘国学の世界観で新時代を捉えようとした団体であった。句集『真名井』の松山の欄に、淡節、鴬居の名はあるが、其戎の名はない。この後、其戎は幹雄に接近し、『俳諧明倫雑誌』の常連となる。また、参加している淡節の句もいささか妙である。

瑞籬や日のかがやきに春あらし　伊予　淡節

尊さや千代もすずしき神ごころ　鶯居

鶯居の句はまっとうで、他の参加者同様に事態を言祝いでいる。既に紹介したように、幹雄でさえこの時点では「涼風のをとさたまりぬ宮はしら」とめでたくまとめている。

しかし、それに対して淡節の「春あらし」は異様であろう。維新後の俳壇の状況に対し、淡節には何か屈折した思いがあったのではなかろうか。

参加しなかった其戎にも、為山、等裁、春湖を中心に再構成された新時代の俳壇に納得のいかぬ思いがあったのかも知れない。其戎から見れば、淡節こそが教林盟社の社長となるべき人だったのかも知れない。同じ梅室門の花の本脇宗匠なのである。しかも『真名井』の序を書いているのは、太政官の桜井能監《よしかた》、すなわち淡節が育てた梅室の実子辰丸なのである。東京に行ってうまく立ち回っている春湖らに、いささかの違和感を持っても当然であろう。

教林盟社と明倫講社設立の経緯は、従来かなり誤解されて語られてきた。今も幹雄らが先に教導職になったと思っている人は多い。そこで、一連の流れを年表としてまとめておく(7)。

明治五年三月　神祇省廃止。教部省設置。

四月　三条の教則（三條教憲）発布。教導職十四級活動開始。
五月　仏教界からの建白で紀尾井坂の紀州邸を大教院とする。
明治六年二月　大教院を芝増上寺に移し、全国に中、小教院を設置。
明治六年三月　環渓が為山・等栽・春湖を教導職に推薦。
明治六年五月　為山・等栽・春湖が教導職訓導を拝命。
明治六年春〜秋　大教院を俳人が拝謁。
明治六年九月　幹雄らが教部省に試験の実施を進達。
この間に教導職試験の実施が決定される。
明治七年一月　幹雄らが人集めのチラシ「舌換」を配布。
明治七年四月　教林盟社設立（教部省認可）。
同　幹雄ら試験組十五人が教導職拝命。
明治七年九月　句集『真名井』刊行（序は四月だが『教林盟社起源録』に九月刊とある）。
明治七年八月　明倫講社設立（教部省認可）。
明治十三年十二月　『俳諧明倫雑誌』創刊。

3　教林盟社と明倫講社をつなぐ正風社と成蹊社

この時期の俳壇が、教林盟社と明倫講社に二分されていたわけではない。その中間で、あるいはその周辺で活動する俳家も多かった。

※参考

教林盟社側で活動した俳家

為山　等栽　春湖　雪主（環渓）　林甫　是三　素水　禾暁　石叟　精知　晩香　是三　鴬笠

富水　詢尭斎　壺公　可洗　黙平　梅年　可転

明倫講社側で活動した俳家

幹雄　月彦　松江　準一　其戎　見左　有柳　桑月　桂花　常磐　月杵　閑窓　史棠

教林盟社と明倫講社の中間で活動していたと思われる俳家

芹舎　桑古　永機　旭斎　唫風　金羅　宇山

どちらにも距離をとっていたと思われる俳家

聴秋　宇山　羽州　鳳羽

第一章に記したが、『俳諧明倫雑誌』創刊号に「曩《さき》に正風社俳諧新報を開き次《つい》で成蹊社友雅新報の挙あり」と紹介された二誌も、教林盟社と明倫講社の間で活動している。

『俳諧新報』の創刊は、明治十二（一八七九）年二月である。東京浜町二丁目の正風社から刊行されている。刊行者は松田丈一郎で俳号は聴松。創刊号には、まず漢詩人大沼枕山の「題言」がある。枕山は幹雄の師西馬の義兄であるから、明倫講社系かと思えば、祝辞の最初は春湖で、続いて浅草の浅草寺に施無畏庵を結んでいた佐久間甘海の文が続く。甘海はこの年に歿している。次が記事となって、春湖、幹雄、等栽の三人が教導職の少講義に昇格したと報じられている。

句は諸家の「新年祝言」が並ぶが、冒頭は次の三人である。

四方拝すみて海山のどかなり　春湖
年立や御代に習はぬ物はなし　幹雄
昇る日やただ一輪のとしの花　永機

これは教林盟社、明倫講社の双方に気を配っているというべきであろう。手許に明治十四年のものが十冊ほどあるが、明倫講社の鈴木月彦の文章が連載されている。「俳諧師の有名なるハ多く物貫ひの成り上りたるもの也」とある新聞にあったが、石坂白亥が「決して物貫の成り上りたる者に非ず現今即物貫ひ也」と言ったのは面白い、という内容で、最後は真の蕉風を求めよという結論に至るのだが、何しろ逆説的な内容が短く連載されているので、断片的に読むと、この時代の俳家は皆ひどかったということになりかねない文章である。

月彦としては、そうした現状を改革するために教導職が設けられたという認識であろう。ただ、そこで暗に教林盟社を批判している可能性もある。明倫講社には理念があって学問もあるが、同じ教導職といいながら教林盟社は金集めばかりしているではないか、という批判である。しかし、誰とは書いていないから喧嘩にはならない。

この『俳諧新報』の位置取りは、昭和時代の俳句総合誌のあり方に似ているかも知れない。過激な主張を掲載しつつ、俳句はバランスを取りながら、有名俳人の句を並べるというやり方である。『俳諧新報』は、俳句総合誌の先駆けと言えるかもしれない。

そうして見ると、『俳諧明倫雑誌』の方は、現代で言えば協会の機関誌という位置付けであろう。同じ俳誌と言ってもいささか性格が違う。

『俳諧友雅新報』の方はどうであろうか。

こちらは発行所が、伊勢国安濃郡津分部町の成蹊社である。現在の津市分部の辺りであろう。手許に創刊号があるが、明治十三年一月の刊行である。

創刊号の最初には「諸国補助各位」とあって、九十人の俳家が並ぶ。東京から始まっていて、筆頭は春湖。以下等栽、幹雄、完鷗、菊雄、永機、黙平と続く。伊勢派の系統を継ぐ俳家がほとんどだが、永機もいるから、そうとばかりは言えない。春湖も表向きは其角の系統ということになっているから、これは蕉風の大同団結であろう。とは言え成蹊社にしてみれば、これだけ全国に伊勢派が増えたのだから、俳句の本拠地は伊勢だ、という意識はあったと思われる。

伊勢は十六世紀から俳諧が盛んであった。寛永時代、桑名藩では藩主の松平定行が貞門の俳諧を好み、商人も交えての句会が盛んに行われていたらしい。

その定行が、寛永十二（一六三五）年に松山藩に四万石の加増転封となる。その際に、俳諧好きの商人たちも連れて松山に入ったことから松山の俳諧の歴史が始まるようである(8)。それから二世紀半を経て、伊勢と松山からまた新しい俳句の狼煙が上がるというのは、何か歴史の必然があるようにも思える。

大原其戎が興した明栄社からは、明治十三年一月『真砂の志良辺《しらべ》』が刊行される。月刊俳誌として全国で三番目で、愛媛の港町三津浜からである。明治二十七年九月号、第一六一号まで続刊し、投句者は県内を中心に、東北から九州天草に及び、其戎在世中七百余人が参加している。子規はこの其戎を師として俳諧の道をひらいたのである。

明治十四年六月『俳諧花の曙』は、『愛比売《えひめ》新報』の付録として、松山の風詠舎からの発刊で、週刊俳誌として最初、奥平鴬居選、県内五百余名、県外は東北から九州まで五百余名投句、月二回発行となり、明治十六年十二月第六二号となった。

4　教林盟社の活動

教林盟社は関為山を代表として活動を開始した。従来の俳句史には、教林盟社は明倫講社より消極的だったなどと書かれているが、そんなことはない。機関誌を出していなかったためによく知られていなかっただけなのである。

まず明治七年、結成記念の句集『真名井』とほぼ併行して、次の教導職試験に備えるための受験用テキスト『教院問題十七説畧』を正文堂から刊行している。売弘所を教林盟社として教林盟社経由で受験させようということである。幹雄が国に始めさせた教導職試験を利用し、受けて立つ構えである。

さらに同月、太陽暦最初の句集『ねぶりのひま』が壺公《ここう》編として刊行される。序を記す為山の肩書が「教林盟社老長」となっており、教林盟社が力を添えた句集であったことが分かる。

壺公は、永安和壮という名の長門国萩藩士であった。長州士族ということである。長州に広がっていた平田神道は天照大神の存在を根拠に太陽暦を肯定しており、壺公もそれを信奉する一人であったと思われる。

谷峯蔵著『芭蕉堂七世内海良大』（千人社、昭和五二年）によれば、芭蕉堂（河村）公成に学んだ壺公が江戸に来たのは、慶応四（一八六八）年のことだというが、この年、師の公成は京で佐幕派の凶刃に倒れている。

壺公の江戸入りは、師がいなくなったからという単純な理由ではないだろう。何しろ三年後の明治四年には、公成の芭蕉堂を継いだ良大が公成の仇討ちを果たし、周防にある公成の菩提寺に報告に行っている。まだそういう時代なのである。

壺公も長州藩士である以上は、政治の中心地となった東京で国学的世界観の実現に努めるという意識はあったと思われ、その成果が太陽暦の句集『ねぶりのひま』の刊行だったと考えられる。

明治九年には前述の『教林盟社起源録』が摺られ、十年には教林盟社蔵版として句集『華桜集』が刊行される。これは全国の俳家の桜の句を集めた句集で、明倫講社社長三森幹雄の句も掲載されている。

為山個人も、明治七年から歿する十一年までの五年間に十数冊の句集の序や跋を書いており、また選をしたり句を載せた句集も多い。古希を過ぎた最晩年の仕事としては精力的というべきであろう。

明治十一年一月、為山が歿すると、春湖は教林盟社の筆頭の社長に推される。これまでの俳句史は教林盟社の社長を一人と考えているが、書類上は最初から為山、等栽、春湖の三人が社長である。ただ、活動の様子から、十一年までの筆頭は為山で、この年からはそれが春湖になったと推測されるというほどのことである。春湖は、教導職少講義に昇任している。これは教導職十四位中十一番目の職である。

春湖は、明治十一年から十四年まで年刊で『時雨祭集』を四冊刊行する。この句集には、津藩主から津藩知事となり、その後蟄居した藤堂高猷《たかゆき》と、美濃加納藩主から美濃県知事となった永井尚服《なおこと》が交代で序を書いている。二人には、幕府軍と官軍の間で揺れ動いた過去があり、教林盟社という団体の立ち位置が垣間見える。この句集にも幹雄は毎回参加している。

『真名井』に比べると『時雨祭集』には長州からの参加が少ない。一方、信濃からの参加が増えている。すべての面で成功していたわけではなさそうだが、教林盟社の事業は前進していたと考えてよいだろう。

明治十三年一月三十日付けの下総の東旭斎から秋田の庄司唫風あての書簡中に、「東京春湖、短冊無尽と申をはじめ申来候、尊庵へは如何。当節、蓄財家にて不評判」と記されている。[9]「短冊無尽」がどのようなシステムかは不明だが、春湖を親とする親無尽の一種であろう。最終的には参加者に分配されるにしても、一時的には親の元に資金が集まるわけであるから、事業家や投機筋の資本集めには便利なシステムである。教林盟社の事業ではなく小築庵の事業だったと思われる。

この年の十一月に、志倉為流編『西馬発句集　二編』が高崎から刊行され、春湖が序、幹雄が跋を書いている。為流は西馬の養子だが教林盟社に属していた。そこで春湖に序を貰い、一門の幹雄が跋を書いたということである。そういう複雑な関係も多々あったと思われる。

明治十四年になると、教林盟社は積極的に分社を作り始める。円塾社社率長馬場学之丞に対し、分社委任証を出し、また上総（千葉県）に教林盟社分社として共研社を設立している。[10]

この年に春湖が選をした千葉東葛郡木間ヶ瀬（現・野田市）の『下総東葛飾郡木間ヶ瀬村鎮座白山神社永代奉額』は、活字印刷の返草として最も古いものの一つであり、春湖らも新時代に生きていたことが分かる。[11]

さらに、前年の『俳諧明倫雑誌』の刊行に刺激されてのことと思うが、大塚毅編『明治大正俳句史年表大事典』（世界文庫、昭和四六年）には、花月館貞雄を共研社（後の花月社）社長とし、地方の俳家の活動を活字メディアにまとめようとしたと記されている。この雑誌の初期の資料は確認できていないが、明治三十年代の「上総国山武郡横芝町鳥喰下　花月会　市原貞助」が刊行した『誉の花』という雑誌が残っており、これがその後継誌と考えられる。昔ながらの返草を活版化し、新しい時代に俳句を普及しようと、春湖もさまざまな工夫をしていたのである。

また、明治十四年に刊行された下総の東旭斎編『今人俳諧明治五百題』の選者として春湖と幹雄が併記されているが、これについては春湖と幹雄の圧力を嘆く旭斎の手紙が残されている。

扨《さて》、千題集はちらしの通《とおり》、両書林之金出しにて、愚老一名へ依頼にあづかり候処、御承知の通、春湖・みきを、明倫社・教林社にて、なんたか不平を醸し候に付、四海兄弟の計策にて両名を出し、句も分等いたし、礼物も同断に候。誠にもつて東京の俳売家にこまつたものに候。(12)

時期的に『今人俳諧明治五百題』のことであろう。企画段階では千題集であったようだ。

この年の刊行物としてもっとも注目すべきは、西谷富水《ふすい》編『俳諧開化集』であろう。櫻井武次郎、越後敬子によって岩波書店の『新日本古典文学大系』に収録されたこの句集は、江戸時代の「題」の概念を拡充したという歴史的意義を持つ。この句集によって〈季題〉も〈雑の題〉も、時代に合わせて拡充してよいものとなったと言えるであろう。

この句集を教林盟社の刊行物と見る人はいないが、序が「教林盟社総官中教正従五位永井尚服《なおこと》」で、編者の西谷富水も教林盟社の有力な会員なのであるから、教林盟社の活動の一つと見る方が自然ではなかろうか。前述のとおり永井尚服は、美濃加納藩最後の藩主で、鳥羽・伏見の戦いで幕府側を支持し、一時謹慎させせられた過去を持つ。

編者の富水は、壺公同様長州の出身者と思われる。句集『真名井』の長州の部に「冨水」の名がある。「富」と「冨」の違いはあるが、同一人物である可能性が高い。もしそうだとすれば、壺公同様、長州から東京に出て国学思想を文芸の世界で実現させようとした人ということになる。明治六年に為山の序で句集『すゑ広』を刊行しており、すでに教林盟社の準備段階から、このグループに関わっていたことが分かる。

この句集に先立つこと三年、大久保忠保編『開化新題歌集』（雁金屋、明治一一年）が刊行されている。そのため、俳人は歌人の後塵を拝したなどと言われてきたのだが、『開化新題歌集』を編んだ大久保忠保と、『俳諧開化集』を校訂している大久保漣々は同一人物で、富水はその弟子なのである。

すでに昭和五十二年、木俣修は『日本近代文学大事典』（講談社）に「大久保忠保」を立項し「歌人。号は恪堂、花墻、漣々。俳諧や画もよくした」と紹介している。『開化新題歌集』奥書の忠保の住所が「牛込東五軒町二十四番地」で、教林盟社の『結社名員録』（明治一八年）に記された漣々の住所も「牛込東五軒町」であるから間違いあるまい。

『開化新題歌集　二編』（金花堂、明治一三年）には、弟子の富水の和歌も載る。彼らが和歌も俳諧も詠んだという事実は、今までほとんど認識されてこなかったのではないか。初編には、本書第一章で〈俳句〉という用語を使い始めた人として紹介した岡野伊平の和歌も載る。

〈賞盃〉　みことのりそひしこがねの盃は世々に光を残すべき哉　西谷富水
〈士族帰農〉弓矢をば小田の案山子にまかせつつ鋤とる身こそ心やすけれ　岡野伊平

漣々（忠保）の周辺には、和歌と俳諧の両方を嗜む人がいたということだが、考えてみれば、松永貞徳や北村季吟も同様で、正岡子規もまたその一人である。岡野伊平が刊行した『滑稽風雅新誌』に至っては、狂句や都々逸《どどいつ》まで掲載している。俳人は俳句しか詠まないという現代の常識が、俳句史を見えにくくしているだけのことである。

この頃東京では、各地から上京した数多の若者が娯楽と教養を求めていた。漢詩では、森春濤と大沼枕山の塾が人気を分け合い、キリスト教の聖歌も広がり、明治十五年には外山正一らの『新体詩抄』（丸屋善七）が刊行されて近代詩も芽吹き始める。国学派が和歌・俳句の普及に力を入れる理由は、そうした時代状況にもあったはずなのである。

漣々（忠保）は江戸に生まれ、俳諧では芙蓉庵富水と名乗っていたが、父が亡くなってその花墻《はながき》漣々という号を継ぎ、芙蓉庵富水の名を弟子に譲った。国学者でもあり、明治八年には『字音仮字便覧』（雁金屋）を刊行している。

父の漣々（忠善）は御三卿の一つ清水徳川家に仕えていたというが、幕末の清水徳川家は、慶応二年に渡欧する徳川昭武が当主となるまで二十年ほど明屋敷であったはずで、それ以前の話であろう。

子の漣々（忠保）の暮らしぶりについてはよく分からないが、忠保編『東京府地理教授本字引』（椿園、明治一五年）の奥書に「東京府士族」とあるから、維新まで武士の身分は保っていたようである。また、忠保編『日本略史字引後註』（雁金屋、明治一〇年）には「師範学校」と角書されており、明治になって教育関係の仕事に就いた可能性もある。いずれにせよ国学を基礎とした仕事をした人であろうが、親子ともに俳壇、歌壇の中央で際立っていた様子はない。しかし、それにしては『開化新題歌集』に集まったメンバーは豪華である。

平成十七年に青田伸夫の『文明開化の歌人たち』（大空社出版）が刊行され、この歌集が解説付きで読めるようになった。歌の文字の読み違いがかなりあるようには思うが、巻末に置かれた参加者の考証は貴重だ。

和歌のことなので詳細は省くが、青田の言うように、編者の背後には大きな力があったと思われる。青田は「御歌所のような強力なバック」を予想するが、御歌所の設置は明治二十一年のことで、この時代ならむしろ旧幕臣開国派や〈旧幕臣国学派〉というような人たちだったのではなかろうか。『開化新題歌集』初編の序は、もと外国奉行の星野千之、三編の序は国学者で歌人の佐々木弘綱である。漣々（忠保）が外国奉行の下で働いていた可能性もあるのではなかろうか。後述するが、明治十七年に教林盟社を大成教に組み入れて教林盟社管長となる平山省斎も、元は幕府の外国惣奉行なのである。政治権力を失った人たちが、次の時代に文芸面で復活するという構図は、『万葉集』や勅撰集以来の伝統的な図式であろう。

話を俳句に戻そう。『俳諧開化集』の序の「教林盟社総官中教正従五位」という肩書きは、この句集が、教林盟社と教導職の両方に関わるものであることを示している（中教正は教導職の三番目の階級である）。

教導職の仕事とは、近代国家形成に向けての国民教化であるから、この句集は、文明開化の概念や諸物を世間に馴染ませるという意味で教導職にふさわしい仕事だったのである。

教林盟社は、表に江戸の三大家を置き、仏教勢力の後押しで作られた組織だが、そこには、新時代の歌壇や俳壇を作ろうとする国学派の活動も関わっていたことが分かる。

さて、春湖が社長になると、富水は春湖の序を得て『俳諧作例集』（明治一二年）を刊行する。この頃の富水は、徹底して教林盟社員として活動する様子を見せている。この『俳諧作例集』は、〈切字〉という言葉を使わず、近代文法に近い枠組みで俳句の文脈を論じようとしている。おそらくは『俳諧饒舌録』の影響下にある本である。あるいは富水は、教林盟社という組織を利用し、漣々らと作り上げた当時の国学的言語観を世に広めようとしていたのかも知れない。

さらに富水は、明治十一年から無事庵鶯笠との共編で『俳諧兼題集』という年刊句集を刊行し始める（刊年は序による）。月並の芙蓉庵興行の一年分をまとめた句集である。これは教林盟社の活動とは言えず、むしろ芙蓉庵が教林盟社を超えようとしているようにも見えるのだが、とりあえず最初のうちは教林盟社側の活動である。

初編は等栽校、春湖序で教林盟社の刊行物にも見える体裁である。第四編（明治一五年）も、設立時から教林盟社社員である大阪の五木庵湖水が序を書いている。第二章にも書いたが、「鶯笠」はもともと天保の三大家の一人鳳朗の号で、この鶯笠はそれを継ぐ三世で、大坂の人であったが、明治期には春湖に近づき、東京に来て東京府大参事となり、関口芭蕉庵に住んだ。つまり、明治十五年まで富水は、教林盟社を支える書き手として活躍していたのである。

ところが、翌十六年に出された第五編の序は、明倫講社社長の三森幹雄が書いている。「好こそ物の上手なれ」という書き出しで、この時期から俳諧の大衆化を図りだした幹雄の思いの伝わる序である。一方、巻頭の歌仙では春湖に花を持たせているから、富水が教林盟社を離れようとしたのではなく、春湖の体調が悪くなったため、富水が明倫講社との共存を模索したのであろう。それとも両社を芙蓉庵の傘下に置こうという野心まであったのだろうか。この時期の俳諧の記録が失われている薩摩からの投句もある。

手元の第六編には序と刊記がなく状況がよく分からないが、歳旦の発句は春湖、幹雄の順で並んでおり、第五編の方針は継続している。

明治十六年、春湖は体調を崩しはじめる。さらにこの年、教林盟社は大成教の傘下に入る。これは規模の小さな宗教団体を内務省社寺局がまとめようとした結果である。教林盟社は俳諧宗匠で構成された団体であるが、教導職の運営のために創設されたのであるから、公けには国家神道に連なる宗教団体なのである。

さらに明治十七年、国の方針によって、その教導職が廃止となり、教林盟社は、その設立の根拠を失ってしまう。時代は、春湖という俳家の人生とともに、一つの区切りを迎えようとしていた。組織の規模を見れば、明治十八年に刊行された教林盟社編『結社名員録』には、千五百十五人の名が記されている。まだ何らかの可能性は残されていたはずなのである。

しかし、明治十九年二月二十一日、腹水がたまり春湖は歿する。同年に教林盟社から刊行された『水魚集』の歌仙に句を寄せたのが最後かと思われる。墓所は本所猿江町の明寿寺であったというから仏式の葬儀であったと思われる。寺に育ち、僧侶に育てられた春湖の生涯を思えば当然のことだが、だとすれば、教林盟社が大成教に入ったということはどういうことであったのだろうか。

その後、教林盟社の社長には小野素水が就き、昭和に至るまで活動の痕跡を残す。ただ、それが俳壇の主流となることはなかった。教林盟社の俳句は、旧派の遺物として葬り去られたのである。

教林盟社は、春湖の「骨折り」が作りだした江戸俳諧の残像であったかもしれない。そんな春湖が真に望んでいたのは連句の普及発展だったと思われる。

明治十五年の『有喜世新聞』（三益社）には、「出勝俳諧　小築庵春湖宗匠選」欄が掲載されている。春湖の発句に、脇、第三と順に付けていく趣向である。

また、明治十七年の漢詩人信夫恕軒への手紙に、送られてきた発句に対して発句を返すのではなく、七七の脇句を返すことを薦めてもいる[13]。

東明雅の『芦丈翁俳諧聞書』（私家版、一九九四年）には、根津芦丈《ろじょう》の「春湖、蒼山、契史、この衆の連句がまあ、あの時代でもこんな連句があるかと思うほどのすばらしい連句だね」という発言が書き残されている。芦丈は、春湖に発すると言われる抱虚庵を継ぎ、東明雅と清水瓢左の連句の師として昭和・平成に伊勢派の連句を繋いだ人である。

とすれば、春湖の思いは現代にまで連句を繋ぐ力となったということになる。そう考えれば、俳句史から春湖の名を消すことはできない。

春湖は、仏教を背景としながら、師であった梅室の子との関係を使って、国家神道に連なる教導職となり、教派神道である大成教の傘下に入った。また、伊勢派の梅室に学びながら其角の門流を名乗り、蕉門の門流を超越した教林盟社を作り上げる。さらに各地の素封家の俳家とつながり、経営力にも優れていたように見える。

そんな春湖のことを幹雄は「勝負論」という文章に、「春湖ハ人を欺くの才に勝て、悪名を売るの汚名に負」けたと記している。幹雄から見ればそういうことだったのだろう。しかし、寺の食客の子が近代俳壇のトップに立つという物語には、そうした一面も必要だったのではなかろうか。

なお、橘田春湖が歿した翌年、少年向けの投稿雑誌『穎才新誌』に、春湖を名乗る大阪の少年が投句を始め、おそらくそれと同一人物が、明治二十九年、大阪から三日月庵春湖の名で『俳諧十万集』を刊行。成功して大阪書籍を立ち上げる。こうしたことも、春湖の名が世に知られていたから起きたことであろう。

5　明倫講社の活動

これまで明倫講社は、結成以降活発に活動していたように書かれてきたが、結成後三年ほどの間には見るべき記録はない。

明治九年、凡例に「神祭仏事等太陽暦に合せて」と書かれた季寄『俳諧新選四季部類』（横山利平・恒庵見左編）が刊行され、幹雄校となっているが明倫講社の名はない[14]。また、明治十年刊の幹雄編『俳諧新選明治六百題』にも明倫講社の名はない。

幹雄の名のある俳書が増え始めるのは、明治十一年からである。

明治11年　『松影集』岡松塘編、世人序、幹雄跋、新潟県魚沼郡水口村　大阪屋
『俳諧新選明治六百題』幹雄編、月杵・常磐校、東京日本橋　小林喜右衛門
『陽炎集』野井著、一理喜編、幹雄・春湖序（明倫講社のチラシ）

『笳言翁発句集』笳言著、幹雄跋
『残香集』叟明編、栗水序、幹雄跋、下総香取　編者刊
『山梨みやげ』竹良・白隣・幹雄共著、萩原竹良編

これらにも明倫講社の名は見えないが、山梨県立博物館にある甲州文庫蔵の『陽炎集』には、明倫講社の名で募集チラシが挟まれているから、明倫講社はこの時期、これらの句集の文音所（投句先）として機能していたと考えられる。明治十二年には次の資料が残る。

明治12年『浅川集』友昇編、梅花序、幹雄・晴湖跋、神奈川横浜　森田友昇等（文音所）
『俳諧新選明治六百題』幹雄選、月杵・常磐校、東京浅草　高木和助
『古今俳諧明治五百題』旭斎編、春湖・幹雄共選、枕山・芹舎序、東京　万笈閣
『春秋稿　十編』春秋庵有柳編、幹雄序（坤）、入間郡　春秋庵（文音所）

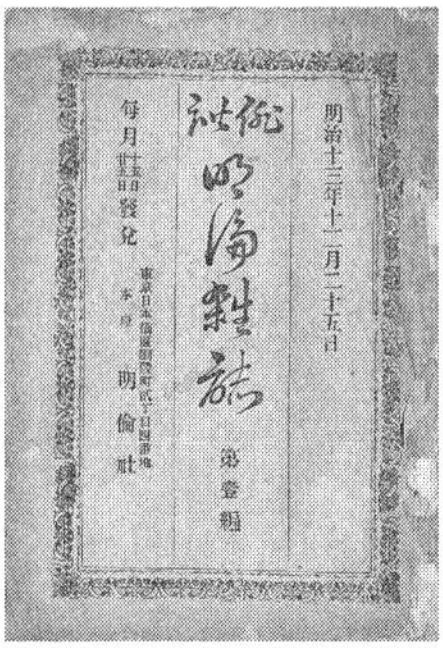

『俳諧明倫雑誌』創刊号表紙
（鳴弦文庫蔵）

最後の『春秋稿』は、安永年間に白雄が春秋庵を開いて以来、碩布、逸淵、弘湖と受け継がれてきた句集で、それを春秋庵を継いだ有柳が出したものだが、この「十編」の文音所が「入間郡　春秋庵、大阪　五木庵、東京　明倫講社」となっている。やはりこの時期の明倫講社は、文音所（投句先）と

して機能していたようである。

だが、明治十三年十二月、『俳諧明倫雑誌』が創刊されると状況が一変する。発行所は「東京日本橋区蛎殻町　明倫社」で明倫講社ではない。これは明倫講社の内部に明倫社という出版社を置いたということであろう。明倫講社は、教導職が国民教化を行う組織なのである。この雑誌の発行を境に、明倫講社は全国俳壇の中心に位置するように見え始める。実体は分からないが、継続的なメディアが残されると、後の世からはそう見えるのである。

雑誌創刊には周到な準備が必要だったはずで、まずは原稿を用意せねばならず、またある程度の読者も確定しておく必要がある。創刊号を見ると、明倫講社内部の原稿のほかに、大梅居澄江、飯塚柳兮、横川臼左、白石対蜘、亭々堂聴松、夜雪庵金羅、野口有柳らの祝辞が寄せられている。これらは予め依頼しておいたものだろう。

一方、俳句は、武蔵国所沢で行われた「菊守園二世嗣号披露正式俳諧並兼題読上」「神床花之下大神菊守園見外霊神奉招請」の句合わせの結果の五百三十二句が載っている。メンバーは、京の芹舎、大坂の潮水、土佐の木鶏、伊予の其戎、羽後の唫風、上毛の閑窓、三河の蓬宇、遠江の木潤、駿河の乙彦、伊豆の連水、佐渡の斧刪、尾張の羽州、東京の春湖など、当時の著名な宗匠が皆顔を揃えている。

これは明倫講社の事業ではなく、高桑闌更、谷川護物《ごぶつ》の系統を引き明治六年に歿した菊守園見外の霊を祀り、その後を継いだ菊外の披露のための行事であるから、教林盟社の社長であった春湖も参加しているのである。

つまり、幹雄は、菊守園嗣号披露の句合の返草として『俳諧明倫雑誌』を刊行したのであり、そのために、明倫講社のみならず、教林盟社系の俳家までも名を連ねることになった。

これが幹雄の意図的な経営戦略であったとすれば、『俳諧明倫雑誌』は、今で言う俳句結社誌ではなく、俳句総合誌を目指していたということであろう。

こうして創刊号に全国の幅広い宗匠の句を置いたことが、この後の読者を増やす要因となったことは間違いなかろう。

この創刊号冒頭の「緒言」に「俳句」という言葉が使われていたため、幹雄が「俳句」という用語を広めたと言われてきたのだが、第一章で見たように、すでにこの数年前から教林盟社寄りの雑誌『滑稽風雅新誌』や『魯文珍報』で「俳句」は使われていた。

幹雄が明治十四年刊の東旭斎編『今人俳諧明治五百題』の選者に割り込んだ件については前項で述べた。

翌十五年一月に出された『俳諧明倫雑誌』第一五号には西馬選・幹雄校『標注七部集』の広告が載る。この本は、明治十七年の刊行とされてきたが、どうやら明治十四年には出されていたようである。「大半紙摺立」が五十五銭、「鳫皮紙摺立」が七十五銭とあり、雁皮紙が値上がりしたので、「先年六十五銭の処七十五銭に相成候」とあるから、既に販売されていたことが分かる。値上げは西南戦争の戦費調達によるインフレの影響であろう。大蔵卿松方正義がデフレ誘導政策を開始していたはずなのだが、その効果は限定的であったようだ。俳句文化も時代の経済と無関係ではない。

明治十五年三月には幹雄編『新選俳諧明治歳時記栞草』を刊行するが、「春湖閲、等栽・南齢校、芹舎題句」となっており、経緯は分からないが教林盟社と協同の仕事になっている。

この年、政府の文教政策が大きく変わる。神官が教導職を兼務できなくなるのである。もともとは、神官だけで国民教化をしようとしたが人数が足りず、僧や俳諧宗匠を加えたのであった。その職から神官を外すというのは、国が教導職という制度に見切りを付けたということであろう。

加えて宗教団体を整理統合し、会員一万人以下の団体を再編成し始める。これをきっかけに教林盟社が大成教の傘下に入ったことは既に述べた。

明倫講社は協議して独立を決め「神道俳諧派開設之説」を『俳諧明倫雑誌』第三四号（明治一六年十月）に掲載する。「祈祷呪詛等を成者と同視せられむこと本意なければ、今般一万人以上の社員を募集し、俳諧神道派と云一派官許を蒙らむと決議せり」というのである。要するに「祈祷呪詛」を行う宗教団体といっしょにはなれない、ということである。その結果、翌年には目標の一万人を獲得したようだ。

松井利彦は、明治十六年以降、幹雄の論調が勧善懲悪から俳句の楽しみという方向に転換していることを指摘し、政府の政策を反映してのことだと述べている。[15] 幹雄は会員増強を優先させたということである。

この年に刊行された秦澄江編の句集『ゆきの梅集』は春湖序、幹雄跋で、千種園可参編『南総名所地名俳諧発句集』も春湖と幹雄の共選になっている。明治十七年の歳旦一枚摺も春湖と幹雄は名を連ねているから、春湖と幹雄はふたつの団体の合併や会員の移動までも視野に入れていたかもしれない。

6　教林盟社の変遷

①平山省斎の思想

教林盟社は、なぜ大成教の傘下に入ったのであろうか。その経緯を探っておこう。

教林盟社設立の翌年、早くも大教院は廃止され、代わりに神道事務局が設置され、各地の宗教を整理統合して国に登録する仕組みが動き始める。神道各派の数があまりに多く、そのままでは管理しきれなかったのであろう。

その神道事務局に、平山省斎が赴任してきて教林盟社の運命を変えてしまう。

為山らが就いた〈教導職〉は、〈神道国教化政策〉を進めるための職であったが、そこでいう〈神道〉は、宗教というべきものではなかった。それは日本の習慣や文化の総体であって、どの宗教を信じる人も準じるべき国の根幹なのであった。後に〈国家神道〉と呼ばれるものがそれで、その組織が〈神社神道〉である。

一方、国家神道以外の神道は、それぞれが〈宗教〉であり、信じる人が信じればよいという性格のものである。それが〈教派神道〉である。

教林盟社は、為山らの教導職就任を機に作られた団体であるから、そもそもは〈神社神道〉の組織であったはずだ。だからこそ仏教勢力もそこに荷担したのである。しかし、平山は、その教林盟社を〈教派神道〉に変えてしまう。

平山は、各地の宗教を統合する担当となり、明治十（一八七七）年ごろ、惟神教会という宗教団体に教林盟社を所属させたようだ。長野県諏訪で出された句集『花岡集』（其残等編、明治一〇年序）の序に「唯心教会教林盟社」とある。「唯」は「惟」の誤記と思われるが、これを書いているのが教林盟社社長の為山であるから、為山自身もよく分かっていない状況だったのかも知れない。「惟神」という言葉は江戸時代から復古神道のキーワードであり、後に「大日本帝国憲法」の「告文」にも使われる言葉である。

明治十年には教部省も廃止され、十五年には神官が教導職の兼務を禁じられる。これは宗教政策と文教政策が分離されたということであろう。国は、教導職による国民教化をあきらめたのである。明治十一年に為山が歿し、春湖が社長に就任するが、為山は面倒な時代を見ずに済んだというべきかもしれない。

明治十六年、平山は、教林盟社を大成教の傘下に入れる。その大成教の官長は平山自身であった。国の機関で宗教をまとめる立場にあった人が、一つの宗教団体の長となったというのであるから、ずいぶん強引な話である。

平山省斎とは、いかなる人物であったのだろう。

平山は、文化十二（一八一五）年、奥州磐城藩三春に生まれた。通称は謙二郎。二十歳で旗本の養子となり、江戸に出て幕臣となった。海岸身分御用に取り立てられ、ペリー一行の応接を担当するなど外国との交渉で活躍し、ついに外国惣奉行の座に就いて開国の可能性を探っていた(16)。つまり、平山も旧幕臣開国派の一人である。

薩長も、この頃は攘夷をあきらめて外国との連携を進め始めており、幕府と薩長とどちらが先に欧米諸国とうまく組むかという時代になっていた。

したがって、外国惣奉行平山の敵は、外国ではなく薩長であった。平山は、鳥羽・伏見の戦いに破れた後もなお薩長討つべしと主張し続け、少数派となって罷免されてしまう。平山は、かつてあれほど攘夷と言って幕府に楯突いておきながら、英国と組んで幕府を討とうとする薩長を許せなかったのであろう。平山は修羅場をくぐった人である。

明治になると平山は、徳川慶喜とともに静岡に蟄居させられ、そこで禊教《みそぎきょう》と出会う。その修法を学んで神官となった平山は、神道という経路を使って復活を図る。新政府が中枢に置く思想によって中央の舞台に戻ろうとしたのである。そこには、キリスト教の進出に対する危機意識もあったと書く人もいる。

東京に戻って教部省に出仕した平山は、教導職となり、翌年には大宮氷川神社の大宮司ともなって、数多くあった神道の教派を統合する立場に就く。その作業の中で、自ら学んだ禊教を軸に、多くの教派神道を束ね、大成教を作り上げて自ら官長となった。その組織に加えられたのが、教林盟社だったということである。

これは旧幕臣の復活劇でもあった。『開化新題歌集』初編の序を書いた星野千之は、平山の前任の外国奉行である。二人は当然知合いであったろう。旧幕臣開国派は、当時としては先進的な世界観を持ち、実際に外国船と交渉を進めていたにもかかわらず、歴史から葬り去られた人たちである。その人たちが、宗教や文学の場で生きる場を作り始めるのである。

しかし平山は、大成教の員数を増やすためだけに教林盟社を組み入れたわけではなさそうである。そこには、平山の揺るがぬ思想が貫かれているように思える。

明治十八年に刊行した『俳教真訣』（大成教館）を解説した『俳教真訣略解』（大成教教書発売書林、明治二〇年）は、和歌史から説き始める本格的な俳論書である。平山は和歌の道を、儒教で言えば「天の道」で、仏教の教えにも合致し、さらに「東西の隔《へだて》無き」ものだと説く。

このようにすべてを包括する思想こそが大成教の根源なのであろう。それは、かつて平山が外国物奉行として、ペリーたちとの条約締結に苦心した精神にも合致するものだったに違いない。

かくして教林盟社は。大成教の傘下で江戸時代の神仏混交文化はもちろん、洋学をも包含する俳句文化を展開し始め、新時代の居場所を探し続けていた人たちを抱え込んでいった。

教林盟社に大成教の影が大きく差しかかるようになると、参加者の構成も変わり始める。その様子をとらえてみよう。

② 長門・山城の減少

前述したように明治十六年になると、西谷富水の年刊句集『俳諧兼題集』の序が、明倫講社社長の三森幹雄に変わる。明治十八年の教林盟社『結社名員録』の末尾には、役員として富水の名が残っているから、明倫講社との共存を画策したということであろう。しかし、富水がもし長州出身だったとすれば、幕府の元外国物奉行であった平山省斎の傘下に入ることに抵抗があったとも考えられる。

この時期の教林盟社には、長州からの参加者が減っている。結成時の句集『真名井』には長門（山口県）から三十五人の参加があったが、『結社名員録』には五人しか記されていないのである。

他に減少の目立つ地域として山城（京都）がある。『真名井』には五十一人が参加しているが、『結社名員録』の「西京府下」には八人、「丹波」「丹後」も一人ずつである。地域の区切り方が異なるから一概には比較できないが、掲載総数は『結社名員録』の方が多いので、これはかなりの減少である。結成時には東西の俳人をつなごうとした教林盟社だが、明治十年代後半には、京都や長州の俳人には魅力のない団体になっていたということであろう。

③ 長野県の増加

一方、教林盟社の勢いが増している地域もある。『結社名員録』に載る地域別の会員数を多い順に並べると次のようになる（下の数字が人数）。

長野県信濃国	355	東京府下	88	広島県安芸国	83	広島県備後国	67
福島県岩代国	61	新潟県越後国	55	新潟県佐渡国	52	石川県越中国	50
埼玉県武蔵国	44	群馬県上野国	42	札幌県後志国	38	愛知県尾張国	34
岩手県陸中国	33	茨城県常陸国	31	千葉県上総国	31	千葉県下総国	30
鳥取県伯耆国	29	滋賀県近江国	25	神奈川県武蔵国	24	山梨県甲斐国	23
山形県羽前国	23						

こちらは戊辰戦争の際に、幕府側に付いたり揺れ動いたりした地域が多い。広島県の福山藩は幕府側として闘い、広島藩は慶応三年に官軍に付いたが、日和見と見られて評価されずに終わっている。福島県、新潟県などは奥羽越列藩同盟である。やはりこの時期の教林盟社は、旧幕府側とのつながりを強めていると言えるだろう。

しかし、県内諸藩が勤皇方に付いたはずの長野県の数が一番多いのはなぜであろう。この地域の参加者は、『真名井』刊行時には五人しかいなかったのである。わずか十年の間に何が起きたのであろうか。三百五十五人という会員数は、全国の会員のほぼ四分の一にあたる。

『結社名員録』には、全国に十六の分社があることが記されているが、そのうち五社が長野県である。

長野県諏訪郡諏訪清水町　敬真盟社　岩波其残
長野県水内郡長野横町　共盟社　松本一枝
長野県筑摩郡松本馬喰町　緑深社　加藤事松
長野県伊奈郡伊奈部駅　圓熟社　馬場凌冬
長野県北安曇郡大町駅　盟親社　越山司松

会員は県内全域に広がっていたようである。冒頭の敬真盟社の岩波其残は『真名井』の時代からの参加者であり、県内の会員はこの人から広がっていったと考えられる。三百五十五人のうち百三十三人が諏訪郡の住人なのである。これは県全体の三七パーセントで、全国でも八・八パーセントにあたる。全国の会員の一割近くが、日本アルプスに囲まれた湖の周辺にいたということである。

其残は文化十二（一八一五）年、文出村（現・諏訪市）の豪農、山田両蔵の長男として生まれた。名は鉄蔵。父が事業に失敗し、十九歳で家督を継いだが農を好まず二十八歳で隠居。母の影響で風狂の人となった。俳諧を久保島若人に学び、絵画、楽焼、彫刻、生花、茶の湯、写真、砲術、製図、音曲などに才能を発揮。やがて諏訪に眼病の治療にきていた尾張藩士の娘みちと恋に落ちて出奔。十一年間諸国を放浪し、安政二（一八五五）年に諏訪に戻って、母の実家の岩波家を継ぐ。以来、地域の文化人として活躍し、『俳諧早合点』（明治一二年）、『明治増題俳諧新部類』（明治一三年刊）、『草の餅』（明治二六年）などを残し、明治二十七年に八十歳で歿した。こうした筋金入りの文化人の存在が、諏訪の驚くべき会員数につながっていったと思われる。

さらに、その背景に、当時の諏訪の経済の発展があったことも見落とせない。諏訪地方の器械製糸業の勃興期は、明治九年から十二年ごろと言われている。長野県の会員の増加はまさにこの時期にあたる。明治十一年十二月刊行の教林盟社編『時雨祭集』には、長野県からすでに六十四人（全国三百九十九人中）の参加がある。長野県の教林盟社の会員増の背景には、器械製糸によって発展しつつあったこの地域の経済力があったと見るべきであろう。

この時期の諏訪に住みついた井上井月もまた一時教林盟社の会員であったようだ。井月が書き写した『幻住庵記』の末尾に「東京教林盟社中　柳の家井月」とあることを、映画『ほかい人』の北村皆雄監督にご教示いただいた。『結社名員録』にその名はないから、中途で退会したのであろうが、井月のような人を定住させる経済力が、この地域にあったということである。

さらにもう一点考えておくべきは、諏訪地方を中心に普及していた平田神道の影響力である。小松芳郎監修『幕末の信州』（郷土出版、二〇〇八年）によれば、信州の平田神道への入門者は、上諏訪の小山丹宮と松澤義章に始まり、平田の死後急速に増えて、明治九年には、全国三千八百人中六百三十五人となって全国一位であったという。同書は、伊奈郡で盛んだった歌道が普及の素地になったと指摘するが、俳諧も何らかの要因になっていたのではあるまいか。

さらにもう一点指摘しておきたいのは、この時期の信州に広がった御岳教の初代管長も平山省斎だったということである。御岳教は、明治十五年に東京の下山応助が全国の御嶽大神の崇拝者をまとめた組織だが、平山はその官長にもなっていたのである。

『結社名員録』に「香雪　高井郡赤岩村　湯本佳録」という人物が記されている。この人は、井上円了と京北中学校を創設し、また寺田勇吉と精華学校を創設した湯本武比古の父であるが、熱心な御岳教の信者だったと言われている。つまり、御岳教の信者もまた大成教傘下の教林盟社に入っていたということである。

教林盟社は、大成教に加わることによって、国学の基盤のあった長野県に勢力を拡大させたということであろうと思われる。

④ いなくなる初期リーダーたち

明治十八年の『結社名員録』の末尾には、社宰長という名で鳥越等栽、橋田春湖が置かれ、社宰として広田精知、服部梅年、松井竹夫、永岡成雅、八巣謝徳、西谷富水、松平呉仙が記されている。また社宰庠裨として小野素水の名がある。これが幹部ということである。しかし、このときすでに富水は鬼籍に入っていた。

さらに翌年の明治十九年二月、春湖も帰らぬ人となる。

もう一人の社宰長の鳥越等栽は、文化二（一八〇五）年生まれの大坂の人で、八千房淡叟《はっせんぼうたんそう》や桜井梅室に学び、江戸に出て佳峰園を名乗って幕末の江戸三大家に数えられた。号をもじって「あほうえん」と呼ばれたという話が残っているように、句が巧いというよりは、その人柄を慕われたタイプである。既に述べたように、教導職になった記念の句が「やせ骨もかずには入りし扇かな」であるから、何があっても力んだり気取ったりすることのない人だったのであろう。しかし、次のような短冊も残されているから、教導職の自覚がなかったわけではない。

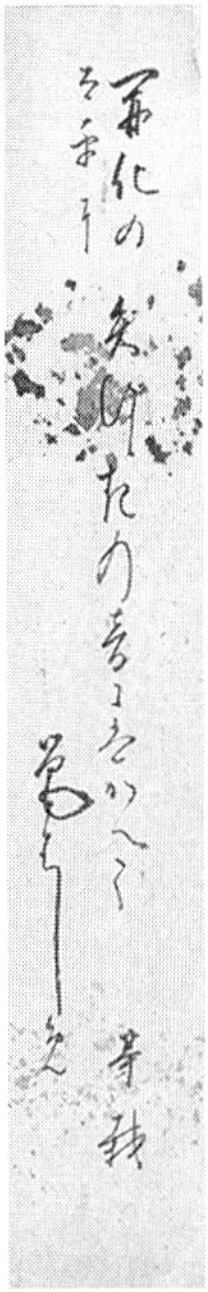

開化の太平に　矢ひしぎの音にはかへて筆はじめ　　等栽

「矢ひしぎの音」は「拉《ひし》ぎ楯」の音であろう。楯を何枚も竹竿に結びつけ、敵の矢を防ぎながら進軍するのである。まさに戦さの最前線の音で、それが突然「筆はじめ」に飛躍するのは、筆の軸が竹でできているからだと思われる。明治維新の戦いが終わって、文明開化の時代となったことを言いたいのであろう。

等栽も、明治二十年以降は教林盟社を離れ、花の本講社を起こしたというが、活動は月並句合の点者であったようだ。明治二十三年に歿しており、これで教林盟社結成時のリーダーは、皆いなくなったということだが、大成教総裁の平山省斎もこの年に歿している。時代は着実に移り変わろうとしていた。

春湖から社長を引き継いだ小野素水は為山門で、明治十二年に月の本を継いでいる。社長になってからは、常陸の賞素・昌帆の編んだ『鼓が浦』（明治二三年）の跋や、越後の月台らの編んだ『徳音集』（明治二四年）の序など地方俳家からの要望に応えた仕事が多い。また『みやびくらべ』という風雅誌の俳句選なども担当している。明治二十四年刊の筒井民次郎編『纂註芭蕉翁一代集』（今古堂）の校閲もしている。

教林盟社としては、明治二十五年に『桂林集 二編』を出し、また二十八年に教林盟社を文音所として『玄香庵発句集』を刊行している、

信濃の出身であったから、明治三十年の井口翠湖編『信濃明治俳家集』（編者刊）の序は嬉しい仕事であったろう。しかし、その年末に歿し、翌年五月に追善句集『ふゆこもり』が子の橋仙編として刊行されている。

7 明倫講社の変遷

明治十七（一八八四）年八月の太政官布達によって、教導職制度自体が廃止されてしまう。これは明倫講社自体の存在理由をなくしてしまう政策変更であった。

しかし、三森幹雄はあきらめない。明倫講社独自の教導職を定め、また会員増のために俳句を楽しむ方向に舵を切り始める。

さらに幹雄は教林盟社との距離も縮めている。明治十七年に尾張の小島可洗が刊行したと思われる歳旦一枚摺には春湖と幹雄がともに参加している。また、同年に福島県川俣町の渡辺桑月が編んだ句集『たむけくさ』には、幹雄と春湖がともに題句を載せている。

幹雄は生き残りのために、あらゆる手を尽くしていたのであろう。

明治十八年三月、明倫講社を「神道芭蕉派明倫教会」とする願いが神道本局から認可される。これは明倫講社が、神道本局の直轄教会になったということで、独立した教派神道の一つとして生き残ることができたということである。

この年幹雄は、発句が連歌の発句に始まったものではないという論を展開する。和歌の一部でもなく、そもそも最初に五七五があったという論で、和歌の七七はまとめにすぎないというのである。建部巣兆《そうちょう》の片歌《かたうた》からの発想であろう。これも俳句の価値を高めようとしたということであると思われる。暴論にも見えるが、しかし、和歌の成立過程に、中央の権力によって五七五七七という形式が定められていくプロセスがあったとすれば、その初めに、どこかの地方の五七五がなかったと言い切ることも難しい。

明治十九年二月、教林盟社の春湖が歿し、小野素水が社長となる。

同年四月、理由はは不明だが「神道芭蕉派明倫教会」は「蕉風明倫教会」と改称する。また、俳諧の旧習一新に力を入れるため、明治二十二年に「俳諧矯正会」を設立し、重田景福の編で『俳諧矯風雑誌』を創刊する。活動内容は主に、各地方に残る高額の賞品による点取句合を根絶することだったようだ。

幹雄は各地の句集に題字、序、跋を書き、活動の手を休めない。各地の指導者を明倫講社独自の教導職に任じて育成を図っている。

そのなかで、前述の『たむけくさ』を出した福島県川俣町の渡辺桑月は、かなり有望な人材であったと思われる。明治二十二年に刊行した『明治俳諧金玉集』は特筆すべき句集である。二百十九丁という大部の和本で、歌仙、半歌仙、六韻、脇起五十韻、五十韻独吟、和漢行、漢和の俳諧、表八句の式など当時伝えられていたさまざまな種類の俳諧を掲載している。しかも、桑月は能筆で、この本の文字をすべて自分で書いたらしい。

桑月の号は真風舎。上京して浅草公園に住み、神道芭蕉派明倫教会の教導職となって『俳諧矯風雑誌』の発行にも関わった。明治二十八年からは『俳諧真の栞（正風俳諧真の栞）』という俳誌を刊行し、明治三十六年までの活動が確認できる。

なお、女性の小講義として活躍したと言われる千葉県久住村の根本乙年を真風舎二世とする資料があるが、乙年は西馬の弟子で、幹雄と同世代である。真風舎を継いだとしても、乙年が桑月の弟子とは考えられない。乙年については、『俳諧世々の花』（明治二四年）を残した以外、詳しいことが分からないが、女性の教導職がいたという事実は、もう少し認識される必要があるだろう。教林盟社には花朝女、採花女がいて、明倫講社には乙年がいた。明治前期の女性俳家の活動については、さらに調査されなければならない。

幹雄が春秋庵となるのは明治二十五年のことである。加舎白雄に始まる春秋庵を継ぐことは、幹雄にとっても大きな出来事であった。師の西馬がそれを継ぐ前に歿してしまっているのだから、なおさらのことである。

明治二十三年六月に春秋庵有柳編『今古五百題』が刊行され、幹雄が校閲しているが、これが有柳最後の刊行物となる。明治二十年代は俳壇の世代交代の時代である。

明治二十五年四月、有柳から春秋庵を譲られた幹雄は、七月から翌年五月にかけて、庚寅新誌社から活字本で『俳諧自在法』という作法書のシリーズを十一冊刊行する。

加えてこれも庚寅新誌社から『手爾袁波《てにをは》初学《ういまなび》』を活字本で出版している。これは春秋庵となったことを受けて、伝統的な俳諧（連句）の知識や、言葉遣いの基礎を活字本で伝えておこうという意図によるものだろう。『俳諧自在法』は薄手の冊子で、通信教育の教材にも見える体裁である。

これらを見ても分かるように、明治二十五年は、俳句メディアの転換点である。この年を境に、活版の俳書の刊行が増え始める。既に一般の書籍は活版が普通になっていたが、和歌俳句の世界はまだ和本の文化が残っていた。しかし、明治二十四年までは年十冊に満たなかった活版の俳書が、二十五年から五十冊近くに増える。

そのタイミングで、正岡子規が登場する。子規は、俳句メディア転換の年に奇跡的に現れ、新たな俳壇を築き始める。歴史の必然というべきであろう。

幹雄も活版の出版社とのつながりを深め、新時代の俳壇での存在感を高めようとする。明治二十六年九月には『俳諧名誉談』を庚寅新誌社から刊行。これは活版二六八ページの本格的な俳家論で、過去の著名な俳家のエピソードを連ねている。明治二十三年創業と思われる新興の庚寅新誌社にとっては大きな仕事であったろう。

この年は芭蕉二百年忌であった。幹雄は東京深川に芭蕉神社を建立する。これは教林盟社との協同事業だったかもしれない。十月十九日に行われた祭典には、大成教管長の磯部最信《よしのぶ》や、教林盟社社長の小野素水が参加している。この行事を契機に、教林盟社や大成教に近づいたようである。

翌明治二十七年、幹雄は明倫社の業務を松江《しょうこう》に譲り、大成教古池教会を創設する。ついに大成教の傘下に入ったということであるが、この後、幹雄が古池教会に大成教の名を冠することはほとんどない。六月には「天皇皇后両陛下御結婚満二十五年御祝典」を祝う『奉祝俳句集』を豪華な折本として刊行している。

明治二十八年、明倫社を引き受けた松江が幹雄の養子となる。松江は日本橋の書店播磨屋の子で、本名は鈴木伊四郎。幹雄門として活躍していた人である。

明治二十九年には、以前からの幹雄の養子となっていた三森準一が経営する古池唫社から雑誌『文学心の種』を創刊し、三十二年まで続けた。

明治二十九年三月に幹雄は『俳学大成』を古池吟社から活版で刊行。さらに四月には博文館から刊行された大橋又太郎編『俳諧独学』の題句を書いている。博文館は明治二十年創業の出版社だが、廉価本を大量生産し、すでに大手にのし上がっていた。

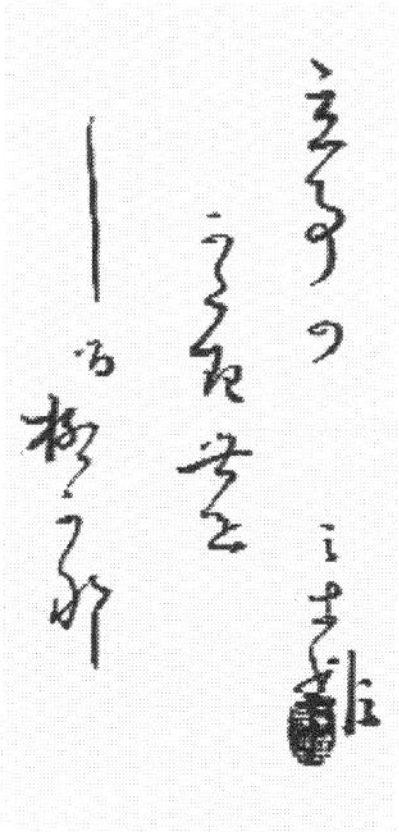

立事《たつこと》のかたき世をしる柳かな　ミ木雄
（大橋又太郎編『俳諧独学』の題句）

大橋又太郎は尾崎紅葉の硯友社から博文館に入って社長大橋佐平の娘婿となり、この前年に雑誌『太陽』を創刊して編集を手がけていた。『俳諧独学』はむろん活版で「日用百科全書」の第十一編として刊行され、題辞は渋沢栄一で序は穂積永機。明治三十八年の十二版まで確認できるロングセラーとなった。「俳諧作法」の項には「俳諧といふは虚実の自在より、世間の理屈を離れ、風雅の道理に遊ぶをいふ」と書き出されており、分かりやすい作法書となっている。

幹雄と博文館の関わりはこれきりだが、ここに題句を載せたことによって、幹雄は、若い世代にも俳壇の重鎮として認識されたことだろう。

同じく明治二十九年七月には、松江と共著で活字本の『蕪村句文集』を明倫社から刊行している。その内容については、子規から手厳しい批判を受けることとなるが、蕪村への早期の着目という点では評価されるべき出版である。子規には、旧派に先を越されたという焦りがあったかもしれない。十二月には万巻堂から和本の『増訂蕪翁句集』が出版されている。跋が付け加えられてはいるが、これは天明四年版の乙二注釈『蕪村句集』の後刷のようだ。この本も、幹雄の『蕪村句文集』も、日本派の若者たちが蕪村に着目し始めた気配を感じ取っての刊行であったかもしれない。

明治三十一年になっても幹雄は精力的で、杉本梅雄編『此花集』、国分瓦全編『長寿集』、桑田山三巴編『俳諧古池集注』などに序を記し、壁谷兆左編『しぐれ空集』に題句を出すなどしている。

さらに十一月には、『俳哲五明集』（明倫社）を幹雄編として刊行している。これは秋田の俳家吉《きっ》川《かわ》五明についての本だが、中に安藤和風が「五明小伝」を書いているから、おそらく和風が持ち込んだ企画を幹雄の名で出したのであろう。和風は秋田の出身で、『秋田 魁《さきがけ》新報』を基盤に、秋田の文化を世に知らしめた人である。

明治三十二年十一月三十日、養子にしていた松江が歿した。

明治三十三年二月には、荒井閑窓編『三くわむ集（百韻三くわむ）』に序を記している。閑窓は群馬県館林の綿糸問屋の主人で、すべてを手代任せにして上京し、幹雄に学んでいた。この五年後、実家は破産してしまう。明治を代表する風狂の人である。

明治三十四年には養志軒天野桑古の『桑古家集』の序を記している。桑古は西馬の門人で高崎の人。西馬との縁で、幹雄と群馬の俳家との関わりは深い。

明治三十五年十一月、柳亭著・柳陰編『尾花の寂』の序を「古池協会教長大教正三森ミ木雄述」の名で記している。この年の九月に正岡子規が三十五歳で歿しているが、幹雄は明治四十三年まで生きる。

手元に、明治三十八年に書かれた幹雄の短冊がある。

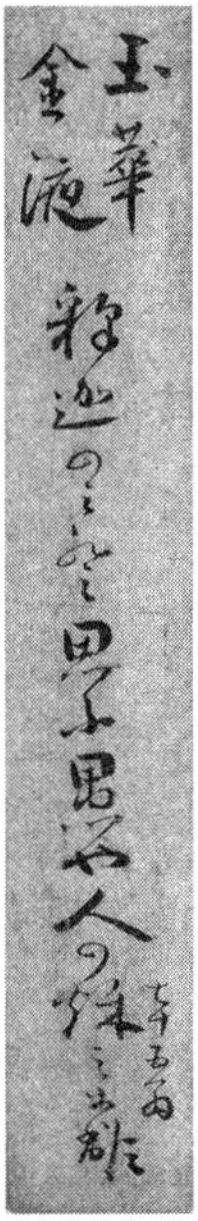

玉華
金液　釈迦のみと思ふ愚や人の秋　七十五翁　ミ木雄
（鳴弦文庫蔵）

前書きの「玉華金液」は、美しい盃の美酒ということであろう。釈迦は酒を禁じたが、釈迦の教えがすべてではない。たまには酒を飲みに来い、ということである。

「人の秋」は、今の歳時記には見ない季語だが、『古今和歌集』には「忘れなん我をうらむな郭公《ほととぎす》人のあきにはあはんともせず」（詠み人知らず）とあって、「秋」に「飽き」を掛けて、人どうしが疎遠になったり、恋の相手に飽きたりすることをいう言葉である。つまり、秋になって、みんな飲みに来なくなったなあという嘆きがあることになる。

「釈迦のみと思ふ愚や」というフレーズに、幹雄の国学（神道）の思想が現れている。国は明治初年には仏式の葬儀を禁じようとしたのだが、すぐに撤回し、廃仏毀釈の荒波を超えて仏教は復活した。そんな時代の句である。幹雄は主義を変えていない。

明治三十九年、幹雄は梅村宇皎編『古今俳句大全　春』（慶岸堂）の序を記している。江戸明治期の著名な作家の句を集めた類題集で、題句として内藤鳴雪の短冊も載る。子規歿後、一部の日本派と旧派は接近し始めるのである。

十月、『俳諧明倫雑誌』は二七〇号に達した。

明治四十一年、傘寿を迎える幹雄は、春秋庵を準一に譲り、天壽老人と号した。三月、香川高松の南無庵真海編『同塵集』に序を書いているが、庵号は記していない。

八月には三森準一編『春秋庵幹雄師開庵第五十年及齢八十祝賀句集』を古池唫社から刊行。明治四十二年一月、新派の佐藤紅緑と共選の句集『都俳句』（文星堂）が刊行される。『都新聞』俳句欄の選者を二人が務めていたということである。

「新年」の冒頭の三句を比べてみよう。

紅緑選　初日の出打出の浜に拝みけり　西湖
〃　お降りや麦青々と垣の外　白羊子
〃　騎初や郷社の梅に二騎三騎　雉子郎
幹雄選　初日の出遠き昔を思ひけり　谿雪
〃　打眺む大海原や初日の出　白峰
〃　神風や二見ヶ浦の初日の出　梅笑

たしかに若干の違いはある。紅緑選の二句目はまさに子規調の新派であろうし、三句目には蕪村の影響があるかもしれない。一方、幹雄選の一句目は月並な主観句だが音調はよい。三句目は「天地人」の「地」に採られているが、「神風」は幹雄好みであろう。この句は新派は採らないだろう。だが、今読めば、明治という時代を踏まえての面白さはある。こうした多様性が、新聞俳句の面白さで、俳句愛好者を増やすという意味では意味のある仕事であったと思われる。

明治四十二年六月、埼玉県入間郡の千喜良《ちぎら》尚實編『戊申月次集』に序を記し選をしている。確認できる最後の月並句合の選である。また、この月に出た狩野三祥編『もとの色』の序を書いている。明治四十三年三月発行の『俳諧明倫雑誌』第三〇九号号に載る「古池協会広告」には「大成教古池教会長大教正　三森幹雄」とあるから、大成教とのつながりは続いている。九月刊の鳳尾園鼠年追悼句集『あわのかげ』に題句と絵を送ったのが対外的には最後の仕事であろう。十月十七日、八十歳で死去した[17]。

十一月二十五日発行の『俳諧明倫雑誌』第三一六号には、蠣崎潭龍《かきざきたんりゅう》による「天寿老人の逸事に就て翁の知友諸君並に門人諸君に切望す」という記事が載り、幹雄の訃を知らせている。一方で「雑録」には幹雄選の秋の句もあり、直前まで選句をしていたことも分かる。

『俳諧明倫雑誌』は、明治四十四年の第三二四号まで確認できる。

明治四十五年、準一は「幹雄命一周年祭・田喜庵詩竹雀翁居士十三回忌・三森松江命十三年祭」の句集『月の俤』を春秋庵と田喜庵合同で刊行する。幹雄と松江が神式で、詩竹が仏式であることが分かる。幹雄の神道が本気のものであったことがここからも分かるのである。

注

（1）為山、等栽、春湖の三人を教導職に推薦したのが永平寺の環渓であることは、すでに昭和五十三年に関根林吉が『俳句』（角川書店）に連載した「三森幹雄評伝」（後に『三森幹雄評伝』〔遠沢繁、二〇〇二年〕として刊行）に記されている。しかし、関根の状況の解釈にはかなり問題があり、本著では加藤定彦が庄司唫風あての書簡を翻刻した「教導職をめぐる諸俳人の手紙――庄司唫風『花鳥日記』から」（『連歌俳諧研究』第八八号）の「明治六年五月二十六日の条」によって整理し直している。
（2）加藤定彦「教導職をめぐる諸俳人の手紙――庄司唫風『花鳥日記』から」（『連歌俳諧研究』第八八号）の「明治六年七月五日の条」による。
（3）郡司博道『久我環渓禅師詳伝』（昌林寺、昭和五八年）による。
（4）加藤定彦「教導職をめぐる諸俳人の手紙――庄司唫風『花鳥日記』から」（『連歌俳諧研究』第八八号）「明治七年六月廿一日の条」による。
（5）桜井能監の生年が、例えば『日本人名辞典』（講談社）が記す天保十五（一八四四）年より以前であった可能性も考えておく必要がある。五十四歳で歿し、その直前に従三位に叙せられているが、少々若すぎる感もある。谷峯蔵は『芭蕉堂七世内海良大』（千人社、昭和五二年）において、梅室が七十六歳で子を儲けたということに疑問を呈している。
（6）矢羽勝幸『三囲の石碑』（三囲神社、二〇〇一年）による。
（7）この間の事情は「日暮里富士見坂を守る会」池本達雄のブログ「今日も日暮里富士見坂 NIPPORI FUJIMIZAKA DAY BY DAY」に詳しい。池本は、幹雄が試験を受けて教導職となった後に為山らが推薦されたとするこれまでの定説を、順序が逆だと批判している。資料を見る限り、池本の見解は正しい。
（8）星加宗一『伊予の俳諧』（愛媛文化双書刊行会、昭和五〇年）などによる。
（9）加藤定彦「明治俳壇消息抄――庄司唫風『花鳥日記』（十）から（上）」（『立教大学日本文学』第八七号、二〇〇一年十二月）による。
（10）『教林盟社分社共研社披露同挂額并別号披露四季混題四句合』（上総国夷隅郡下布施村二百番地　共研社）という返草が鳴弦文庫に残されている。
（11）「返草」とは、句合の入選句を摺りものとした冊子で、入選者に無料で配られた。

（12）加藤定彦「続・教導職をめぐる諸俳人の手紙――庄司唫風『花鳥日記』から」（『連歌俳諧研究』第一〇〇号、二〇〇一年）による。
（13）信夫恕軒『恕軒漫筆』（吉川半七、明治二五年）による。
（14）この資料は『新編俳諧題鑑』とも呼ばれている。
（15）松井利彦『近代俳論史』桜風社、昭和四〇年。
（16）鎌田東二『平山省斎と明治の神道』（春秋社、二〇〇二年）による。以下、平山の略歴はこの資料に基づく。
（17）鳳尾園鼠年追悼句集『あわのかげ』は明治四十三年九月、東京の「根本福太郎ら」が刊行している。鼠年は浅草の宗匠。横須賀で活躍した松竹庵梅月も鼠年に学んだようだ。

第四章　近代俳句の成立

松井利彦が指摘するように、明治前期の俳句は、江戸期の句とはかなり趣きが異なる。それは、国学思想や文明開化の諸概念を前提とした〈前期近代俳句〉と呼ぶべき特殊な俳句である。それに対して正岡子規らいわゆる〈新派〉の俳句は、近代合理主義や西洋文学論を取り入れながらも、むしろ江戸中期の俳句への回帰を果たそうとしている。

俳句史が、子規の登場によって分断されていると考えることはできない。江戸の発句を分類し、誰よりも詳細に書き残したのはほかならぬ子規なのであり、河東碧梧桐も高濱虚子も、江戸期の俳家たちの句をよく読み、解説さえも残している。さらにその時代には、江戸期の俳書の多くが活字化され、江戸期以上に多くの人々に読まれるようになっている。

従来の俳句史に囚われることなく、さまざまな位相から近代俳句の成立を見直し、俳句の近代化を、十九世紀という大きな括りの中で考えてみたい。

1　太陽暦の受容

① 改暦の概要

十九世紀、幕府の天文方は既に未来を見ていた。地動説を学び、太陽暦の採用を見据えていたのである。オランダと貿易を続ける幕府にとっては、日付の違いは面倒なことであったろう。しかし、暦作りを任されていた京都の土御門家はそれに抵抗していたようだ。太陽暦にいたる経緯を、最新の知見として信頼できる国立天文台のウェブサイトなどを参考にまとめておこう。

幕末に使われていた暦は、天保の改暦（天保十三〈一八四二〉年）によって作られたもので、一般に天保暦と呼ばれている。天保暦は、陰暦に太陽暦を加えた太陽太陰暦である。形式上は京都の土御門泰栄《やすなが》が上納したものだが、実際は幕府の天文方が、土御門家の抵抗に抗いながら、地動説と太陽暦を取り入れて作成したもののようだ。時代を進めようとしていたのは徳川幕府だったのである。

明治初年の暦は、幕府が消滅したことによって再び土御門家が編暦することとなったが、明治三（一八七〇）年、新政府下に星学局が設置され、その本局が東京に移転して、長く続いた土御門家と暦の関係は絶たれた。土御門家は、薩長に裏切られた思いであったろう。

明治四年に編暦の担当となった文部省は、翌年十一月に「改暦の布告」を出し、同年十二月三日を六年一月一日として太陽暦の採用に踏み切った。布告の翌月の改暦という急ぎ方で、これについては、『大隈伯昔日譚』（立憲改進党々報局、明治二八年）に書かれた、閏月の給与を削減するために急いだという裏話が有名だが、これは改暦の時期を急いだ理由であって、太陽暦に移行した理由とは言えない。太陽暦に移行したのは、あくまで西洋文明に合わせた近代化を推進するためであった。

太陽暦の急な採用は、国内生活に大きな混乱を生じさせた。文化的慣習や農林水産業には旧暦が必要で、当初の国の暦には、新旧の日付が併記されていた。

明治六年から八年までは、新旧の併記をやめた方が太陽暦が浸透するという文部省の意見と、太陽暦だけでは各地の習慣が混乱するという内務省の意見が対立する。

ところが、明治九年に編暦事務が内務省へ移管されると、今度は内務省が太陽暦推進派となり、法制局がブレーキ役となる。急な変更は問題が多いというのである。担当になれば推進派に回るというのは実にお役所らしいことだが、しかしこれはどちらの言い分にも一理はある。

明治十二年に出された翌年の暦の案には、「太陰盈虚《たいいんえいきょ》」（月の満ち欠けの意）という名で日々の月の形を記号で示し、日の出・日の入、月の出・月の入、満潮・干潮など、農業や漁業に役立つ情報を掲載して、産業や文化に不足のない太陽暦を作ろうとする努力が見られる。

しかし、当時の「両暦使用取調書」という調査によれば、明治二十二年に至っても、正月をいつ祝うかには地域差があったようだ。また、改暦後も旧暦は、「暦」という名を付けずに刊行され続けた。それらは〈おばけ暦〉などと呼ばれている（平成時代の末に、千葉県佐倉市の国立歴史博物館で、その〈おばけ暦〉の展示会が開催されている）。

しかし、月日の数え方は太陽暦が優勢となった。新聞の発行日が太陽暦だった影響も大きかろう。むろん役所への届け出などもみな太陽暦でなければならなかった。

太陽暦を受け入れるかどうかという問題の背後には、新政府の欧化策に賛同するか否かという問題が横たわっている。戊辰戦争で、官軍、幕府軍のどちらに付いたかという問題は、この時代の人々の生活に大きな違いをもたらしていた。幕府に付いた地域には恩恵が少なく、新政府への反感も大きかったのである。太陽暦の受容にも、そのことが影響していた。さらに事態を複雑にしているのは、官軍派と佐幕派に分裂した状態で維新を迎えた藩があったことである。俳句史もこの時代については、新政府の施策への同調性という側面を、さらに見ていく必要がある。

② 俳人による新暦への対応

太陽暦の採用で国内が混乱するなか、季節の区分けを整理し、伝統的な慣習と太陽暦との折合いを模索したのは、新政府の方針に同調した俳諧宗匠たちであった。彼らのなかには、江戸期から国学に親しみ、なかでも平田派の復古神道に触れ、天照大神の存在を根拠とする太陽暦への移行を願う人たちもいた。

明治七年八月、能勢香夢によって『俳諧貝合』(酒井文栄堂)という太陽暦に基づいた季寄《きよせ》が刊行されている。これは筑紫磐井と復本一郎の発見である。編者の序には「太陽暦ノ表ニ倣ヒ」と明記してある。

編者の香夢は南越(福井県)の人で、出版した酒井文栄堂も「越前福井桜中町」である。橋本左内を輩出したこの地域の先進性を見るべきであろう。

句集では、永安壺公《ここう》編『ねぶりのひま』(明治七年五月序)が太陽暦によるものであったことが知られている。壺公は新暦を旧暦の一ヶ月遅れとし、二・三・四月を春とした。当時、福沢諭吉らは二ヶ月遅れを説いていたから、そのなかで壺公は、現代の歳時記の基礎を作ったことになる。

第三章にも記したが、壺公は永安和壮という名の長州士族である。平田神道にも触れていたはずで、あるいは新政府の要人からの指示があっての刊行だったかもしれない。長州にいたはずだが、いつの頃か東京に出て、為山の序を得てこの句集を出し、郷里に戻ったあと、京都の芭蕉堂八世を継いでいる。この人が東京に来たのは、最初から江戸の大家と組んで太陽暦の句集を作るためだったのかもしれない。芭蕉堂八世はその恩賞だった可能性もある。

続いて明治八年、恒庵横山見左らの遺稿を三森幹雄が校閲して刊行した『新編俳諧題鑑』も太陽暦に準拠しており、二月に「睦月・初春月」を置いている。十二年刊の三森幹雄撰『俳諧新選明治六百題』や、十三年刊の芳水舎梅敬編・八木芹舎校の『明治新選俳諧季寄鑑』も春は二月からで、これらはみな明倫講社に属する俳人たちである。

明治十一年刊の根岸和五郎編『大陽暦四季部類』も、その名のとおり一月を冬とし、そこに新年を入れている。根岸和五郎には『助字一覧表』という国学の著書もある。

明治十三年に刊行された萩原乙彦編『新題季寄俳諧手洋灯《ランプ》』が一月を冬としていることもよく知られている。『俳諧手洋灯』は『俳諧手提灯』（延享二年跋）のパロディで、要するに洋風にしたということである。

しかし、太陽暦がすぐ全国に広がったわけではない。明治十二年刊の椿海潮堂編『発句俳諧九百題』は新年を春とし、そこに立春もある。潮堂は信州の人である。同じく十二年刊の子日庵《ねのひあん》中山英蔵編『明治大家発句集』も旧暦である。さらには、四十二年刊行の馬田江公年編『俳諧季寄兼用題意註解玉兎』に至っても、一月から春、四月から夏となっている。ただし「歳旦の部」を別にし、一月の前に置いている。公年は山田重五郎という大阪の人で、正岡子規と選句をともにしたこともある俳家である。ここにも、新政府の方針に同調するかどうかという地域性の問題が根強く残っているように思われる。

新派に目を移すと、明治三十四年から刊行される正岡子規・高濱虚子編『春夏秋冬』は「一月」という季題を示さず、「四月」を夏、「十月」を冬にしており、これは旧暦による分類ということになる。「新年」を付録として最後に置いているところは新しいのだが、春夏秋冬を新たに切り分けようという意識は見えない。

新しい教育を受けたはずの新派俳人がなぜこうなってしまうのかと言えば、子規の勤めていた新聞『日本』が、政府の表層的な欧化策に反対する新聞だったからである。

社長の陸羯南は勤皇佐幕で揺れ動いた弘前藩の御茶坊主頭の子である。藩は最後は官軍に付いたが薩長への反感は強かったようだ。司法省法学校に入学したものの賄《まかない》征伐《せいばつ》問題がこじれ、原敬、加藤恒忠《つねただ》らと自主退学しているが、校長は薩摩人であったという。恒忠は子規の叔父で、その紹介で、子規は新聞『日本』に入社するのである。

子規は、明治三十四年にいたってもなお、『墨汁一滴』に次のように書いている。

> 雑誌『日本人』の説は西洋流に三、四、五の三箇月を春とせんとの事なれども、我邦には二千年来の習慣ありてその習慣上定まりたる四季の限界を今日に至り忽《たちま》ち変更せられては気候の感厚き詩人文人に取りて迷惑少からず。されど細かにいへば今日までの規定も習慣上に得たる四季の感と多少一致せざるかの疑なきに非ず。もつとも気候は地方によりて非常の差違あり、

殊に我邦の如く南北に長き国は千島のはてと台湾のはてと同様に論ずべきにあらねど、試に中央東京の地についていはんに（京都も大差なかるべし）〔中略〕。故に東京の気候を以ていはんには立春も立夏も立秋も立冬も一五日宛繰り下げてかへつて善きかと思はるるなり。されば西洋の規定と実際は大差なき訳となる。しかしながらこは私に定むべき事にもあらねば無論旧例に依るを可とすべきか。（西洋の規定は東京よりはやや寒き地方より出でし規定に非るか）（三月九日）

大切なのは「実際」だが、それも全国に適用するのは難しいと悩んでいる。この子規の考え方の根には、政府の安易な欧化策には同調しないという基本姿勢がある。

明治の俳壇は、新政府側で文明開化を促進しようとする〈旧派〉と、政府の安易な欧化策に疑念を持つ〈新派〉というねじれ構造で成り立っていた。

現代の俳句界の問題は、この子規の煩悶が忘れ去られ、今ある歳時記の様式が、すでに完成されたもののように思われているところにある。現在の歳時記にも問題はあり、改善される余地は多い。子規の煩悶は、宮坂静生の〈地貌季語〉の問題意識にも通じるものだ。季語は約束だと言ったところで、時代によってその約束は変遷し、地域差もある。歳時記は絶対的な存在ではない。

2 〈調べ〉の俳句史

〈調べ〉とは、言葉の〈美〉である。むろん、ここでいう「言葉」は音声であって、文字のことではない。

古代から人は、詩歌の美の秘密を探ろうと苦心してきたが、それは〈神秘〉に属するものであった。日本において〈調べ〉は〈言霊〉に重なる概念でもあった。

科学の発達した現代においても、〈調べ〉を論理的に語ることは難しい。それは、人の感覚や精神に関わる問題で、価値判断を伴うために客観的に捉えることが難しいのである。

それを何とか分析的に理解しようと、近代人は、〈調べ〉を「韻律」と言い換え、それを「韻」、すなわち響きと、「律」、すなわちリズム（音数律）の問題に分解した。

大辻隆弘は、根岸短歌会に入門する前の伊藤春園（左千夫）が、新聞『日本』に送った子規への抗議をもとに、子規が、それまで神秘的に語られていた〈調《しらべ》〉を〈意匠〉と引き離し、「リアリズム的言語観」によって、「韻律」という分析的な概念に置き換えたことを指摘している[1]。

大辻の指摘は重要で、かつ的を得ているが、ただ一点、子規の言う「韻律」が、「現在私たちが使用している「韻律」とほぼ同義だろう」という点には少々問題があるかもしれない。「韻律」が、近代文学の概念として内実を獲得していくのは、大正時代以降のことと思われるからである。以下、韻と律それぞれについて、その伝承と近代文学への影響を考えてみたい。

① 韻《ひびき》の俳句史

日本語の〈韻〉は、音節全体ではなく、母音、または子音のみの一致で、その存在を示し得るようだ。「ようだ」としか言えないのは、それが感性の問題だからである。

〈調べ〉の美しさについて、日本語のネイティヴはあまり意識的ではない。日常的すぎて意識できないのである。逆に日本語を後から知った人がその美しさに気づく。例えば、ドナルド・キーンの芭蕉論は、まず音調から語られる。私たちも、詩歌の響きをもう少し意識する必要があるのではなかろうか。

a　韻字

もともと〈韻字〉は、漢詩文の句末で、韻をふむために置かれる字のことである。要するに脚韻である。本来は「字」ではなく「音」のはずだが、これを「字」と認識してしまったところに、すでに詩歌の左脳化は始まっている。

日本では、その漢詩の脚韻を和歌にあてはめ、一首の末に置かれる語が韻字と呼ばれて注視されるようになった。体系化されたというほどのことではないように思うが、句末が注視されていたということは重要であろう。

連歌や俳諧においても、「つつ、けり、かな、らん、して」などの句末の辞（付属語）が〈韻字〉と呼ばれ、注視された。

一方で、句末が名詞などの漢字で表せる言葉の場合に、それを〈韻字留《どめ》〉と言った。これは漢詩と同じように漢字で言い留めているという意味であろう。

おそらく、連歌や俳諧の〈切字〉に対する異様なまでの注目は、この〈韻字〉への注視に端を発している。それはともかく、いにしえの詩人たちが、句末の響きに注意を払っていたことは記憶しておこう。それらは「字」と名付けられているが、実は響きの問題だったはずなのである。

b　音通

江戸時代までは〈音通〉ということが言われていた。五七のつながりや七五のつながりを、母音または子音でそろえるということである。今やプロの俳人でも、この〈音通〉を意識する人はまれだが、『広辞苑』（岩波書店、第六版）にはその項目があり、次のように解説されている。

【音通】③俳諧で、五十音図の同行または同段の音が句の中間で重なること。「古池やかはづ飛込むみづの音」の「や」「か」、「む」「み」の類。

『日本国語大事典』（小学館）もほぼ同じ説明をしている。要するに「古池や」の「や」と「かはづ」の「か」が「a」音で共通しており、「飛込む」の「む」と「みづ」の「み」が「m」音で共通しているということである。

和歌ではこのうちの同行の〈音通〉を〈五韻相通〉と言っていたようで、『広辞苑』には次の解説がある。

【五韻相通】②和歌・連歌などで句のうつり目に五十音図の同行の音を継いで音調をととのえ

る技法。「山遠き霞に浮かぶ日のさして」の句の「き」と「霞」、「ぶ」と「日」のような例。

『広辞苑』は〈音通〉と〈五韻相通〉の関係に触れていないが、和歌・連歌では〈五韻相通〉と言い、俳諧では〈音通〉と言ったということになるだろう。

この〈音通〉を、戦後の俳論で取り上げたのは、私の知る限りでは乾裕幸しかいない。乾は、論文「芭蕉・疎句の響」で南北朝時代の連歌師、梵灯《ぼんとう》の『長短抄』を引き、五七五七七の第一句から第五句までの語の続きが密接な〈親句《しんく》〉の中に、語と語が意味・縁語・掛詞・枕詞などで密接につながっている〈正の親句〉と、語と語が響きでつながっている〈響の親句〉があることを指摘しているが、この〈響の親句〉が〈音通〉である。乾は、芭蕉の発句九百八十三句中、四百五十四句に〈音通〉が見られると言っている[2]。

江戸の俳家は、この音通を口伝としていたらしいが、既に第二章で見たように、北辺大人（富士谷御杖）は『俳諧天爾波抄《てにはしょう》』において、〈音通〉などについて「わが家学これらをひとつもいはず」と切り捨てている。これは〈音通〉を因習的な概念と見たのであろう。

しかし元木阿弥の『俳諧饒舌録』下巻の「正親句」の項には、〈音通〉という言葉は使われていないものの、〈音通〉と同じ音の連続が示されている。『俳諧天爾波抄』以降も、〈音通〉についての伝承は続いていたのである。

明治時代になると、〈音通〉を文字化する人が現れ始める。

池田謙吉編『芭蕉翁真筆連歌俳諧秘訣』（名古屋金池堂、明治二七年）には、〈五音連声〉と〈五音

相通〉を〈音通〉という語で説明し、江戸時代から口伝で伝えられていたと記している。

また明治二十六年に出た亀慕亭松井鶴羨《かくせん》『鼇頭挿画 俳諧秘事大全』（名古屋 三浦兼助刊）は、〈音通〉を〈連声〉という言葉で次のように説明し、やはり「口伝」だと記している（活字本ではあるが送り仮名と句読点を補い誤植を正した）。

> 連声は口伝にいふ上五文字の終りに中の七文字の頭を生じ、中の七文字の終に下の五文字の頭を生ずるなり。譬へば五十韻の「あかさたなはまやらわ」の十字を長く引かば、各、かア、さアとあの声を生ずるなり。「いきしちにひみゐり」の九字は、きイ、ちイと、いを生ず。その他準じてしるべし。是を連声の続きといふなり。
>
> 「ようにのみき《○イ○イ》かましものを音《○ヲ○ヲ》羽川わ《○ア○ア》たるとなしにみ《○イ○イ》なれ初けん」
>
> 連声の句　梅若菜ま《○ア○ア》りこのと《○オ○オ》ろろじる　芭蕉
>
> 連歌　茂る葉のお《○ヲ○ヲ》ほふや風の遅《○ヲ○ヲ》ざくら　専順
>
> 俳諧　初午や太《○ア○ア》鼓から夜はあ《○ア○ア》けがらす　尾海
>
> さぞきぬた孫《アア》六やしきし《イイ》づやしき　其角
>
> 総じて奉納勧進祝言等の巻頭には連声の句を用ゆべしと言ひ伝ふるは太神宮奉納千句の巻頭に、
>
> 元日や神《アア》代のことのお《オオ》もはるゝ　守武
>
> 此句を以て例とするよし。若し連声の句にあらざれば、五音連通の句をすべし

この〈連声〉が『広辞苑』の言う母音の〈音通〉であることは間違いあるまい。最後の〈五音連通〉は子音の〈音通〉のことで、次のように説明されている。

> 五音連通とは、アイウエヲ《ママ》、カキクケコ、等の五音を以て冠五の末文字と中七頭文字とを連れ、中七の末と座五の頭とを連ぬるなり。また連声連通とて一方を連声にて一方を連通にてするも苦しからざるよし秘中の秘なりと師伝に云へり。連歌に五音連通の例とするは、〈頼朝がけ《カケ》ふの軍に名《ニナ》取川〉。俳諧にては、
>
> 五音連通　深き池氷《ケコ》りのときに覗《ニノ》きけり　俊似
> 　　　　　雑炊の名《ノナ》ところならば冬《ハフ》籠　其角
> 連声連通　古池やか《ヤカ》はづ飛こむ水《ムミ》のおと　芭蕉
> 　　　　　はつ春の遠《ヲヲ》さと牛のな《ノナ》き日かな　昌圭
> 連通連声　十六夜もま《モマ》たさらしなの郡《ヲヲ》哉　芭蕉
> 　　　　　庵の夜もみ《モミ》じかくなりぬ少《ウウ》づつ　嵐雪

〈五音連通〉は、『広辞苑』の言う同行の〈音通〉である。

自ら「口伝」だと言いながら、それを活字にしてしまうというのも乱暴な話だが、これが〈文明開化〉ということであったのだろう。明治時代には、内々の伝授を活字化してしまうという現象が各分野で起きた。そこに生じた問題は、活字化した人が、その文化の中心にいた人ではなく、周辺

の人たちが多かったということであった。正統に受け継いだ人たちは、それをなかなか活字にはしない。したがって、そこには誤りやあいまいな点が多くなる。これは小笠原流の研究者、陶智子の説である。おそらく俳諧においても、そうしたことがあったと思われる。

〈音通〉と〈連声〉の混同もそうしたことの一つかもしれない。章整居竹史《ちくし》編『明治新選俳諧七百題』（明治二〇年・四二年後印）も、付録の「かなつかひ」で、〈音通〉を〈連声〉として説明している。〈連声〉は現在では陰陽師を「オンミョウジ」、雪隠を「セッチン」とするような語の連続による音の変化を指すのが通例であろう。まだ概念規定も定まっていなかったということである。

ただし、こうした概念の混乱は俳句界だけのことではなかった。関根正直述『国語講義』（大日本中学会、刊年不明、著者は昭和八年歿）には、「同行音通」として、「てまくら・たまくら」「かねもの・かなもの」を示し、「同列音通」として、「ともしび・とぼしみ」「へび・へみ」（蛇）などを挙げている。

また、小林紫軒『美文組立法』（文学同志舎、明治三七年）では、「音通」の例として「ひ 火 ほ」「とし 年 とせ」「あるき 歩 ありき」が示されている。これらは、今は〈相通〉と呼ばれるもので、『広辞苑』には次のように解説されている。

【相通】②五十音図の同行・同段の音は互いに通い合い、同意になるという解釈法。「けけれ」と「こころ」、「いつくしむ」と「うつくしむ」の類。平安時代の歌学に見られ、江戸時代まで続く。

明治時代と現代の用語の違いについては注意していく必要がある。

『広辞苑』の〈相通〉の解説の最期に「江戸時代まで続く」とあるが、それは〈相通〉ばかりではない。今、俳壇には、〈音通〉を語る人も〈連声〉を語る人もいない。しかし、どうやら明治時代までは伝えられていたようである。

愚考するに、合理性を追求した近代日本語が、こうした言語観を必要としなくなったのであろう。さらに言えば、〈音通〉などは、非科学的な迷信と考えられた可能性もある。つまり、合理を追求して美の追究を捨てたのである。

だが、詩歌の考察において、〈調べ〉あるいは〈韻律〉という観点は不可欠であろう。例えば芭蕉が、自句の上五を「古池や」と定めて「かはづとびこむ」に続け、また凡兆の「雪つむ上の」の上に「下京や」と言い定めたとき、それは、風情、展開、新奇性において完璧だっただけでなく、〈音通〉も行き届いていたのである。だからこそ芭蕉は、これしかないと言い切った。しかしそれは〈言霊〉の領域の問題であって、言語化すべきことではなかったということではなかろうか。

この〈音通〉を合理的に説明し、近代の文学論として復活させようとした東京帝国大学国文科の学生がいた。沼波瓊音《ぬなみけいおん》である。瓊音は〈音通〉を〈連鎖〉と言い換え、近代文学の論理的な手法で体系化しようとした。

瓊音は、名古屋の漢方医の家に生まれ、東京帝国大学国文科に入学。在学中に大野洒竹らの筑波会に入会し、明治三十三年春の筑波会における発表をもとに、翌年八月に『俳諧音調論』(新声社）を刊行する。校閲が芳賀矢一となっているがこれは重要なことで、この論が近代文学の学説として刊行されたことを示している。「凡例」に「師の君芳賀文学士は、拙稿のために再三校閲の労を取られ且つ教示せられしこと甚だ多し」とあるから、ただの名目上の校閲ではあるまい。

瓊音は、まず「調と情と相伴ひ相助くるこそ詩の趣なれ」と述べ、しかし、日本の詩には、尾韻〈脚韻〉の効果はないと断言する。

わが韻文に於ては、漢詩西詩の如く、尾韻の効を認むる能わず、俳人が詩に擬して往々作り し尾韻詩を読みても、その韻のために調を助くることなし

では、何が効果を上げるかといえば、「音の繋ぎ工合」だという。

されば古来和歌等に於て、佳調と認められしものは、如何なる点に、勝れたるところあるか、といふに、第一には其の音の繋ぎ工合にあるなり、俳句に於ては主に五と七と、七と五と、句の切目の連鎖にあり、今之を仮に連鎖調と名づく

瓊音が〈音通〉という語を避けて〈連鎖〉という新しい用語を使ったのは、当時の〈音通〉の定義に混乱があることを知っていたからであろう。前項で示したように、〈音通〉は、〈相通〉〈連声〉などと混乱して使われていた。

瓊音は、まず〈同行連鎖〉について説明する。これは、五十音図の縦の行による音の繋がりで、五七、七五の切れ目が、同じ子音でつながっているということである。

古池や蛙飛びこむみずの音　　芭蕉
つば咲や誰引すてしそりの跡　　立些
鴨くはで菜を干枯すしほ屋かな　　魚兒
何事ぞ花みる人のなが刀　　去来

傍点を打った箇所が、五十音図の同じ行の子音でつながっている。芭蕉の句ではマ行、立些と魚兒の句ではサ行、去来の句はナ行である。しかしこの〈同行連鎖〉は、「あまり力あるものには非ず」という。

これに対して〈同韻連鎖〉は、五十音図の横の段を同じにするものである。つまり、同じ母音で、五七、七五がつながっているのである。

春のうみひねもすのたり〳〵哉　　蕪村

これは上五の最後の「み」のi音と、中七の最初の「ひ」のi音が〈連鎖〉している。

忘れ井にちら〱浮くやわか菜屑　　梅室

こちらは、中七の最後の「や」のa音と、下五の最初の「わ」のa音が〈連鎖〉している。瓊音は「景と音と調和せる処、作者の技量なり」という。〈連鎖〉による言葉の響きが、内容と調和しているのが「作者の技量」だというのである。

〈同韻連鎖〉を「一切目のみに施したる例」として、

春なれや名もなき山のうす霞　　芭蕉
陽炎のもへて地にたつ松葉哉　　白雄
影法師はよその田をうつゆふ日哉　　其角
古池やかはずとびこむ水の音　　芭蕉

など多くを挙げているが、「施したる」という言い方から、瓊音がこれらを意図的なものと考えていたことが分かる。

続いて「二切目ともになしたるもの」の例として、

わが朝はなべて桜の木の間哉　　士朗
問ひたきははな盗人のこゝろ哉　　士朗

元日やはれて雀のもの語り　　嵐雪
初鶏やまだ歯朶提げしひと通り　　有節

などを挙げている。「木の間」は当然「このま」と読む。

しかし、〈連鎖〉の中でもっとも優れているのは、「上音子音、下音母音にして、共に同韻なるもの」だという。

行く春を近江の人とをしみける　　芭蕉

この句の場合では、中七の最後の「と」が子音で、下五の最初の母音「を」に〈連鎖〉していくのである。

また字余りの句について

くもをり〱人を休める月見哉　　芭蕉

を例に引いて、『俳諧寂栞』の「字あまりの事」にある「しかはあれど、雲をり〱の類、二四の字余りとて吟じ安きは苦しからず」という説に対し、漠然とした説だが、「この句の耳たたぬを承認せり」とし、「母音の入れるところは、字あまりても、耳立たぬものなり」とし、「雲を」に、子音＋母音の〈連鎖〉があることを指摘している。
興味を引かれるのは、瓊音が句またがりの句について、五七五の切れ目以外の意味の切れ目の〈連鎖〉を認めていることである。

麦くひし鷹と思へど別かな　　野水

さらに「同韻ならずとも、下に母音あれば連鎖調をなす」と、いささか強引な説も主張している。

ふり返るをんな心の汐干かな　　蓼太
なに事もなくて春立つあした哉　　士朗

これらの〈連鎖〉、すなわち〈音通〉を記した江戸の書として、瓊音は『素丸師直指口授音通連声之伝』に「昼うめや神代と知らすふる硯」を例とした記述があること、『野坡伝書』に「海山の面かはるや神の秋」「白菊や宵に結ふの幣帛の匣」の例があること、露逸の『玉の鑑』に「芭蕉云」として「奉納賀儀の句には、通音を用る古格成といへども、悲に通音を取に及ばず、通音に拘りて一句のあしからむよりは、通音なくとも、一句愛度からんこそ神も納受ましますべし」とあることを述べ、さらに連句で、

神風やいまより冴て月の弓　　寂和
まこと照ます霜の白露　　白其

の「弓」の「み」と、付句の「ま」が連絡している指摘があることを記している。これらの資料については筆者の知識の及ぶところでなく、まだ確認できていないが、次に示される『芭蕉翁連歌俳諧秘訣』は、明治二十七年に刊行された池田謙吉編『芭蕉翁真筆連歌俳諧秘訣』（金池堂）のことであろう。これは元禄五年の『連俳秘訣抄』を翻刻したものである。妙心寺官長だった関無学の題字があり、序は月の本素水。内容は「新宅連歌俳諧口伝の事」「追善の連歌俳諧秘伝のこと」「切字の大事と云事」「連声相通発句の事」「畠山重忠発句の事」「千尋破城寄手の発句の事」「明智日向守発句の事」などであり、江戸期にも〈音通〉に触れた資料はあったようである。

瓊音の『俳諧音調論』はそれなりに読まれたようで、明治三十六年に再版されている。また、大正六年に出た小林鴬里著『俳句は如何《ママ》して作るか』（富田文陽堂）は、誤植だらけの杜撰な本だが、『俳諧音調論』をそっくり受け売りした箇所がある。

しかし、それにもかかわらず、瓊音の〈音通〉は、近代の俳壇では一般化しなかった。なぜなのであろう。〈音数律〉は多くの俳人の関心を集めたが、〈音通〉は忘れ去られていくのである。

おそらく、それは〈音通〉が〈言霊〉に関わる迷信を含んでいたためであろう。それが、近代の合理的思考に馴染まなかったのである。

例えば、瓊音が『芭蕉翁連歌俳諧秘訣』から引用する「新宅連歌俳諧口伝の事」は、引っ越し先の火伏の祈禱の句を詠む場合には〈音通〉があればよいというわけではなく、響きが不吉なら用いるなという。「軒端に付て□、一日春の日、朝日か、やく、ふたり寝の床」などの例が挙げられている。おそらく「付く」が火の縁語で、「ついたち」にも「付いた」が含まれ、「日」もだめで、「ふたり寝の床」も火が付くからであろう。

さらに「明智日向守発句の事」では、明智光秀が詠んだ連歌の発句「時は今雨が下知る五月哉」は、上の「今雨」はよいのだが、下の「る五」に〈音通〉がないため、「秀吉公に尻切られ」たというのである。これでは近代合理主義の持ち主はついていけない。

要するに、〈言霊〉が、日常の卑近な〈縁起〉に結びついてしまい、本来の〈調べ〉の美しさを探究するという目的から離れてしまったのである。

たしかに、日常生活の縁起のよしあしに結びついてしまった〈音通〉は、文化論としては興味深いが、文学論としては対象外であろう。

けれど、そのことによって、言葉の〈調べ〉を取り上げること自体が避けられてきたのだとしたら、それはまた大きな問題であろう。今、近代俳句論が捨ててきた〈調べ〉の問題を、もう一度見直すという作業が重要になっているのではなかろうか。そのことによって、近代俳句論の限界も見えてくるはずだ。

さらに一つ付け足せば、昨今の句会の披講（句の読み上げ）の速度が速くなり、口調もアナウンサーが散文を読むような読み方になっていることも問題だろう。韻文には韻文の読み方があるはずだ。かつての句会の披講は、今よりゆっくり読まれ、五七五の句切れの母音は長く引かれたのである。そうであればこそ、〈音通〉は意識され、聞き取れたのである。

② 音数律の俳句史

〈調べ〉は、近代になって〈韻律〉と言い換えられ、さらにそれが響きを表す〈韻〉と、リズムを表す〈律〉とに分かれて分析的に理解されていった。

〈韻〉については、前項で見てきたとおりだが、〈律〉についての十九世紀の論考は把握できていない。江戸時代にはさまざまな俗謡が流行しており、伊予節、歌沢、サイサイ節、都々逸などの詞を作っていた人たちが音数律に関心がなかったとは思えないのだが、まとまった考察を把握できずにいる。

したがって、これから述べる音数律の俳句史は、二十世紀に起きたことであり、この節ばかりは本著の範囲をはみ出すことになる。ただ、〈韻〉と〈律〉とは強く関係し合って詩歌のリズムを作りだしているので、前節の内容を補う意味で、ここに短く付け足しておくことにする。

今も、俳句のリズムは五七五だという単純な解説を見かけることがあるが、これはかなり乱暴な言い方である。まず、リズムとは何かということをよく考えてみなくてはいけない。リズムは、人の感覚や美意識に関わる事象で、そう単純なものではない。それは生命の躍動感の根底となるものなのである。

一般にリズムは繰り返しだと言われるが、機械的な繰り返しに生命的な律動が伴ってこそのリズムである。クラシック音楽においては、微妙なテンポの揺らぎや強弱の変化が重要であり、ジャズやポップ系の音楽では、グルーブと呼ばれるうねりや、スイングと呼ばれるのりが重要になる。テクノポップ以降の機械的なビートも、そこに何らかの変化や揺らぎが重なっているからこそ音楽として成立するのである。ドラムは単純な方がいいと言うギタリストは、自分のうねりを目立たせたいのである。このあたりのことは、少々古いがルートヴィヒ・クラーゲスの『リズムの本質』などの論が今も有効かと思う(3)。

詩歌のリズムを考える場合も、繰り返しの法則を見いだす一方で、そこに変化を与え、抑揚や躍動を形成している要因を見落とさないことが重要になる。

音数律については、明治末期に岩野泡鳴の『新体詩の作法』（修文館、明治四〇年）があり、それに福士幸次郎の考察が続く。福士は二音と三音の結合を単位として日本語の韻律を考えていた。大正時代になると、土居光知が電気信号によって日本語を計測し、西洋詩学の二音を一拍とする等時的な〈フット〉が日本の詩歌にも適用できると見定め、それを〈音歩〉と訳して大正十一年、『文学序説』（岩波書店）に発表した。

土居は、例えば次のように、七五調の歌を解析していく。

みづしづか なる えど がはの
ながれの きしに うまれいで

（『文学序説』岩波書店）

この八分音符二つ分が〈音歩〉である。

当時、既に〈フット〉は英文学研究者にはよく知られた概念で、前年に刊行された横山有策の『文学概論』（久野書店）にも「ギリシヤの詩法に於て詩の一単位を歩 foot と呼び、歩の集つたものを階 step といふ」と記されている。横山はハーヴァード大学に留学し、大正五年から坪内逍遥の後を受けて早稲田大学で英文学を講じ、教授となった人である。

しかし横山は、その〈foot〉を日本の詩歌に積極的に適用しようとはしなかった。横山は同書に「殊に詩では形式と内容を分ち考ふる事は無理」と記しており、〈調べ〉の神秘性を科学的に分析する方向には向かわなかった。

現在でも横山のような考えの人は多く、私も間違ってはいないと思う。韻律のように多くの要素〈変数〉を持つ事象に対して、近代科学の分析的な思考法には限界がある。言葉の韻律は、ゲシュタルト心理学が説くゲシュタルトであろう。全体として構成されることに意味があり、要素に分けてしまっては価値のないものなのである。

土居の分析的な音歩論に反発したのは大須賀乙字であった。乙字は、土居の『文学序説』が刊行される前年に四十歳で死去しているが、論文の段階で金田一京助に見せてもらい、かなりの衝撃を受けたようで、「俳句の音調について」という文章で激しく反発している（『乙字俳論集』乙字遺稿刊行会、大正一〇年）。

しかし、乙字の反論は、詩歌を分析的に語ること自体に対してではなく、方法に対するものであった。土居は「一音二音は一気力で発音することができる」というのだが、乙字は、その「一気力」の定義が曖昧だと批判する。「「時鳥」は一気に読むの外はない」という反論には説得力がある。

実はこの頃、詩壇でも、福士幸次郎の音数律論と萩原朔太郎の感覚論が論争を繰り広げていた。俳壇も詩壇に遅れていなかったということである。福士の「日本音数律論」は、『福士幸次郎著作集』下巻（津軽書房、一九六七年）で読むことができる。

一方、土居の論を肯定的に俳壇に紹介したのは島田青峰である。青峰は『俳句の作り方』（新潮社、昭和一一年）の「調べといふこと」という項に、土居説に基づいた論を展開している。この本は昭和二十二年に大泉書店から再版されているが、このときすでに青峰は、俳句弾圧事件で逮捕されたことから体調を崩し、死去している。早世したため、青峰については俳句弾圧事件のことしか語られなくなっているが、その仕事の質は高い。俳誌『土上』とともに再評価されるべき俳人である。

昭和六年に刊行された相良守次著『日本詩歌のリズム』（教育研究会）は、「東京帝国大学心理学研究室心理学叢書」として刊行された学術書で、文学論に引用されることは少ないが、重要な資料である。土居同様、言葉の電気的な測定に基づいて「等時的な拍」を認め、時枝誠記の「等時的拍音形式」の土台を築いた。時枝の「等時的拍音形式」を批判する人は、理念的に時枝を批判するばかりでなく、相良の論を科学的に批判する必要がある。

さらにこの『日本詩歌のリズム』の重要な点は、さまざまな分節による複合的なリズムを認めたところにある。私もこの考えに賛成で、日本語の音数律は、ポリリズム（複合リズム）として考察していくしかないものだと考えている。

昭和十六年には、国語学の権威であった時枝誠記の『国語学原論』（岩波書店）が刊行され、日本語の特徴が「等時的拍音形式」にあるということが示され、その言い方が一般的になっていく。これによって土居の論は、理念的な土台を与えられたというべきであろう。

戦後の昭和四十年代には、また韻律論が盛んになる。熊代信助著『日本詩歌の構造とリズム』（角川書店、一九六八年）では〈foot〉が「脚」と訳され、英詩においては有効な「脚」だが、日本の詩歌では「主として意味的なまとまりを有力な要因とする」とし、文節に近い区切れが提言されている。これは乙字の意見に近い論である。

吉本隆明の『言語にとって美とは何か』（勁草書房、一九六五年）や三浦つとむの『認識と言語の理論』（勁草書房、一九六七年）に示された視点を踏まえ、韻律の問題をさらに展開したのが、菅谷規矩雄の『詩的リズム』（大和書房、一九七五年）である。菅谷は時枝の等時的拍音形式を土台に置き、韻律を、主に意味的なまとまりとテンポの変化において考察しようとしている。

一方、別宮貞徳は、『日本語のリズム』（講談社、一九七七年）において、土居の音歩説を土台に四拍子文化論を展開し、俳句も四拍子だと規定した。この考えはマスコミに取り上げられ、広く知られるようになる。しかしこれは、俳句は四拍子に乗せることができる、という話であって、俳句が本質的に四拍子だということではないように思われる。

日本語の音数律については、現在もなお定説があるという状態ではない。時枝の「等時的拍音形式」は大方の認めるところだが、実測値は違うという反論もある（菅谷規矩雄はその反論に反論している）[4]。

その等時的な拍（モーラ）をどうまとめて分節していくかということについては、〈foot・歩・音歩・脚〉説が有力である。それが特権的な力を持っているかどうかは別として、一つの要素であることは認めるべきであろう。特に土居の論は重要で、その論がなかったら、日本の詩歌の韻律を分析的に考察する歴史は開かれなかったかも知れない。

だが、それを唱えている土居や別宮は英文学者である。要するに英文学では〈foot〉は常識だったということだが、そのために、それが先入観になっていないかという検討は必要であろう。日本の近代化の過程の中で、それが欧米の概念であったために、正統的な〈近代の概念〉として認められたという側面があったかもしれないからである。

等時的な拍（モーラ）を、意味で区切ってまとめていこうという大須賀乙字、熊代信助、菅谷規矩雄らの方法は当然のことで、これを無視することはできない。しかし、日本語の意味の区切れは、単語、文節、連文節と複雑であって一筋縄ではいかない。とすれば、やはり日本語の音数律は、ポリリズムとして考えていくしかないのではなかろうか。

話を最初に戻そう。以上の理由で、俳句のリズムを「五七五」と単純に表現することはできない。五七五は、俳句の形式というべきものである。

私自身の考えでは、日本語の詩歌の基底にある拍は、やはり〈音歩〉である。だが、それは拍であって、リズムの総体ではない。俳句のリズムは、音歩の拍に、単語、音節、分節による切断が関与して強弱を作りだし、複雑化したものである。

なぜ音歩を「基底にある拍」と考えるかと言えば、手拍子を打つとそうなるからである。現代の日本人に、定型俳句の朗読に合わせて手を打ってもらえば、五・七・五とはならないであろう。ほとんどの人が三・四・三と手を打つはずである。

俳句の形式を「三四三」と規定しておけば、英語などの他言語においても、定型俳句の成立が可能になる。むろん自由律でよいのだが、英語で定型を試みたい人は、三四三の foot で詠んでみることをお勧めする。五七五では長すぎるのである。

世界を見渡せば、詩論は、まず韻律を論じるのが通例である。だが、近代日本の詩歌論はそれを脇に置いてきた傾向がある。俳人も、それを感性にのみ頼ってきた感があるが、江戸時代の人たちはもっと意識的であった。私たちは、もう少し韻律について考えてみる必要がある。

3 俳句と国学

① 国学の普及

これまで見てきたように、幕末明治の俳壇形成に、国学は大きな影響を与えている。

金子兜太は『一茶句集』（岩波書店、一九八三年）に、一茶が多用する「君が世・君が代」を「国学の刺激」とし、これを受けて青木美智男は『一茶の時代』（校倉書房、一九八八年）に「一茶と国学」の項を設け、「一茶は単に歌道だけでなく、本居宣長の思想そのものにかなりの影響を受けている」と記している。だが、これは一茶だけのことではないはずである。江戸後期については、一茶以外の俳人についても、国学の影響を考えておくべきであろう。

ここで取り上げたいのは、国学の思想面ではなく日本語研究の側面である。

そもそも国学は日本語の研究であった。中世和歌の〈歌学〉が、江戸時代の契沖《けいちゅう》以降、文献学的研究を進める中で思想性を膨らませ、国学と呼ばれるものになっていく。契沖は芭蕉とほぼ同時代を生きた人である。

芭蕉の師、北村季吟は、十代で松永貞室に、二十代には松永貞徳に俳諧を学んだが、貞徳歿後は歌学を学び、七十代半ばにして、子の北村湖春とともに幕府歌学方を務めた。湖春は芭蕉とも交わり、父季吟の指示でまとめた『続山井《ぞくやまのい》』には芭蕉の初期の句が多く載る。湖春も季吟も国学者と呼ばれるべき人で、芭蕉もこの二人から歌学や国学の知識を多く得ていたと考えられる。

だが、この時代の国学は、まだ日本語のごく一部しか捉えていない。その後、十八世紀後半から十九世紀初頭にかけて、本居宣長、本居春庭《はるにわ》、富士谷成章《ふじたになりあきら》、鈴木朖《あきら》、東条義門《ぎもん》らが日本語の性質をつぎつぎに明らかにしていく。

宣長が〈係り結び〉を整理した『詞《ことば》の玉緒《たまのお》』を刊行するのは天明五（一七八五）年のことであり、成章が用言の活用表にあたる「装図」を『脚結抄《あゆいしょう》』に示したのも、その数年後である。だが、こうした学問の成果が、歌人や俳人の間に広がっていくには時間が必要であった。

十九世紀、宣長の子、春庭が『詞《ことば》の八衢《やちまた》』に、動詞の活用形と活用の種類をほぼ見定め、義門が形容詞と助動詞の活用を明らかにしたころから、国学の成果は、徐々に歌人、俳人に広がっていった。

文化十三（一八一六）年に刊行され、明治に至るまで版を重ねた元木阿弥の『俳諧饒舌録』なども、宣長の『詞の玉緒』に記された〈係り結び〉の影響下で書かれたもので、国学の分析的な言語観は、徐々に俳人のものになっていった。

つまり、十九世紀に国学を学んだ俳人と、それ以前の俳人とでは、日本語の見え方が少し違っていたということである。

さらに幕末には、勤王思想による国学の流行にともなって、国語学（文法）の成果も広く一般に伝えられていった。当時の俳人にとって、国学を学ぶということは、尊皇思想とともに、日本語の仕組みを学ぶことでもあった。

例えば「てにをは」という概念は芭蕉以前からあったが、日本語全体の構造の中で、それがどのようなものかという認識には、時代による差があったということである。

② 国学と切字論

切字論は多いが、語学としての国学の形成過程を視野に入れて語っている論を見ない。品詞の全体像が把握されていない江戸前期の切字観と、品詞のほぼ全体を捉えた後の切字観を単純に比較することはできないと思うのだが、どうであろうか。

富士谷成章の子の御杖《みつえ》が北辺大人《きたのべのうし》の名で語った『俳諧天爾波抄』（文化四（一八〇七）年）は、切字を童蒙（初心者）を導くためのものとし、「元来いといふかひなき事」（本質的には述べる価値のない事）だとする。切字のなかには「てには」もあるが、そうでないものも混じっているから、本質的な分類ではないというのである。その上で、「芭蕉七部集」からのみ用例を引き、助詞、助動詞の用法を解説している。

また、元木阿弥の『俳諧饒舌録』も国学の成果を俳論に生かそうとした書で、十九世紀にはかなり読まれた形跡があるが、今それを読む人はいない。翻刻されていないからである。

浅野信は『切字の研究』（南雲堂桜楓社、一九六三年）を刊行し、「資料篇」の冒頭に『俳諧饒舌録』の「凡例」のみを翻刻しているが、全文は読む必要がないと切り捨てている。〈切字〉を上接語とともに分類し、〈係り結び〉によって俳句の構文分析を行うという方法は、俳句の韻文としての情感を没却するものだというのである。

浅野の論は、〈切字〉による分節を俳句の絶対的な価値としており、その前提で考えれば、俳句を文として解析しようとする『俳諧饒舌録』の方法は間違っていることになる。

だが、山田孝雄のように、俳句も日本語である以上日本語の文法からはずれているわけがない、という考え方もある。もしはずれているなら、その文法論が不完全だということである。俳句が〈文〉でなく〈文章〉だという浅野の主張に合理性はあるが、だからと言って俳句の各構成要素がそれぞれ無関係に存在しているはずはない。俳句は確かに〈文〉ではないが、それを単に〈文〉が集まった〈文章〉だと言ってしまうのも比喩に過ぎないだろう。

となれば、俳句の構成要素同士が、どのような関係にあるかを見極める論理が必要になるわけで、『俳諧饒舌録』は、それを〈係り結び〉に求めた。そこにどれほどの有効性があるかは不明だが、省略された係り結びを補ってみるということの価値はゼロではないように思う。

『俳諧饒舌録』の方法とは、例えば次のようものである。


されバこそあれたきまゝの霜の宿○○　　はせを

是ハ「こそ」よりかゝりて動かぬ詞にて、「宿」と留りたる下へ「なれ」と二字入て、「れ」と「てにをは」を合せて聞立にて「心の切」ともいふ〔後略〕

下巻の「こそ」についての一節である。句は『野ざらし紀行』で、芭蕉が名古屋を追放された杜国を訪ねたときのもの。係助詞の「こそ」が「霜の宿なれ」と係るはずのところだが、その「なれ」が省略されて「心の切」が作られているというのである。

この論が正しいかどうかは措くが、ひとつの読み方を追加してくれることは確かである。ここには、中世以降忘れられてきた〈係り結び〉を捉え直し、本来の日本語の解釈を取り戻そうとする国学者の執念がある。

現在では多くの人が、〈係り結び〉を、文語文における強調表現などの特殊な用法として理解している。けれど宣長は、日本語のすべての文の構造を〈係り〉と〈結び〉によって考察しようとしたとも考えられる。宣長の係り結び論には、終止形で受けるものまでが含まれているのである。『俳諧饒舌録』は、その宣長の考えに基づき、〈係り〉と〈結び〉によって俳句を語ろうとした。推測になるが、そうした理由は、〈切字〉という概念の範疇が、当時明らかになりつつあった日本語の詞（自立語）と辞（付属語）の区別などと合致していなかったためであろう。日本語の文法が少し見えてきた当時の人にとって、〈切字〉は、非論理的な因習的概念に見えたのだと思われる。〈切字〉によって説明されてきた俳句の文脈を、〈係り〉と〈結び〉によって見直そうとするのは発想の転換である。そこには俳句の読みをより豊かにする可能性が含まれている。

ただし、『俳諧天爾波抄』も『俳諧饒舌録』も、「切れ」という概念は否定していない。ここも注目すべきところで、こうした論は、明治期にまで続いていく。

しかし、この時代の俳論はほとんど顧みられてこなかった。今でも、ブログ上で筑紫磐井が明治期の楠蔭波鷗などの切字論を取り上げているくらいのものであろう。筑紫は「ユニークな近代切字論」として、楠蔭波鷗編『意匠自在発句独案内』(米田ヒナ、明治二五年)、元木阿弥『俳諧饒舌録』(文化一三年)、橿之本北元『古学截断字論』(天保五年序)、楓陰散士(秋の舎)『発句の栞』(明治二六年)などを紹介している。[5] これらの多くは宣長に触発され、〈係り結び〉を核とした俳句の分析を試みている切字論である。

明治期のこの系譜は、前章で紹介した西谷富水《ふすい》の『俳諧作例集』(明治一二年)に始まる。序を教林盟社の総官永井尚服《なおこと》と社長橘田春湖が記しており、教林盟社の俳句指南書と考えてよい本である。春湖は校閲者となっているが、春湖自身にはこうした作法書を書くほどの国学の力はなかったと思われ、大久保漣々(忠保)に国学を学んだ富水が、教林盟社の理論的支柱を引き受けたということであったと考えられる。

春湖の序は「語学の業ひらけゆきて」と書き出されており、語学の最新の知見によって書かれた作法書だという意識があったことは明確である。

本文の冒頭を読んでみよう(濁点、句読点などを付した)。

○冠のや　　里言ノ

冬の日附句

　岡崎やノ矢矧の橋の長きかな　　杜国

おほよそ歌も発句もながめを本とする故に、かく冠にやとくつろげながめすてたり。やもじをへだて、ゆくりなきことがらをよむべからず此例、歌にも「おしてるやなにはのみつ」「みまさかやくめのさら山」などよむを正例とす。里ニ云うハ只ノと云心なり岡崎の矢矧と云べきをやと云し句なり。玉の緒やの巻にもいへる如し此例いづれも下の結びハやにかゝはる事なしとあり斯心うる時ハや哉何のむつかしき事かあらん但や哉の事ハ下に出す

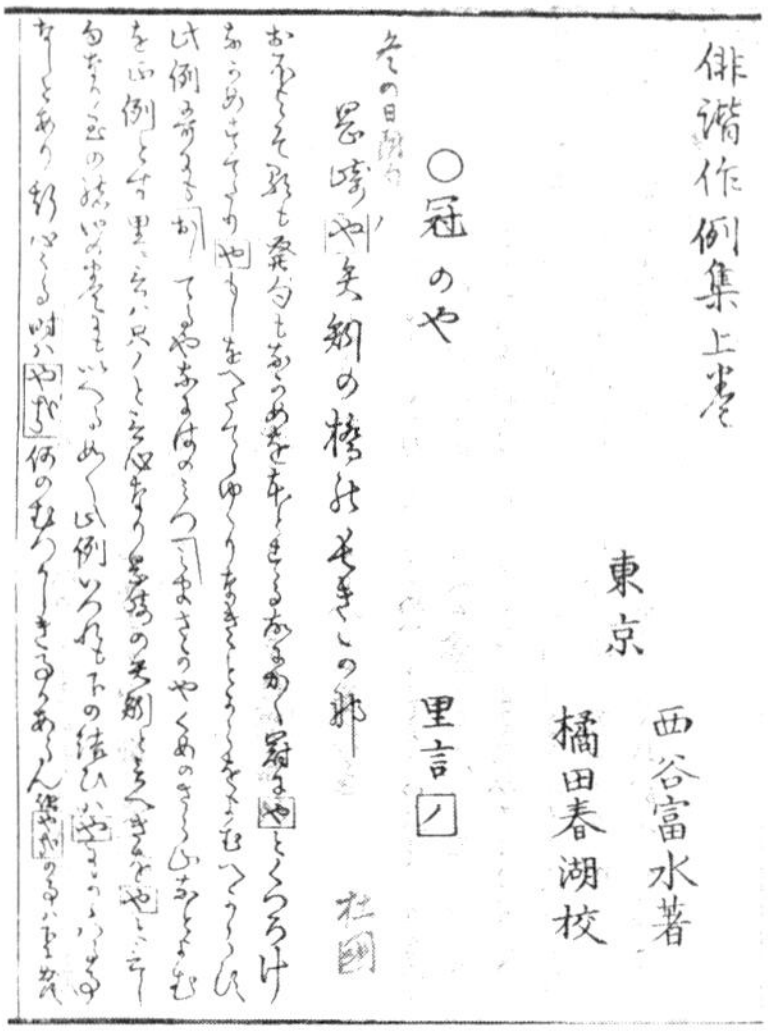
俳諧作例集上巻

東京　西谷富水著
橘田春湖校

○冠のや　里言ノ

＊「冬の日附句」と「杜国」は旧蔵書者による朱の書き入れである。

巻頭から「や・かな」問題が論じられている。しかし、どこにも〈切字〉という言葉が使われていないことに注目したい。

一般的に一句の中に「や」と「かな」を併用することはよくないと言われており、これは当時も同様であったと思われるが、どうやらそんなことはないと言いたいようである。

国学を学んだ俳家は、「芭蕉七部集」から例句を引いてきて正当化するという方法をとる。『芭蕉七部集』がバイブルなのである。この本も、句集『冬の日』に杜国の「岡崎や矢矧《やはぎ》の橋の長きかな」があることを根拠にしての正当化である。

「ながめを本とする故に」の「ながめ」は「眺め」であろう。景ということである。歌も俳句も景を置くことが基本だと言いたいらしい。

ほかにも例があると引用されている「おしてるやなにはのみつ」は、『万葉集』巻二十にある物部道足の「おしてるや難波の津ゆり船装ひ我は漕ぎぬと妹に告ぎこそ」であろう。

しかし、「みまさかやくめのさら山」で「こそ」を使った歌は見当たらない。おそらく『古今和歌集』の「美作やくめのさら山さらさらにわが名は立てじ万代までに」の語尾を「こそ」と誤認したのであろう。

「里ニ云う」というのは、庶民の日常語では、というニュアンスと思われる。日常の普通の言い方なら「岡崎の矢矧の橋」というところを、俳句であるから「岡崎や」として、岡崎という地名が持つ「ながめ」を重視したという考え方だと思われる。

次の「玉の緒やの巻」というのは、本居宣長の『詞の玉緒』の「やの巻」ということで、こういう「や」の使い方は宣長も書いているという論旨である。
「斯心くる時ハ」というのは、「ながめ」を重視したいときはという意味かと思われる。

富水が、宣長の係り結び論に基づいて俳句の文脈を説明しようとしていることは明らかで、筑紫の指摘する楠蔭波鷗の俳論もこの系譜に現れたものである。

十九世紀の俳壇では、この『詞の玉緒』や『俳諧饒舌録』に基づく係り結び論による俳句の分析が主流であって、むしろ〈切字〉という概念が古臭いものとされていた形跡があり、その影響は正岡子規にまで及んでいる。

愛媛県立図書館には、子規の俳句の師である大原其戎が残した資料の複写が保存されているのだが、そのなかに『発句切字要伺記』という手控えのような稿本があり、これが元木阿弥の『俳諧饒舌録』「凡例」の写しなのである。

このことが重要なのは、子規もまた〈切字〉についてほとんど語っていないからである。子規は〈切字〉が重要だとは一度も言っていないのではなかろうか。子規にも国学の影響は及んでいるようである。

さらに、子規の『俳句分類』の「丙号分類」には「切」による分類に続いて、「止」による分類、「係」「結」による分類が続いており、子規もまた、本居宣長の『詞の玉緒』や、元木阿弥の『俳諧饒舌録』の影響下にあったことが分かる。

例えば「ぬ切」については、上接語の語尾が「り」のもの、他のイ段音、その他の語、と三種に分けており、これは『俳諧饒舌録』の方法に学んだとも思えるものである。子規は、師の其戎から

『俳諧饒舌録』について何か聞かされていたのであろうか。

むろん俳句は〈文〉ではないから、こうした構文分析は、俳句の意味の重層性を薄めてしまう危険性も孕む。しかし、その句の解釈を多様に広げる手がかりにはなるだろう。

「丙号分類」に「形式的並実質的」と小見出しを付けた子規は、そのあたりのことがうすうす分かっていたのかもしれない。子規は、私たちの理解をはるかに超えてこの時代の俳論をよく理解している(このことについては、「5　子規と旧派」で述べる)。

『発句切字要伺記』は、其戎が、〈切字〉についてさらに詳しく聞く必要があると考えて付けた標題であろう。梅室一門の国学への関心は、子規にまで及んでいたと考えてよいのではなかろうか。

明治二十年代に入ると、洋学の言語学を踏まえた活用表なども整備され始め、日本語の全体像がさらに見えてくる。

その時期に現れたのが、撫松庵兎裘《ときゆう》による『俳諧麓の栞』(博文館、明治二五年)である。兎裘の本名は池永厚で、東京大学の御用掛をしていた人と思われる。明治二十年代の多くの『高等小学校読本』の製作に関わっているが、明治初期には『教院問題十七説略』(甲府新聞附録、又新社、明治七年)を書いており、また『祝祭日衍義』(普及舎、明治二四年)などの著書もあるから、天保時代前後に生まれた国学者であろう。

『俳諧麓の栞』でまず驚くのは、「助詞」という用語が使われていることである。大槻文彦の『広日本文典』が刊行されるのは明治三十年のことで、そこに「助動詞」は使われていても、「助詞」はなく、「弖爾乎波《てにをは》」と表記されている。東京大学の御用掛であった兎裘は、おそらく誰かの最新の学説に触れていたのだろう。『俳諧麓の栞』は、子規の『獺祭書屋俳話』でさんざん批判されることになるのだが、その要因は例句の選び方であって、文法論自体ではない。

国学思想の根本には、失われた理想の過去を取り戻す、という原理が働いている。政治にしても宗教にしても言語にしても、国学者が求めるものは、失われた理想の過去である。係り結びもその一つであったはずである。

兎裘もまた失われていた〈係り結び〉を俳句に取り戻そうとしたのであろう。初心者にその原則を教えようと、自作と思われる和歌を載せている。

一は切れ二格は続く三格のこそのむすびはけせてへめれね

初めに少し補足しておくと、本居宣長の係り結び論は、上の語に「は・も・徒《ただ》」があった場合は文末が終止形、「ぞ・の・や・何」が来た場合は連体形、「こそ」が来た場合は已然形になるというものである。「徒《ただ》」はゼロ記号ということで、助詞が付かなかった場合である。

私たちが高校の古文で習った〈係り結び〉は二番目と三番目で、それを強調表現として教えられた人が多いと思うが、宣長はおそらく強調のような特殊な表現だけでなく、すべての日本語の文脈を〈係り〉と〈結び〉で説明したかったのであろう。諸説あるが私はそう思う。

兎裘もすべての俳句の文脈を、〈係り〉と〈結び〉で説明したかったようである。

「一は切れ」というのは、第一の場合は切れ、ということで、つまり「は・も・徒」が上の語についていたら終止形で結べというのである。「雨は降りけり」「雨も降りけり」「雨降りけり」のように、終止形で終わるのが「一格」である。

宣長はここまでしか言っていないはずだが、このあとの説明で、兎裘はそこに「が・の」という格助詞を付け足してしまっている。これはちょっとめんどうな話になるが、すべての文脈を〈係り結び〉で説明しようというなら、たしかに格助詞もどこかに入れなければならない。兎裘は、宣長を超えてそれをやろうとしたのだと思われるが、それが誰に始まる論なのかは分からない。

次の「二格は続く」というのは、二番目の「ぞ・なむ・や・か」が付いた場合のことで、その場合はつぎに「続く」形、すなわち連体形で結べと言っているのである。「雨ぞ降りける」「雨なむ降りける」「何か降りける」ということである。問題は、兎裘がここにも格助詞の「の・が」を置いていることで、示された実例には、

夏のあめ柳のわかくなりにける　兎丈

などという句もあって、こうなると俳句のために係助詞の「の」を想定するしかなくなる。兎裘はこうした〈係り結び〉の変化を許容したということになる。私などは、むしろ「ける」のあとに何か体言が省略されているとか、循環して上五の「夏のあめ」に戻るとか思いたくなるのだが、兎裘はこれも〈係り結び〉と考えたかったようだ。

最後の「三格のこそのむすび」というのは、上の語に「こそ」が付いた場合の結びをどうするか

ということで、今なら已然形で結べというところだが、それを「けせてへめれね」と言ったのである。つまり、「明日こそ歩け」「今こそしませ」「今こそ待て」「今こそ偲べ」「今こそ歩め」「今こそ走れ」「明日こそ去《い》ね」ということである。

この歌で兎裘が、「切れ」という言葉を使っているのが少し気になる。「一は切れ」の「切れ」は、普通の終止言、すなわち動詞・形容詞・助動詞の終止形で結ぶことだが、名詞も終止言の類だといい、「俳諧ノ旧説ニ字止ト云ヘルモ此体言ヲ以テ止ルモノナリ」という。さらに「俳諧ノ切字ト云フハ此助動詞及ビ助詞ノ一種ト知ルベシ」と述べている。

兎裘の「切れ」は、現在言われる俳句の〈切れ〉とは異なるものであろうが、兎裘が終止や結びを「切れ」という言葉でとらえ、そこに〈切字〉との近親性を感じ取っていたことは、その後の論の展開を予感させるものだ。

本居宣長の論は、日本語の法則が分かったという驚きと喜びを多くの人に与えた。俳家たちは、その驚きを共有しようとしたのである。

彼らは、〈係り〉と〈結び〉という文脈の関係性によって俳句を捉えようとした。一方、現在の俳論は〈切れ〉を重視し、文脈の切断による連想関係を重視している。重要なのは、その両者の複雑な絡み合いの実相を見いだすことであろう。

現在の文法、特に小中高の学校で教えられている学校文法が、日本語のすべてを合理的に説明できているという保証はどこにもない。今、日本語学校で使われている文法は、学校文法とは少し違うものである。私たちには、まだ日本語の法則を捉え切れていないという謙虚さも必要であろう。

③ 俳句と文法論

『意匠自在発句独案内』にある楠蔭波鷗の切字論が、歴史的評価に値するものかどうかについては、もう少し吟味が必要かもしれない。

しかし、この楠蔭波鷗は興味深い宗匠である。後述するが波鷗は花簪《はなかんざし》の細工職人から俳諧宗匠になった人で、市井にありながら最新の国学を学び、〈切字〉について考えている。人気もあったらしく、『意匠自在発句独案内』は明治二十七年の第九版までの重版が確認できる。大変な売行きで、当時の俳家たちが、この面倒な文法論を競って読んだかと思うと、少々不思議な気持ちになる。

波鷗の国学の学びは留まるところを知らない。明治二十六年に「楠陰波鷗宗匠講義」として出版

	四段活の詞	一段活の詞
	飽押打逢住釣	着似干見射率
未然段	カサタハマヲ ばずでじ不ぬんまし	キニヒミイ井 ずでじ不ぬんまし
續用段	キシチヒミリ てきけん つけりなゝ畢ぬ	キニヒミイ井 てきけん つけりなゝ畢ぬ
斷止段	クスツフムル めりらんべきとども	キルニルヒルミルイル井ル めりらんべきとども
續體段	クスツフムル かなまでヨをより	キルニルヒルミルイル井ル かなまでヨをより
已然段	ケセテヘメレ ばどども	キレニレヒレミレイレ井レ ばどども

された『俳諧七部集講義』（米田ヒナ）には、前ページの活用表が掲載されている（図は一部）。「未然叚」に見えるが、これが「未然段」の誤植だとすれば、出典は、落合直文・小中村義象編『中等教育日本文典』（明治二三年）であろう。大槻文彦による洋学を取り入れた国文法が成立する直前の、国学による活用表の最終形とも言えるものかと思う。波鷗は最新の学識も学んでいたということである。

一方、その翌年に波鷗が刊行した『俳句友か、美』（栢原圭文堂、明治二七年）には、富士谷成章の活用表に東条義門が発見した「形状言（形容詞）」を合わせた表が載っている。

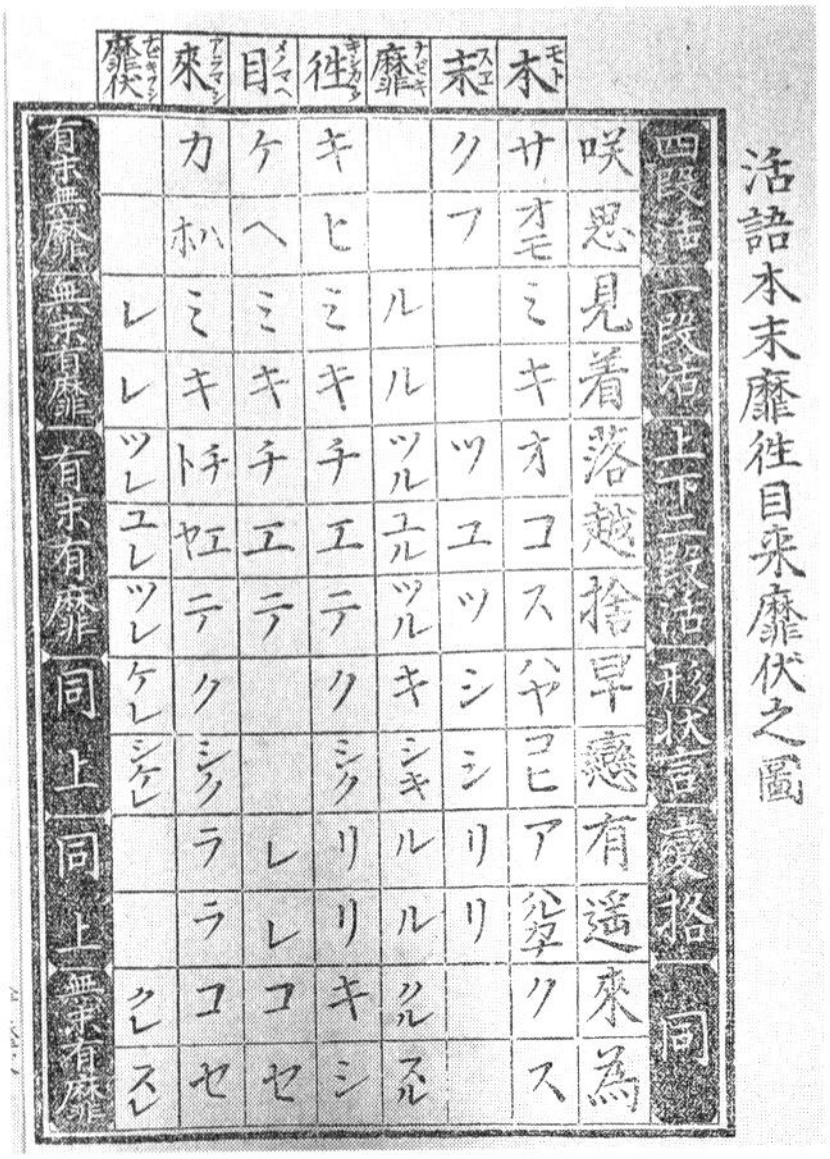

成章の『脚結抄《あゆいしょう》』の「装図」では連体形は「引靡《ひきなびき》」だが、ここでは「靡《なびき》」となっている。これが誰の説かは不明だが、活用表としてはこちらの方が古いかも知れない。波鷗自身の文法論ではないだろうが、当時の俳人たちが、日本語を極めようと真剣に国学を学んでいたという事実は知っておくべきであろう。この時期の俳諧作法書は、国学の成果を大衆化する役目を担ったものとして、国語学の研究者にも注目していただきたい資料である。

波鷗はいかなる人物であったのだろう。本名が中西善助、住所が「大阪市東区博労町一丁目番外四番屋敷」で、成田蒼虬の孫弟子であることまでは著書から分かるが、人物像が不明である。そこで大阪府立図書館に照会したところ、岡田柿衛著『俳人としての寿江女』(山崎常治良、昭和七年)をご教示いただいた。そのなかに「波鷗は姓を楠陰と云ひ、静風庵と号した。独身にして養女一人と居り、花簪の細工を職とし、傍ら俳諧を友として桜笠社に属し、鶴畝に師事して居た(中略)斯くて鶴畝の老後は静風庵が大阪の中心となり、明治三十年、四十年の頃には俳諧雑誌『蛙』を発行し彼の異彩ある俳論を戦はすと共に応募撰句をやつたのである」とあった。

波鷗は国学の専門家とは言えないようだが、花簪の職人が俳諧宗匠となり、さらに国学を学んで解説書を書いてしまうという辺りに、当時のこの国の文化の厚みが感じられる。あるいは士族が生きる糧としての花簪であったかもしれない。

資料の著者の岡田柿衛が柿衛文庫を創設した著名な俳文学者岡田利兵衛であることは言うまでもないことだが、資料の主人公の山崎寿江女という俳人が、その岡田柿衛の大伯母で、波鷗門だったのだそうである。

和歌の資料が国語史に現れることは多いように思うが、俳句は少ない。しかし、俳句もまた国学から近代言語学に移る時期に、最新の成果を人々に普及させるという働きを担っていたのである。

4　一茶受容史

ある作家の作品が世の中に受け入れられていった過程の考察を受容史という。明治期における小林一茶の受容は、近代俳句の形成にかなり大きな影響を及ぼしていたと考えられる。さらにそれは、単に俳壇の出来事ではなく、近代国家における望ましい国民像の形成にも関わる出来事であった。これは、俳句が社会に大きな影響を与えた十九世紀という時代においても、突出した出来事であったと考えられる。その事実を確認しておきたい。

①　一茶生前の受容

江戸で一茶と交流のあった俳家は多く、また信濃、下総、上総には一茶の門人や俳友が多くいて、彼らは一茶の受容者であったと言えよう。下総流山の秋元双樹や守谷の鶴老（義鳳上人）についてはよく知られている。また、上野にいた児玉逸淵との交流もよく知られている。

上田市立博物館に残る俳人番付『俳諧士角力番組』は、文政四（一八二一）年に江戸の浅草から出されたものだが、一茶が中央の柱に世話人の「差添《さしそえ》」として掲げられている。付き添いという扱いで、大家ではないがこまめに動き回っていた様子が思われる。

その他の地で、早くから一茶を葛飾派の代表的俳家と見なしていたのは大坂俳壇である。寛政十二(一八〇〇)年頃の京大坂の俳人番付に、葛飾派ではただ一人一茶が載るというが、これは一茶の師二六庵竹阿が宝暦・明和の頃、大坂俳壇再興に寄与し、その二六庵を一時継いだことのある一茶も大坂を訪問しているからであろう。大坂の俳家たちは、世話になった竹阿の庵号を継いだ俳家として一茶を迎え入れ、その名を記憶したようである。後述するが、その痕跡は明治期の俳書にも残されており、明治前期に大阪で出版された俳書には一茶の句がよく引かれている。

② 一茶没後の受容

一茶の没後、門人で信州飯山藩の御用油商であった西原文虎が『一茶翁終焉記』(文政一〇(一八二七)年)を記し、また信州の門人十四名が『一茶発句集』(文政一二年序)を刊行している。また、天保・弘化時代には、信州中野の山岸梅塵が『一茶発句集 続編』(未刊)を編み、「一茶十七回忌・父梅堂追善」という名目で『あられ空』を刊行。さらに寺島白兎による一茶十七回忌の大和綴じ冊子が発行されている[6]。これらは門人による地域的な活動である。当時、江戸から出されたいくつかの類題集を見たが、一茶の句が多く収録されている集は見いだされなかった。

ところが嘉永元(一八四八)年、墨芳・一具編『俳諧一茶発句集』二巻が刊行されると、状況が変わりはじめる。版元は江戸の山城屋佐兵衛で、かなり版を重ねたらしい。一具は、陸奥福島の浄土宗の僧であったが、四十三歳で江戸に移り、著名な宗匠となっていた。

そこに信州中野の有明庵白井一之によって『おらが春』(嘉永五年序)が刊行され、一茶の人気は一気に高まったようである。『おらが春』の文章（俳文）が、一茶の人となりを人々に伝えたからであろう。

一之は、逸淵から序を貰い、その弟子の西馬に跋を書いてもらっている。というより、これは逸淵が勧めた刊行だったかも知れない。逸淵は上野の俳人だが、一茶と交流があり、信濃を訪ねてもいる。弟子の西馬は江戸に出て一家を成し、著名な俳人となっていた。この二人が序と跋を書いたことが、『おらが春』の価値をさらに高めたと思われる。

安政元（一八五四）年、『おらが春』は江戸の須原屋から『一茶翁俳諧文集』という名で再刊される。需要もあったのだろうが、一之、逸淵、西馬ともに存命中のことだから、このうちの誰かに、そうした才覚があったということかもしれない。

その結果と思われるが、文久元（一八六一）年の『書画価格録』という目録には、芭蕉・千代女・蕪村・良太・宗久・士朗に続いて一茶が掲載されているというから、幕末の一茶はすでに著名俳人である。小林文雄『岩手俳諧史』（萬葉堂、一九七八年）には、幕末の話として「岩谷堂の竹堂の如く遠く信濃の一茶に私淑して、特異な俳風を全国俳壇に投げかけて居た」などとあるから、幕末の一茶は、すでに全国的に知られた存在であったと考えられる。

③ 明治期の俳家による一茶の受容

明治三十年に、信州出身の宮沢義喜・宮沢岩太郎編『俳人一茶』（三松堂松邑書店）が「正岡子規校」として刊行されて版を重ねたため、この本によって一茶が世に広まったと考える人も多いが、この頃の一茶は、すでによく知られた俳家であった。

明治十一年六月、白井一之（有明庵）が、郷土の人々とともに三たび『おらが春』を刊行している。巻頭に菱池の題字と序が加えられ、巻末の「発売書林」「売捌所」には、一之のほか、西沢喜太郎（長野町）、中村利貞（柏原村）、山岸清左ヱ門（中野町）、白井亮（中野町）の名がある。最後の白井亮の住所は一之と同じであるから、一之の子息であろう。

特筆すべきは、この本が東京の好文堂からも刊行されていることである。「出板人」は白井茂兵衛（一之）で同じだが、発行所は東京市神田区錦町三丁目七番地の好文堂。「発行兼印刷者」は小池保正である。「明治十一年六月出版」とあり、これまでは長野県版と同日の発行と考えられており、この東京版があったために一茶が全国的に知られるようになったと考えられてきた。

ところが、東京書籍商組合編『日本書誌学大系2』（青裳堂書店、一九七八年）に収められた『東京書籍商伝記集覧』（大正元年）の「小池保正」の項には、

生国ハ信濃中野ニシテ小学校ノ教員タリ、郡役所ノ吏員タリシガ明治二十六年三月実業ニ志シテ出京シ、日本橋区馬喰町興文社ノ店員トナリ、勤続五年明治三十一年三月ヲ以テ退店シ、直チニ現在地ニ書籍店ヲ開始シ今日ニ及ブ。

と書かれているから、実際の出板は明治三十一年以降ということになる。好文堂の住所も同じであるから、小池が出店前に刊行したとも考えにくい。この人の生地が信濃であろうことは予想してい

たが、刊行年を書き改めずに復刻していたとは考えていなかった。これまでは明治中期に一茶を全国に広めたのはこの東京版であろうと思われていたのだが、それは違うかもしれない。むしろこの東京版は、子規の文章が載る『俳人一茶』に触発されて後印されたものかもしれない。

とすると、明治期に一茶を全国に広めた功績は、西馬の弟子の三森幹雄に譲られることになる。

矢羽勝幸は、幹雄が『明倫雑誌』三十三編（明治一六年発行）で、一茶を高く評価していることを報告している。「俗言中の雅を取て広く文を成さしめむとせしもの也」として「露ちるや各《おのおの》明《あ》日《す》ハ御用心」「家内安全とさきけり梅の花」の二句が紹介されている。愚考するに、これは当時まだ教導職であった幹雄が、そうした意識で選んだ句であろう。教訓調なのである。

明治二十年代半ばには、幹雄編『俳諧自在法　一～十一の巻』（庚寅新誌社、明治二五・二六年）が刊行される。各地の弟子に向けた通信教材のようなものだったと思われるが、そのなかに、一茶の句がかなり引用されていることに注目したい。師系の逸淵、西馬が慕った一茶は、幹雄にとっても一門のような存在だったのだろう。一茶が国学を学んでいたことも、国学派の教導職の幹雄には好ましいことだったと思われる。

「発句を作る方」の項には「巣の鳥の口あく方や暮の鐘」「野大根の花となり鳧《けり》なく雲雀」「出代やいづくも同し梅の花」「夜に入れば直したくなる接木哉」「朝顔にはげまされたる夏書哉」「此雨はのつ引ならじほと丶きす」などが引かれている。滑稽句や境涯句ではなく、月並調とも言うべき句が選ばれていることに注目したい。幹雄自身の句にも、一茶のこうした句の影響があるように思う。明治の月並調の背後には、一茶の影もあるのではなかろうか。

矢羽も指摘しているが、明治二十六年に刊行された『俳諧名誉談』（庚寅新誌社）でも幹雄は一茶を取り上げて、

先生元より仏心に志し深く、敢て継母を恨ます。異母の弟に家を譲りて（中略）一茶翁の口調皇国《みくに》の俗言を活《いか》さんとせし故に。其詞の品々なるを人狂句の如く心得て一茶風といひしか。其深きを心得さるぞ、いとわりなき

と紹介している。一茶の句に深さを読もうとしている点に注目したい。また「皇国《みくに》の俗言を活《いか》さんと」という捉え方にも、国学派の幹雄の面目が感じられる。

一方、大阪に目を移すと、前節に登場した楠蔭波鷗が、明治二十五年刊行の『意匠自在発句独案内』（米田ヒナ、金川書店）に一茶の句を数多く紹介しており、大阪俳壇における一茶の受容は、江戸期から続いていたことが分かる。

引用されているのは、「巣の鳥の口あくかたや暮の鐘」「古桶や二文樒《ひそみ》も花のさく」「茶もつみぬ松もつくりぬ丘の家」「せい出してそよげ若竹今のうち」「朝寒や垣の茶筅の影法師」「今年米我等が小菜も青みけり」「我宿の貧乏神も御供せよ」などで、こちらも境涯句や滑稽句ではない。なかに「鷺からす雀のみづもぬるみけり」のように、出典を確認できない句も混じる。この本は明治二十七年に九版を出し、出版社を金川書店に移してさらに版を重ねているから、大阪近辺に一万人を超える読者がいた可能性がある。

さらに、これも大阪の弘業館から明治二十七年に刊行された秋月亭寛逸編『改筆季寄俳諧発句初まなひ』にも「発句作例」として「竹にいさ梅にいさとや親すゞめ」「山をやく明りにくたる夜舟哉」「まかり出て花の三月大根かな」「鹿の親篠ふく風にもどりけり」「魂だなや上坐してなくきりぐす」「人をとる茸やはたして美しき」などが引用されている。大阪俳壇における一茶は、すでに発句の指標的存在になっていたようである。

この時期、長野県においても、一茶の評価はさらに高まったと思われる。明治二十六年、『東京日日新聞』『時事新報』の選者で、穂積永機の阿心庵を継いだ小平雪人が柏原を訪問し、一茶の価値を説いたといわれる。ただし、これ以前から一茶に傾倒していた地元の俳人は多く、雪人によって一茶の価値に気づかされたということではなさそうである。

明治三十年には、樹葉編『月と梅』が「祖翁二百年紀念建碑会」として小県郡国分寺から刊行されるが、その付録として「曾良　白雄　一茶句集」が載っている。一茶は既に「曾良　白雄」に並ぶ郷土の三大俳人だったわけである。

こうした状況を背景に、明治三十年に正岡子規校の『俳人一茶』が刊行され、版を重ねた。言うまでもなく、子規に原稿を依頼した編者の宮沢義喜と宮沢岩太郎は信州人で、一茶を全国に広めたいと考えていた人たちである。

明治四十四年に刊行された臼田亜浪編・楓関（渡辺千秋）・無辺（渡辺国武）述『楓関無辺　一茶俳句二色評』（好文堂）という本も興味深い。渡辺千秋と渡辺国武は兄弟である。諏訪郡長地村（現・岡谷市下諏訪町）に生まれ、知事や大臣を歴任し、兄は伯爵に、弟は子爵となった。編者の臼田亜浪もまた長野県北佐久郡小諸町の生まれである。

信州人たちの、一茶に対するこの熱情はどこからくるのであろうか。

長野県は、もともと信濃という一つの国であったが、江戸時代には、十九もの藩と天領に分割されていた。これは強靭な武田軍の復活を恐れたためだという説があるが、多くの鉱山が点在していたためもあるのではなかろうか。徳川家にとって、鉱山は貿易の生命線だったと思われるからである。

戊辰戦争では信濃のほとんどの藩が官軍に付くが、経緯は複雑で無理な出費も生じたようだ。明治になって各藩は困窮し、一揆が多発する。その勢力が中野に集結して、明治三年に中野騒動が起き、佐賀藩兵を主力とする政府軍によって鎮圧される。結果、五百名以上が逮捕され、二十名以上が処刑される事態となった。

この事件がきっかけで今の長野市に県庁が置かれるのだが、このような状況の「長野県」を一つにまとめていくのは容易なことではなかったろう。そもそも隣町は互いに「他藩」だったのである。人々は、「信州人」というアイデンティティを復活させる必要を強く感じていたに違いない。

そのとき一茶の生き方が、信州人の象徴として機能し始めたのではなかろうか。厳しい家庭環境に負けず江戸に出て学び、各地を旅して一家を成すが、欲は持たず、やがて故郷に戻って自然とともに農業で暮らす、という生き方と精神性は、信州人が典型とすべき人物像であった。

明治三十八年、突如一茶の「勧農《かんのう》の詞《ことば》」なる文章が現れる。芳野兵作著『先哲教訓 座右之銘』（裳華房）から農業関係の書物に転載され、やがて「勧農詞」として国語や修身の教材ともなって広がっていく。実際は伊那飯島の宮下正雰という人の作だったらしいが、こうなると、もはや一茶は信州を超え、日本の国民像の象徴となっていったというべきであろう。

考えてみれば、困窮する信濃の状況は、多かれ少なかれ全国のほぼ全ての地域にあてはまることで、日本全体がひとつの象徴的国民像を希求していたのである。

④ 明治の一茶ブーム

中田雅敏の『小林一茶の生涯と俳諧論研究』(角川書店、二〇一二年)には、新しい近世歴史観によって一茶が語られている。例えば、「士農工商」という身分制度は決して固定的な身分の上下関係ではなかったとして、「士農工商」を、相互に流動的な庶民の生活様態と捉え、そのいずれにも属さなかった「遊民」としての一茶の生き方を語っている。

士農工商に属さない俳諧師という存在は、江戸時代の社会状況を解明する鍵ともなるものだろう。一門を持つ「宗匠」は、まだ「商」であったかも知れない。だが、その「宗匠」をも捨てた芭蕉や一茶は、まさに士農工商の枠を超えた存在であろう。今日、芭蕉と一茶が突出した影響力を持っているのも、彼らが時代の経済構造から浮き上がった存在だったからではなかろうか。

明治期の人たちも一茶の魅力にとりつかれたようで、例えば次のような書物が一茶を語り始める。

明11『我春集・おらが春』有明庵一之編、逸淵序、西馬跋　長野 有明庵、東京 好文堂
明25『俳諧自在法 一・二の巻』三森幹雄著　東京 庚寅新誌社

明26　『意匠自在発句独案内』中西善助（楠蔭波鷗）編　大阪　米田ヒナ→金川書店
『俳諧自在法　四の巻』三森幹雄著　東京　庚寅新誌社
『俳諧自在法　五の巻』三森幹雄著　東京　庚寅新誌社
『俳諧名誉談』桐子園三森幹雄著　東京　庚寅新誌社
明27　『改筆季寄俳諧発句初まなひ』秋月亭寛逸編　大阪　弘業館
明29　『俳諧独学』大橋又太郎編　東京　博文館
明30　『月と梅』桂花序、渡辺千秋題字、鳳羽跋　長野　久保田儀左衛門
『連俳小史』佐々醒雪　東京　大日本図書
『俳人一茶』宮沢義喜・宮沢岩太郎編、正岡子規校　東京　三松堂松邑書店
『俳人一茶　2版』宮沢義喜・宮沢岩太郎編、正岡子規校閲　東京　三松堂松邑書店
『俳諧名家全伝』桃李庵津田南涛（房之助）編、泉々居穿井序　東京　三松堂松邑孫吉
明31　『消閑漫録』志村作太郎・岩崎英重著「一茶の気慨」　東京　興雲閣
『一茶大江丸全集』岡野知十校（俳諧文庫第一一編）　東京　博文館
明32　『俳人一茶　3版』宮沢義喜・宮沢岩太郎編、正岡子規校閲　東京　松邑三松堂
『座右之銘　先哲教訓（続　家庭教訓）』裳華房編　東京　裳華房
明33　『俳諧寺一茶追善集』俳諧寺三世一翁　長野　俳諧寺
『青年文学時文断片　2版』松霞子著「一茶の俳句」　大阪　武田交盛館
『硯海余滴』中川愛氷編「露の間の住家　小林一茶」　大阪　明昇堂

明35 『偉人の言行』俣野節村著「俳人一茶」 東京 大学館
『花紅柳緑誌』無腸公子著「気骨一茶」 京都 河合文港堂
『俳諧百話』吉木文（青蓮庵）著「一茶と臼人」 東京 金桜堂
『俳句小史』佐藤洽六（紅緑）著 東京 内外出版協会
『一茶大江丸全集 2版』岡野知十校 東京 博文館
『俳人一茶 6版』宮沢義喜・宮沢岩太郎編、正岡子規校閲 東京 三松堂松邑書店
『一茶俳句全集』大塚甲山（寿助）編序、鳴雪題句 東京 内外出版協会
明36 『一茶句集 上・下』俳諧寺社中校、碓房序、俳諧寺の沙弥某跋 東京 博文館
明38 『一茶俳句二色評』楓関千秋・無辺国武 私家版
『座右之銘 先哲教訓（続 家庭教訓）13版』裳華房編 東京 裳華房
『先哲教訓 座右之銘 13版』芳野兵作著「勧農の詞」 東京 裳華房
『一茶俳句全集 2版』大塚甲山（寿助）編序、鳴雪題句 東京 内外出版協会
明39 『風雲児女』町田源太郎（藍川）著 東京 読売新聞社
明40 『一茶俳句全集 3版』大塚甲山（寿助）編序 鳴雪題句 東京 内外出版協会
『名家奇文集』中川愛氷編「他力信心・蛙の野遊び 一茶坊」 大阪 藤谷崇文館
『短文百家選』中川愛氷編「露の間の住家・小林一茶」 大阪 藤谷崇文館
『滑稽妙文集』中川愛氷編「方便の極楽・子供と蛙 一茶坊」 東京 文学同志会
明41 『一茶一代全集』俳諧寺可秋編、桐陰鳳羽序 長野 神郷村 又玄堂

『一茶俳句全集 4版』大塚甲山(寿助)編、鳴雪題句　東京 内外出版協会
『古今名流俳句談』沼波瓊音・天生目杜南編、漱石題句　東京 内外出版協会
『古今名流俳句談 2版』沼波瓊音・天生目杜南編、漱石題句　東京 内外出版協会
『模範名家俳句大成』沼波瓊音編、露伴序、笹川臨風序　東京 東亜堂書房
『名家書翰集』薄田泣菫編「俳諧寺一茶の書翰」　東京 獅子吼書房

明42
『清新禅話』忽滑谷快天「芭蕉一茶の風流」　東京 井冽堂
『一茶俳句全集 5版』大塚甲山(寿助)編序、鳴雪題句　東京 内外出版協会
『国の光』坪井忍「一茶翁勧農の詞」　東京 報徳会
『人物の神髄』(机上図書館第18)伊藤銀月著「一茶の痩我慢」　東京 日高有倫堂
『日本奇人伝』町田源太郎著「俳諧寺一茶」　東京 晴光館
『俳聖五家集』天生目杜南編(類題)　東京 昭文堂
『鳴雪俳話と評釈』内藤鳴雪著「一茶の句十句」　東京 博文館
『滑稽百話』加藤教栄著「一茶の無頓着」　東京 文学同志会
『模範名家俳句大成 再版』沼波瓊音編、露伴・臨風序　東京 東亜堂書房
『黙想の天地』沼波瓊音著「一茶翁の特色」　東京 東亜堂

明43
『七番日記』一茶同好会編　長野 一茶同好会
『猫』石田孫太郎著「一茶と猫」　東京 求光閣
『先哲遺訓』(座右銘全集)藤原楚水編「勧農詞・小林一茶」　東京 実業之日本社

『農事講習教本』茨城県農会編「一茶翁勧農詞」　水戸　茨城県農会
『俳諧寺一茶』束松露香著　長野　一茶同好会・中村六郎
『地方経営小鑑』内務省「俳人一茶の生地と信濃物産販売購買組合」　東京　内務省
『地方行政史料小鑑』「俳人一茶の勧農詞」　東京　内務省
『楓関無辺一茶俳句二色評』渡辺千秋・国武共評　私家版
明44
『一茶大江丸全集　4版』岡野知十校　東京　博文館
『禅画百譚』大月隆編「俳仙一茶の侠禅」　東京　東京滑稽社
『親と月夜』沼隈郡青年会編「一茶翁勧農の詞」　東京　良民社
『楓関無辺　一茶俳句二色評』亜浪編　渡辺千秋・国武共評　東京　好文堂
『文詩奇観　五十四名家集』富塚徳行編「芭蕉一茶等」　東京　崇文館
『趣味之日記』桑田春風編「七番日記より・俳諧寺一茶」　東京　良明堂
『日本俳諧史』池田常太郎（秋旻）著　東京　日就社出版部
明45
『一茶大江丸全集　5版』岡野知十校　東京　博文館
『偉人の幼時』秋元己太郎著「俳人一茶と名吟」　東京　内外出版協会
『名家家訓　成功座右銘』河内夏山編「小林一茶」　東京　岡村書店

明治三十六・七年が少ないのは日露戦争の影響で、その後は年を追うごとに増加している。一茶ブームというべきであろう。書名から分かるように俳書ばかりではない。一茶は、新時代の生き方を模索する人々の指標ともなっていたのである。

⑤ 秋声会・博文館による一茶の活字化

秋声会は、明治二十八年十月に結成された俳句結社で、中心にいたのは、角田竹冷、尾崎紅葉、戸川残花、大野洒竹らである。新古の折衷を主義としていたため、江戸俳諧の紹介に努め、出版社の博文館と組んで一茶を活字化し、明治期以降の一茶の受容に大きな役割を果たした。

まず子規の校閲した『俳人一茶』より早く、秋声会に連なる大橋又太郎（乙羽）が『俳諧独学』において一茶を取り上げていることに注目したい。この本については、第三章の「8　その後の明倫講社」で紹介しているが、さらに詳しく言えば、この本は、奥付の編者こそ大橋又太郎であるが、実質的な著者は三宅青軒である。「例言」には「青軒三宅彦輔君の編する所、氏は京都の人にして、其祖父は俳豪花の本菫舎翁なり」とある（「菫舎」は「芹舎」の誤植であろう）。

大橋又太郎は、博友館社長大橋新太郎の養子となった人である。博文館は、当時、俳文芸の活字化を進めた出版社で、三宅青軒はその博文館の「文藝倶楽部」編集部にいて、後に小説家となった人である。八木芹舎の孫というから俳諧史にも造詣があり、内容の大方を青軒が書いて乙羽が整え、活字で刊行したということであったと思われる。とすれば、俳諧宗匠の知識が若い世代に伝わっていく過渡期の資料として注目される。

「一茶の風調」という項には「されど一茶は、仏道に志篤くして、敢て継母の無慈悲を怨まず、異母の弟に家を譲りて世を遁れしが」「我国の俗言を力めて使ひこなし」「なにやら狂句めきたる風あれど、併しよく〳〵其句意を翫索すれば、なか〳〵に高尚なる想を含めるなり」などと評し、「露散るや各々明日は御用心」などを引いている。

明治三十一年には、同じ博文館から岡野知十校の『一茶大江丸全集』が刊行され、明治末までに五版を重ねている。

また、大正二年には『名家俳句集』（博文館）の中に高梨一具補訂の「一茶発句集」が佐々醒雪と巌谷小波の校訂によって収録されているから、秋声会の人々が一茶の句を活字化する大きな力になっていたことは確かであろう。

⑥ 日本派による一茶の受容

正岡子規『俳句分類』「春の部」に引用された一茶の句は三十二句。「春立つや見ふるしたれど筑波山」「浦風にお色の黒い雛哉」「手のひらにかざつてみるや市の雛」「門番があけてやりけり猫の恋」「昼飯をたべに下りたるひばり哉」「魂も心おくかよ巣立鳥」「雀の子そこのけそこのけお馬が通る」「象潟や桜をたべて鳴く蛙」「おんひらひら蝶も金比羅参り哉」「蛙飛ぶや此世にのぞみないやうに」「夜に入れは直したくなる接木哉」などで、動物に偏っている。

子規が一茶の句集をどのくらい読んでいたかは分からないが、『俳人一茶』の解説では、子規は一茶の全体像を把握しているように思われる。

俳句の実質に於ける一茶の特色は、主として滑稽、諷刺、慈愛の三点にあり。中にも滑稽は一茶の独擅に属し、しかもその軽妙なること俳句界数百年間、僅に似たる者をだに見ず。〔中略〕一茶は不平多かりし人なり。〔中略〕一茶は熱血の人なり。〔中略〕俳句の形式に於ける一茶の特色は、俗語を用ゐたると多少の新潮を為したるとに在り。

こうした子規の評が、一茶の評価を滑稽に傾けたという批判はある。しかし、子規の言う〈滑稽〉は、俳諧の本質としての滑稽であって、決して浅薄なものではない。それは、一門の佐藤紅緑の『滑稽俳句集』（内外出版協会）の選句を見てもわかる。この選集に紅緑が選ぶ一茶の句は「春空を今こしらへる畑かな」「春風や牛に引かれて善光寺」「門前や杖でつくりし雪解川」「柳からももんぐゎと出る児哉」「大仏の鼻から出たる燕かな」「昼飯をたべにおりたる雲雀哉」「雀の子そこのけそこのけお馬が通る」「おんひらひら蝶も金比羅参り哉」「折てさすそれも門松にて候」「おらが世やそこらが草も餅になる」「持たすれば雛をなむる子供哉」「這へ笑へ二つになるぞ今朝からは」など味わい深い句である。

さらに紅緑は『俳句小史』（内外出版協会）で「一茶は当時の大異彩を添へた傑物」「俳句史上四百年間を通じて彼れが独擅に闊歩した滑稽的方面は、決して他をして其縄張に入れしめなかった奇物」「芭蕉蕪村以外に自家の畑を開拓した」「一茶は箒星」などと評している。

子規の「滑稽は一茶の独擅に属し」という評は、一茶の文学性を低く見た言説ではない。『俳諧大要』（ほととぎす発行所、明治三二年）に子規は、「滑稽もまた文学に属す。しかれども俳句の滑稽と川柳の滑稽とは自らその程度を異にす。川柳の滑稽は人をして抱腹絶倒せしむるにあり。俳句の滑稽はその間に雅味あるを要す」と〈滑稽〉の文学的価値を認めている。

この子規の滑稽観を、西洋美学の概念を使って理論化してみせたのが中川四明であった。四明は、明治三十九年に『平言俗語俳諧美学』（博文館）を刊行し、最後の章に「滑稽」を置く。これは、子規の「美の標準は文学の標準なり」（『俳諧大要』）という考えを、論理的、体系的に展開した本だと言える。

四明は、寒川鼠骨によって、夏目漱石、尾崎紅葉、水落露石、大野洒竹とともに「明治俳壇の五名家」の一人に数えられた東大予備門の教授で、京都に戻って関西俳壇の中心人物となった。この『平言俗語俳諧美学』の読者も多かったようで、明治四十二年には第四版が出ている。

四明は「悲壮」の美の対局に、優越による「滑稽」を置き、「尋常滑稽」「諧謔」「有情滑稽」の三種を示す。

「尋常滑稽」は、何事かと思ったが害がなかったという葛藤で、一茶の「陽炎や手に下駄はいて善光寺」「涼風のまがりくねりて来りけり」などが例句に挙げられている。

「諧謔」は「一時二物をして一物の如き想ひあらしむる」滑稽で、まず掛詞や枕詞がそれだとされ、一茶の「蕗の葉に飛てひつくり蛙かな」などが挙げられている。他に「外観の類似を笑う」「思い違い」「つくりかへ」「方言俗語」「換意《パロジー》」「倣大《カリカツール》」などがあるとされ、「倣大」の例として一茶の「早乙女か尻につかへる筑波山」が置かれている。また、「陽賛《イロニー》」と「諷刺《ザチリー》」は、「川柳に適して俳句には用ひ難し」と述べられている。

三つ目の「有情滑稽」は「フモール Humor」で、「滑稽美の至高」とされる。「観るものと観らる、もの」が同じ「人」であるから、「我みづから我を笑へる」ということになる。今で言えば、ヒューマニズムを基底に置いた笑いということになろう。「諧謔は理に愬《うった》え有情滑稽は情に愬ふ」と言い、「笑へる涙」だとして、一茶の「露ちるやあすはおの〳〵ご用心」、子規の「糸瓜咲て痰のつまりし佛かな」などが掲げられている。つまり、「陽賛《イロニー》」や「諷刺《ザチリー》」は他者を区別して笑うのであるが、フモールは、人類全体のおかしさを笑うのである。

おそらく四明は、ドイツ・ロマン派のジャン・パウルの『美学入門』（一八〇四年）を参照している。イロニーとフモールを並べて滑稽を論じる四明の方法は、現代においても、川柳と俳句の違いを考えるときの指針となる論であろう（『美学入門』は二〇一〇年に白水社から古見日嘉訳の新装版が刊行されている）。

⑦ 筑波会（帝国文学派）による一茶の受容

いわゆる新派の俳人たちの中で、一茶をもっとも早く、また高く評価したのは、佐々醒雪《さっさせいせつ》、沼波瓊音《ぬなみけいおん》、大野洒竹《しゃちく》、天生目杜南《あまなめとなん》ら、筑波会の人々であろう。

醒雪は『連俳小史』（大日本図書、明治三〇年）に、「一茶坊は成美の門人なりき然れども彼が天賦の奇才は到底師伝の羈束に堪えざりき、彼は破門を甘受して彼自身の俳諧を始めぬ、其滑稽詼謔の調専ら俗談平語を弄して而かも卑属に陥らざるは三百年の俳諧史中独り其の美を専らにする所なり」と述べている。これは明治二十七年から『帝国文学』に連載された文章で、内容にいささか問題はあるが、明治期の一茶の評価としてはもっとも早期のものである。

また瓊音は、『黙想の天地』（東亜堂、明治四三年）の「一茶翁の特色」で、俳句を知るには「一茶の句集を見れば沢山だ」と洒竹に言われたことを書いている。

杜南は『俳聖五家集』（昭文堂、明治四二年）で、宗因、鬼貫、芭蕉、蕪村、一茶を並べており、また、醒雪は巌谷小波《さざなみ》と刊行した『名家俳句集』（博文館、大正二年）に、高梨一具補訂の『一茶発句集』を入れている。

⑧ 教材として受容された国家主義の一茶

中田雅敏『小林一茶の生涯と俳諧論研究』には「一茶の教育教材化」という章が設けられており、明治四十三年の信濃教育会『補習国語読本』に始まる一茶の教材化の過程が詳しく述べられている。要約すれば、明治四十一年、俳諧寺可秋によって『一茶一代全集』に一茶作として載せられた「勧農詞」（実は他人の作）が、主に実業補習学校の副教材であった『補習国語読本』に収録され、当時の総合的「郷土」学習の教材に一茶が使われるきっかけを作ったということである。

その後の展開は中田の著書を読んでいただきたいが、少し付け加えると、『補習国語読本』刊行の前年八月に、東京の報徳会から刊行された坪井忍編『国の光』にも「勧農詞」が「一茶勧農の詞」として収録されている。また、明治四十三年六月に東京の実業之日本社から藤原楚水編『先哲遺訓』（座右銘全集）が出て、そこにも「勧農詞・小林一茶」という章がある。楚水が信州の生まれならまだ話は分かるのだが、大分県豊後高田市の人である。

『国の光』は、巻頭に「教育勅語」を置く国家主義の本である。信濃教育の郷土教育に先駆けて、あるいは同時進行で、報徳会のような国家主義の団体の一茶顕彰が進んでいたものと思われる。
一茶の生きた時代は、人々が世界の中の日本を強く意識した時代であった。寛政四（一七九二）年にはロシアのアダム・ラクスマンが根室に、文化元（一八〇四）年にはニコライ・レザノフが長崎に来て、国中が大騒ぎになり、一茶も「花おのおの日本魂いさましや」（文化三年）などの句を詠んでいる。一茶のこうした側面が、国家主義者によって、早くから受容されていた可能性も考えてみなければなるまい。何しろ、大正十三年、長野県上田市の蕉風俳諧研究会の西村実太郎による『一茶翁百年祭記念集発行の趣意』には、「忠君愛国の志」として一茶が顕彰されているのである。

⑨ 反権力としての一茶の受容

その一方で、一茶は反権力の人としての人気も高かった。志村作太郎・岩崎英重『消閑漫録』（興雲閣、明治三一年）は「一茶の気概」として次の文章を置いている。

加州候より使ありて短冊を乞はる、一茶乃ち缺硯の硯を払ひ、唾して墨摺り、禿筆にて書かんとせしを、ソハあんまりと使の詰れば、アナ面倒と其儘寝転びて取合はず、使者是非なく彼の言に任せければ、然らばとて「何のその百万石の笹の露」何たる洒落ぞ、又或時墨堤にて「土手縁りに江戸を眺むる蛙かな」風刺の上乗。

⑩　一茶の多面性

この逸話は、この後もさまざまな書籍に使われている。

さらに、日露戦争に反対した俳人として知られる大塚甲山が『一茶俳句全集』（内外出版協会、明治三五年）を編んでいることにも注目しておきたい。

甲山は青森県上北郡上野村（現・東北町）出身で本名は寿助。『平民新聞』の非戦論に共鳴して社会主義協会に入り、『新小説』に詩や随筆を発表。明治四十四年に三十二歳で歿した。

明治三十年、雑誌『文庫』（少年園、内外出版協会）の俳句欄に投句を始め、内藤鳴雪に認められて、三十四年に内外出版協会から鳴雪選評・甲山編『俳句選　第一編』を刊行する。このとき甲山は上野村在住のままであった。

その後上京し、内外出版協会の山形悌三郎の企画で『一茶俳句全集』を編纂して明治三十五年十二月に刊行。よく読まれたようで、四十二年に第五版が出ている。

甲山ははじめ岡野知十、巌谷小波、中山丙子《へいし》から資料や助言を得たが、句数の少なさや誤写の多さに気づき、「予これを憂へ東西にさぐりて無慮二千七百句を得」と「はし書」に書いている。一茶全句集の嚆矢と言ってよいだろう。

甲山が社会主義協会に入るのは後のことだが、一茶の句集を編纂する中で自己の世界観を構築していった気配がある。『評伝大塚甲山』（未來社、一九九〇年）の著者きしだみつおも、「甲山は、一茶の十七文字から、激しく告発する詩心を読み取っていた」と記している。

要するに一茶には、近代思想の多くが内包されているということである。

まず、外国を意識した上での〈国家意識〉があった。

その一方に、反権力の気概があって、告発の精神も読み取れ、弱者に平等の存在価値を認めようとする〈デモクラシー〉や〈ヒューマニズム〉に通じる精神がある。

また、自分の内面は唯一のものだという〈近代的自我〉の萌芽を見ることもでき、その自我は、都市の遊民として、貨幣経済社会をどう人間らしく生きるかという問題を抱え込んでいる。

その結果、明治時代の一茶は、一方で国家主義者のコンテンツとなり、一方で反権力、自然主義、自由主義を求める人々のコンテンツとして受容されていった。

その後も一茶は、管理社会からの脱却、身体性の回復など、現代思想のコンテンツとして受容され続けている。

どうやら一茶は、俳句史のみに抱え込める対象ではなさそうである。一茶の考察は、思想史、文化史、生活史に広がり、さらに地方と都市の問題などに広がっていく。おそらくそれは、一茶の表現が、狭隘な文芸思潮に縛られることなく、生きることを生のまま表出しているからであろう。

5　子規と旧派

近代俳句の祖とされる正岡子規は、しかし、近世俳句からの断絶を作りだしたわけではない。子規は、旧派の宗匠大原其戎の指導を受けており、俳句観はその影響下にある。

無季の句をも認め、切字を重視せず、有りのままの写生を説く子規の姿勢は、高桑闌更の『有の儘』の系譜に身を置く桜井梅室一門の俳句観を逸脱するものではない。

さらに子規は、膨大な数の近世俳句を分類し、類型や問題点を洗いだそうとした。おそらく子規ほど近世俳句を読みあさった人はいない。子規の『俳句分類』は、単に季題ごとに句を並べ替えたものではない。そこには、近世俳句の傾向と本質を把握しようとする執念とも言うべき問題意識がある。特に「丙号分類」は興味深い。季題の枠を離れて、内容、形式のさまざまな面から俳句分類を試みている。

要するに子規は、無批判に伝承を受け入れようとはせず、自身の手で近世俳句のデータベースを作り上げ、その全体像を把握した上で、俳句の文芸的価値の本質を捉え直そうとしたのである。近代科学の方法で俳句を捉え直そうとしたと言ってもよい。

その結果として生まれた〈写生句〉は、近世俳句の価値の一面をみごとに近代に蘇らせた。おそらくは闌更の『有の儘』をもヒントにした「有りのままの写生」は、近代俳句の起点となっていく。〈写生句〉は、江戸時代になかったものではない。例えば、太白堂一門の北見山奴《さんぬ》が寛政十(一七九八)年に編んだ類題集『田ごとの日』にある山奴自身の句を読んでみればよい。そこには、子規の〈写生句〉と見まごう句が並んでいる。

畑うちや土竜《もぐら》のはしる藪境　　山奴
手まりつく畑のほこりや花大根　　〃

朝露の重たく落る早苗かな　〃

この目に映る景の一つ一つを愛おしんでいるかのような詠みぶりは、子規の『散策集』（明治二八年）の次のような句に通じるものだ。

露草や野川の鮒のさゝにごり　子規
馬の沓《くつ》換ふるや櫨《はぜ》の紅葉散る　〃
二の門は二町奥なり稲の花　〃

『散策集』は、清国からの帰国の途で喀血し、療養後に故郷に戻った子規の眼差しから生まれたものだ。それは、死を覚悟した人が、その精神の深みにおいて捉えたこの世の輝きなのである。だが、その方法は、それまでになかったものではない。子規は、江戸期のあまたの俳句の中から、西洋文学の理念とも合致する〈写生〉を選び取ったのである。

一方で子規は、後世に残すべきではないと考えた俳句を〈月並《つきなみ》〉と呼んで切り捨てた。〈月並〉には二種類あり、ひとつは国学思想によって観念を肥大させた〈教訓調〉で、もうひとつは識字率の高まりが生みだした〈類型化〉であった。よく問題となる〈技巧〉は、〈類型化〉の問題に含まれる。〈技巧〉自体が問題なのではなく、使い回されて手垢の付いた〈技巧〉が〈月並調〉なのである。

子規は、その〈教訓調〉と〈類型化〉を敵に回し、古来からの俳句史に浮かぶもっとも優れた上澄みを掬い取ろうとした。その象徴が蕪村だったということである。

したがって、子規は俳句の伝承を切り捨ててはいない。むしろポストモダンの立ち位置から、行き過ぎた〈文明開化〉を切り捨て、江戸期の俳句の上質な部分を近代に繋げたのである。

① 幕末の松山の俳家たち

松山は、やはり俳句史において特別の地である。寛永十二（一六三五）年、伊勢の桑名藩から俳諧好きの松平定行がやってきて、松山は俳句の地となった。

文化十一（一八一四）年に歿した栗田樗堂は、この地の十九世紀俳壇の祖とすべき人であろう。寛政年間に一茶が二度も訪ねているのは真宗門徒としての縁もあってのことと言われているが、加藤暁台に学び、井上士郎とも交友があったというから、国学的世界観も共有していたと思われる。

その樗堂の一門が活躍していた十九世紀の松山に、記憶しておくべき俳家が三人現れる。奥平鶯居、内海淡節、大原其戎である。

鶯居は、江戸詰のときに田川鳳朗に入門し、後に鳳朗を松山に招いている。幕末には松山藩筆頭家老として藩兵を率いて長州に立ち向かったが、明治期には俳人として活躍。明治十四年に『愛比《え ひ》売《め》新報』の別冊俳誌『俳諧花の曙』が創刊され、その選者となった。これは日本最初の週刊俳誌とされているのだから、鶯居は俳句の近代化を促進した俳家の一人である。

淡節は、娘婿の良大とともに勤皇の志士である。松山藩は親藩であったが、藩内には勤皇派もいて、藩の行く末について意見が割れていたという。そのなかで、幕府側のままでは藩の将来が危ういと見ていた一人が淡節であった。

淡節は俳諧に生きると決めて京に上り、桜井梅室のもとに身を寄せるが、その梅室の背後には二条家の俳席があった。

二条家は初め攘夷派であったが、やがて公武合体に動く。淡節も公武合体派のはずで、幕府を潰そうということではなく、ただ松山藩の将来のために天皇への恭順を勧めていた人である。

其戎は、文化九（一八一二）年、伊予国（愛媛県）三津浜に生まれた。家は代々松山藩御船手《ふなて》大船頭で、太物商（綿や麻を扱う店）も営んでいた。父の沢右衛門も四時園其沢《きたく》を名乗る俳家で、親子ともに俳諧の方に熱心だった。

父の歿後、四時園を継いだ其戎は、万延元（一八六〇）年、地元の大可賀に芭蕉句碑を建立して上洛する。多くの俳句史がここで梅室に入門したと書くが、梅室は既に嘉永五（一八五二）年の冬に鬼籍に入っている。上洛した其戎は淡節に学んだと考えたほうがよいだろう。ただ、梅室の生前から文音でのやりとりはあったと思われる。

二年後、其戎は二条家から俳諧宗匠の免許を得て帰郷。四時園として活発に活動する[7]。

ただし、すでに書いたとおり、明治七年に刊行された教林盟社の結成記念句集『真名井』（明治八年）に其戎の名はない。一方、明治九年刊の広田精知編『開化人名録』には其戎が紹介されており、無名だったわけではないことが分かる。やはり其戎は、意図的に『真名井』への参加を避けたと考えるべきであろう。

明治十年ごろ其戎は明栄社を興し、十三年に活版の俳誌『真砂の志良辺《しらべ》』を創刊する。これは全国で三番目に古い活版の俳誌とされている。

其戎は、同年の年末に東京で創刊された『俳諧明倫雑誌』(明倫講社)に初めから参加している。やはり其戎は、教林盟社の結成を喜んでいなかったということだろう。第三章にも書いたが、其戎から見れば、淡節こそが教林盟社の社長となるべき人だったのではなかろうか。

活版の月刊俳誌『真砂の志良辺』の刊行は画期的なことであったが、俳句のほか狂歌、都々逸なども載せた文芸誌はもう少し早く活字化が始まっている。第一章にも記したが、俳句を掲載した当時の雑誌の創刊を一覧にしておこう。

明治9年10月『風雅新聞』岡野伊平編、東京 開新社
明治10年11月『魯文珍報』仮名書魯文編、東京 開珍社
明治11年10月『月とスッポンチ』仮名垣魯文編、東京 興聚社
明治12年1月『俳諧新報』松田聴松編、東京 正風社
明治12年3月『此花新誌』花顚道人、大阪 金蘭社
明治12年7月『新聞俳諧大熊手』萩原乙彦、東京 風交社
明治13年1月『真砂の志良辺』大原其戎、愛媛 明栄社
明治13年1月『俳諧友雅新報』谷口篤蔵、伊勢 成蹊社
明治13年12月『俳諧明倫雑誌』三森幹雄、東京 明倫社

明治14年6月『俳諧花の曙』奥平鴬居、愛媛 愛媛新報

松山で発行された『真砂の志良辺』と『俳諧花の曙』が、この時期に始まる俳誌活字化の先頭集団を走っていたことが分かるだろう。

其戎には、活版メディアによって、松山に俳句の中心を作ろうとする意識があったと思われる。事実『真砂の志良辺』には、広く各地から投句がある。

其戎の試みは、地方俳誌の活版化現象の一つと見られ、過小評価されてきたように思う。だが『真砂の志良辺』は、中央をまねて活版化した俳誌ではない。彼は全国俳壇の動きを知っており、東京に先駆けてこの俳誌を創刊したのである。そのことの意味が小さいはずがない。其戎は、歴史を動かそうとした俳家の一人であった。

松山から活版の俳誌が出た物理的な要因は、活版印刷所の開設にある。『愛媛新聞』の創刊が明治九年。少なくともこの時点で、松山に活版印刷所が作られたことになる。

其戎はそれを見逃さなかった。あるいは、商家である其戎の家に、印刷所から広告などの誘いがあったのかもしれない。いずれにせよ其戎は、俳句を新しいメディアに乗せることを思いつく。

若い世代から見れば、これは画期的なことであったはずだ。今で言えば、SNSで句会が始まったようなものである。だからこそ明治二十年七月、勝田主計《しょうだかずえ》は、俳句に興味を示した正岡子規と柳原極堂を其戎に紹介したのである。其戎の妹の孫であった主計は、一族にこんな人がいると、誇りを持って二人に引き合わせたのである。

言うまでもなく極堂は十年後に『ほととぎす』を創刊する。主計は大蔵官僚となり、やがて大蔵大臣、文部大臣などを歴任する。其戎の前に現れた三人の若者は、近代日本の未来を変える力を持った逸材たちであった。彼らに、これからの社会を動かすメディアの可能性を示したのは其戎である。それは、十年前にはこの世に存在しないメディアであった。

しかし、なぜそれは松山から始まったのか。そのヒントは、『真砂の志良辺』と時を同じくして、伊勢から『俳諧友雅新報』が刊行されているところにある。

伊勢も伊予も、多くの人を集める観光地である。江戸初期、伊勢から伊予にもたらされた俳諧文化は、二百五十年を経て、活版という新しいメディアの上に花を開かせた。それは職を失った武士たちが慣れぬ仕事に苦労していた時代であった。各地とも旧武士階級を巻き込んだ産業の復興が急務になっていたのである。

愛媛県立図書館の大原其戎関係資料の中に、其戎の明栄社が主催した『道後旧湯月社・伊佐爾波神社永額四季発句句合』の募集チラシの複写がある。それを見ると、文音所（投句先）の最初に「温泉楼」「原町門田酒店」の名がある。とすればこの「句合」は、松山の観光産業を巻き込んだ〈町おこし〉の一つだったはずなのである。地域を巻き込んでの産業であったからこそ、伊勢と松山の俳誌の活版化は早かったということである。

② 子規の出自

子規の本名は常規《つねのり》。幼名は処之助《ところのすけ》で、のちに升《のぼる》と呼ばれるようになる。現在の松山市駅の北側で生まれた。家族は、両親に加え、曾祖父の後妻の小島ひさという人が同居。ほかにハルという家事をする女性がいた。

明治元年、現在の松山市駅の東に越すが、翌年、失火で全焼。次の年に妹の律が生まれ、その翌年、父隼太が四十歳で他界。子規は女性四人に囲まれて育つことになる。

子規が残した『筆まかせ』によれば、玄祖父はお茶坊主で、曾祖父は棒術やくさり鎌を教えたという。祖父の話がないが早世したのだろうか。

その後、佐伯氏から父隼太が養子に来るが、子規は「父は武術にもたけ給はず。さりとて学問とてもし給はざりし如く見ゆ」「大酒家なりしことは誰も言ふ処にて　毎日〳〵一升位の酒を傾け給ひ」と書き、評価は低い。

しかし、明治三十一年七月、河東碧梧桐の兄宛ての手紙に添えた自己の墓碑銘に、子規は父のことを記している。

正岡常規又ノ名ハ処之助又ノ名は升
又ノ名ハ子規又ノ名ハ獺祭書屋主人
又ノ名ハ竹の里人伊予松山ニ生レ東
京根岸ニ住ス父隼太松山藩御
馬廻リ加番タリ卒ス母大原氏ニ養
ハル日本新聞社員タリ明治三十□年

□月□日没ス享年三十□月給四十円

ここで子規は、自分自身のアイデンティティとして特記すべき事項を厳選している。最後の「月給四十円」は、子規のリアリズムの象徴というべきものであろう。

では、なぜここに「父隼太松山藩御馬廻リ加番タリ卒ス」と記されているのか。文武ともに優れず、大酒を飲んで四十歳で死んだ父の存在が、なぜ役職とともに記される必要があったのだろう。この疑問に答えるには、まず「御馬廻リ加番」がいかなる地位であったかを知る必要がある。

谷光隆は『考証 子規と松山』（シード書房、二〇〇五年）に、松山藩における「御馬廻リ加番」の立場を詳らかにしている。

東洋史家の谷は、子規の墓碑銘が十一世紀北宋の詩人、欧陽脩の『瀧岡阡表』を元にしていると考え、「出来得る限り父に栄誉を与えようとする意図」で書かれたとする。

たしかに直観的にも、これは子規が父を称えようとした文であろう。そもそも「卒す」は五位以上の貴人に使う言葉である。問題は「御馬廻リ加番」の地位であろう。

谷自身の高祖父が松山藩の「御馬廻リ加番」だったということで、家に残る資料などから「御馬廻」は「原則として家禄百石以上の身分、すなわち知行取（上士）に宛《あて》行われる役職」で、「お馬廻加番」は、「異国船の渡来を契機として警備体制の強化を図る必要から、（中略）家禄八十俵～九石の蔵米取（中士、下士）も多数これに加わるようになった」とし、子規は馬に乗るようになった父を誇りとしたのではないかという。

納得させられる内容で大変参考になるが、ひとつ気になるのは、父隼太の結婚相手が、松山藩の儒学者、大原観山の長女ということである。観山は昌平坂学問所に学び、その舎長も務め、松山に戻って藩校明教館の教授となった人である。そのような人の長女が、加番としてようやく馬に乗るようになった若者に嫁ぐというのは、通例のことだったのだろうか。

河東碧梧桐の『子規言行録』（政教社、昭和一一年）に、律の話として、同居していた小島ひさが、酔うと「小島家は、こんな正岡家のやうな成上りもんぢやない、キンキンのお侍ぢや」と語ったということが書かれている。「成り上り」は侮蔑だろうが、これが隼太が「加番」になったことだとすれば、かつて隼太は、身分以上に見所のある若者だったのではあるまいか。だからこそ跡継ぎのいなくなった正岡家に養子に呼ばれ、お馬廻り加番に成り上がり、藩校教授の長女が嫁してきたのである。

その隼太が酒ばかり飲む人となったのは、明治新政府がかなり乱暴なやり方で武士階級を解体したからであろう。

幕末は、下級武士が成り上がることのできる時代であった。そこに着目すれば、明治維新を革命と呼ぶことも可能だ。時代は人材を求めており、例えば地方農民の子であった渋沢栄一が、将軍の傍で働くというようなことが現実に起きている。正岡隼太も、その力を認められて「お馬廻リ加番」に取り立てられたということではなかったろうか。

おそらくその契機は異国船対策ではない。長州との戦いである。筆頭家老奥平貞臣（鶯居）が率いる松山軍は、元治元（一八六四）年、禁門の変の御所警護に向かうが、隼太はその予備軍あたりではなかったろうか。

だが、時代は変わり、武士という身分そのものがなくなる。隼太は、新政府に未来をむしり取られた人である。

子規の世界観の原点には、松山と長州の立場の違いがある。それは成り上がる途中で折れた父の自意識に重なる。それが「御馬廻リ加番タリ卒ス」と墓に記したこととの意味であろう。

子規の内面は、終生、幕末を引きずっている。少年時代に自由民権運動に染まったのも、叔父の加藤拓川の推しで藩閥政治を批判する新聞『日本』に入社したのも、みな明治新政府に対抗する世界観に基づいてのことである。

その後の『ホトトギス』も、高濱虚子が明治四十五年一月号に、「我等仲間といふものの解体」と宣言するまでは、東京に置かれた松山俳句文化のアンテナショップの趣きがある。子規は、死ぬまで伊予国松山藩の人であった。

③　其戎と子規

『真砂の志良辺』における子規の学びについては、すでに昭和四十年代から和田茂樹の論考があり、其戎の添削についても報告されている。子規には其戎の選や添削を受け入れた部分と受け入れなかった部分があったようである。

子規は、『筆まかせ』の「大原其戎先生の手書写し」に、「余が俳諧の師は実に先生を以てはじめとす而して今に至るまで未だ他の師を得ず」と記す。

けれどその一方で、明治二十五年六月二十七日付の、河東秉五郎《へいごろう》（碧梧桐）宛て書簡には、

小生昨日曾てより馬鹿にしきつたる真砂のしらべの中の連甫翁の句を見て、実にはぢ入中候
余は今迄我眼低くして、真砂のしらべの中に、かほどの名句あることを知る能ハざりし訳に御坐候

其例

年古き棟木めでたし煤払　　　連甫
年男何をいふても笑ひけり
青くさき山のくさミや苔清水〔以下四句略〕

とあって、『真砂の志良辺』に掲載された句を「馬鹿にしきつ」ていたと吐露しながらも、そこに学ぶべき句もあったことを記している。

ここに、子規の建前と本音を読む人がいるかもしれない。しかしこれは、数年間の子規の俳句観の進展であろう。子規はこの時期、『真砂の志良辺』との関わりの中で、自己の俳句観を確立していったということである。

④　子規と切字

愛媛県立図書館に残された大原其戎関係資料のなかに、明治二十年の資料として『発句切字要伺

記』という手控えのような稿本の複写があることは既に書いた。それは元木阿弥『俳諧饒舌録』の「凡例」の写しであった。

『発句切字要伺記』は、〈切字〉についてさらに詳しく聞き質したいというニュアンスだろうが、それが『俳諧饒舌録』の写しということになると話は複雑になる。前述したとおり、『俳諧饒舌録』は、〈切れ〉とともに、文脈の係り受けの考察を主眼とした俳書なのである。

其戎が、子規に〈切字〉について語った記録はないが、結果として子規の〈切字〉観は、きわめて相対主義的、機能的なものとなっている。後に『獺祭書屋俳話』に収録される新聞『日本』明治二十五年九月十三日付の記事「俳諧麓の栞の評」には、

然れども切字なる一虚語が此の主客両観の間に立ちて何程の功用を為すかを怪まざるを得ざるなり

という一節がある。これは『俳諧麓の栞』の著者、撫松庵兎裘《ときゆう》の非論理的な〈切字〉観に対する非難であろうが、子規が〈切字〉全般を「虚語」と考えていた可能性もある。

また、明治三十二年に「ほととぎす発行所」から刊行された『俳諧大要』の「第五　修学第一期」には、

一、初めより切字、四季の題目、仮名遣等を質問する人あり。万事を知るは善けれど知りたり

とて俳句を能くし得べきにあらず。文法知らぬ人が上手な歌を作りて人を驚かす事は世に例多し。俳句は殊に言語、文法、切字、仮名遣など一切なき者と心得て可なり。しかし知りたき人は漸次に知り置くべし。

とあり、さらに、同年、『ホトトギス』に発表した「俳句の初歩」に至っては、〈切字〉に触れてさえいない。

子規が〈切字〉を否定したということではない。子規の俳句には、〈切字〉と呼び得るものがいくらでも存在するし、子規の『俳句分類』丙号には〈切字〉による分類もある。ただ、子規は、その〈切字〉を、俳句の必要条件として絶対化してはいない。これは、大原其戎の考え方に重なるものかも知れない。

其戎の師は桜井梅室。子規が〈月並〉と呼んだ天保の三大家の一人であるが、いかに子規がそれを軽んじようと、子規は梅室の系譜にいる。だからこそ、子規は梅室の俳句をよく理解し、西洋の哲学や文学論によってそれを超克し、〈近代俳句〉を作り上げた。

梅室は、平明で合理的な俳論を展開し、迷信や因習に囚われない俳諧を広めた人である。謎めいた〈秘伝〉を否定し、無季の発句も作った。その一門の其戎も、子規に俳諧を勧めず、発句だけをゆるやかに指導し、謎めいた〈切字〉を押しつけることもなかった。それゆえに、子規の合理性が存分に発揮されたということもあったのではなかろうか。

ただし、子規の『俳句分類』丙号における〈切《きれ》〉の分析は、かなり詳細なものである。『分類俳句全集』（アルス、昭和四年）によって、そのことを確認しておこう。
子規の〈切〉の考察は、まず「ぬ」から始まり、見出しは次のように記されている。

ぬ切（第二句の終＝りぬ）

この「切」は「きれ」としか読み得ないものであろう。子規が「切字ぬ」と言わず「ぬ切」と表現していることには注目しておきたい。そこには、「切」を機能的に捉えようとする意識があるように思われるからである。この「ぬ切」に対しては、「からうじて山田実のりぬ落水《おとしみず》　几董」を先頭に例句八句が記されている。
同様に、以下の分類が続く。

ぬ切（第二句の終＝イぬ）　「白雨にはさまれ行ぬ馬の上　如行」他八句
ぬ切　「灯籠を三たびかゝげぬ露ながら　蕪村」六句
かな（第一句ニアルモノ＝春）　「桜哉箒の先にかゝる迄　皐堂」他八句
かな（第一句ニアルモノ＝夏）　「法師哉漬梅老て紫蘇衣　兼葭」他七句
かな（第一句ニアルモノ＝秋）　「こよひかな帚橋をなす貸小袖　口楽」他七句
かな（第一句ニアルモノ＝冬）　「枝も哉嵐の木葉霜の花　宗砌」他十句
かな（第二句）除句尾ニアル者（第二句尾）除名詞ヨリツヅク者

かな（第二句ニアルモノ）「天皇の御著替も哉田面の露　露歓」他七句
よ切（命令話シカケ）「若草にはや浮世かな末の露　昌察」他十四句
よ切（名詞ヨリツヾク）除命令詞話シカケ「恨むなよ暮れぬ里ありや花の春」他十四句
「山梨よ桜につきぬ花の色　宗春」他十九句
よ切（形容詞ヨリツヾク）除命令詞話シカケ
「物いはじ只さへ秋の悲しさよ　舟泉」他二十二句
よ切　除命令話シカケ　除名詞形容詞ヨリツヾクよ
「雲の峰これにも鳶の舞ふ事よ　之房」他八句
ぞ切（初五）「請合ぞ母の機嫌もかひこ時　蒼狐」他七句
ぞ切（切字）「口もとにある名そあれは草の花　路青」他一句
ぞ切（第二句ノ終ニアルモノ＝名詞ヨリ続クモノ）
「石の矢の立つべき時ぞ五月雨　涼岱」他七句
ぞ切（第二句ノ終）除「名詞ヨリ続クぞ」
「どれ一つ取てのけうぞ草の花　かや」他四句
ぞ切（句尾ニアルモノ）「蛤のふた見に分れ行く秋ぞ　はせを」他十二句
つ切「薄見つ萩やなからむ此ほとり　蕪村」他十句
や（第三句にあるもの）「年毎に松は喰ふて年ふるや　卜尺」他二十二句

す切　「遠の鹿雨の夜明に二声す」他十六句
や＝かな（春＝天文）（地理）　「塩かまや烟をたゝぬ霞哉　紹巴」他七句
や＝かな（春）天文地理木ナシ　「藤波やさかり帰らぬ春もかな」他十一句
や＝かな（春＝天文）（地理）（木）　「桜戸やとふもいざよふ山路哉　肖柏」他六句
や＝かな（夏）（秋）（冬）　「常盤木や水も色そふ紅葉哉　紹巴」他十二句
やけり　「名月《はや》十歩に銭を握りけり　其角」他二十句
や（第一句にあるもの　但し最終を除ク）
「萩や声鼾東西々々と　児斎」他十三句

子規は、季題という内容面だけでなく、〈切〉という形式面に関してもかなり精緻な分析を試みていたということである。だから何が分かったということではないが、子規が近世俳句の全体像を、誰よりも把握していたということは信じてよいであろう。

子規は、句末というより句中の〈切〉を注視している。しかし、句末の〈切〉が採取されているものもある。分類の基準があったというより、その基準を探すための分類作業だったと思われる。〈切〉に続いて〈止《とめ》〉の分類がある。「は止」「ば止」「に止」「へ止」「と止」「ど止」「を（最終字）」「か止」「の（最終字）」「や（最終字）」「て（最終字）」「も止」が、それぞれさらに詳しくいくつかの種類に分類されている。

こちらはすべて句末が注視されている。〈止〉とは、句末の形態のことだったようだ。

続いて、〈係り結び〉が分類されている。

ぞや係結違法　ル結ナシ　「旅ぞよし田植と共に物くはん　鶏冠」他五句
の係けり結（一句ト二句）　「草の実の袖につきけり川原風　美知彦」他十二句
の係けり結（二句ト三句）　「小娘の綿取る袖のふくれけり　泥足」他十三句
の係けり結（一ト三）（同句）　「秋風の人の心に立ちにけり　雅因」他十三句
の係なりたり結　「夕顔のしぼむは人の知らぬ也　野水」他九句
の係し結　除ケリ結　「蒲の穂の長し短し秋の風　五明」他七句
の係形容詞し結　一ト二　「夕顔やあるじの所作のなつかしや　我蜂」他八句
の係かな結　「山鳥のさわぐは鹿のわたる哉　暁台」
誰何係結違法　「月今宵何を限りに鎖すべし　応美」他五句
ぞやかの係る結　「花芒払子ぞ人の行へなる　独笑」他七句
る（毎句最終字）　「行春を近江の人と惜しみける　はせを」他六句
ける切（ぞやかの係ナキモノ）　「月の塩河原の院の芋なりける　如生」他六句
る切（ぞやかの係ナキモノ）ケルナシ　「蝶いかに草こそはゆき風情なる　吐鳳」他十句
き止　係ナキモノ　「嵐吹て蕣《あさがお》の花美しき　馬泉」他十五句
こそ係え列結　「炭売のおのが妻こそ黒からめ　重五」他十九句
こそ（句の最後にあるもの）　「初桜また追々にさけばこそ　利雪」他七句

こそ係名詞止又ハ下ニ接続スルモノ　「さればこそ桜なくても花の春　春荷」他二句
こそ（定式の結語なきもの）　「さればこそ時雨はぬるし松の雪　常炬」他二句
こそ係結違法　「折らで行く袖こそ花の色香哉」他九句
ぞやの係エ列結　「踊見の車立てぬぞ本意なけれ　素丸」他十五句
め切　除こそ係　除ぞやかの係　「寐る所ありて行らめたつ小蝶　北枝」他六句
ね切れ切　除こそ係ぞやかの係　「鳴く鹿もさかるといへばをかしけれ　団雪」他十三句

〈係り結び〉は古代日本語の法則であったが室町時代にほぼ消滅した。長く忘れられていたその法則を再発見したのは、第二章に記したように本居宣長である。

宣長の『てにをは紐鏡』（明和八〔一七七一〕年）や『詞の玉緒』（天明五〔一七八五〕年）に記された〈係り結び〉の法則はブームとなって世に広まっていった。それは当時、現状を打破するために国家の有り様を古代の姿に戻すべきだとする国学思想が広まっていたからである。国の姿を本来の形に戻そうと考えている人たちに、〈係り結び〉の法則は、この国の言葉の本来の姿として染みわたっていった。

すると、そこに新しい俳句の見方が生まれる。従来、〈切字〉や〈留め〉などの〈切断〉によって句を理解しようとしてきた俳句の〈読み〉に、言葉同士の関連性によるニュアンスを読み取ろうとする視線が生まれたのである。

この後、子規の分析は「自他不一致」「其外文法違反」「切字無キ句（を廻し）」「切字無キ句（ばにをても廻し）」「切字無キ句　除ばにをて廻し　真の切字無シナシ」「切字無キ句」「へ（第二句第三字目＝直ニ動詞にツヅクモノ）」「へ　助辞（第二句の三字目）除四字目動詞」「へ（第二句）三字目ヲ除ク」「へ　除第二句」などと続いていく。関心のある方は、子規の『俳句分類』の最後の部分を読んでいただきたい。

子規は、大学の哲学科から文学科に移り、最新の文学論を学んでいたはずだが、しかし明治二十年前後の文法論は、まだ確立されたと言える水準ではなかった。というより、むしろ国学の成果に頼っている段階であった。したがって、『俳句分類』の用語にもあいまいな点はある。けれど、そのなかで子規は、近世俳句の様態を把握しようとしていた。こんな努力をした人はほかにはいない。多く用例を集めたと言われる山田孝雄の『俳諧文法概論』（宝文館、一九五六年）でさえ八八四ページの一冊本である。子規の『分類俳句全集』は、各巻五百ページ以上で二段組み、十二冊となる。どう考えても子規は、近世俳句を、ほかの誰よりも継承した人であろう。

⑤ 子規の旧派性

子規は、明治という時代の変わり目に活動した俳家として、さまざまな面で旧派の作法を踏襲している。

しかし、それは子規の欠点ではなく、子規がそれまでの俳句文化を踏まえた上で、近代俳句を練り上げたということの証しであろう。

明治二十五年、新聞『日本』が発行停止処分を受けたとき、子規は、

君が代も二百十日は荒れにけり

と詠んで周囲に俳句の価値を認めさせたというが、これは子規の言う「月並」の手法であろう。

また、水雷砲艦「千島」の沈没に際して、

もの丶ふの河豚にくはるゝ悲しさよ

と詠んでいるのも同様である。この句など、「4　維新前夜の俳句」で紹介した『殉難草』に載る句と同じ水準の比喩で詠まれている。

さらに、明治三十三年の作で、子規の代表句にも数えられている、

鶏頭の十四五本もありぬべし

は、大岡信が指摘するように、前年に書かれた写生文「根岸草廬記事」中の碧梧桐の作がモチーフになっていることは明らかだ(7)。碧梧桐の写生文には、次のように書かれている。

或る日子規子の庭にある鶏頭がひとり言を言った。今年の夏から自分等の眷属十四五本が一処

に半壺程の中に育てられたが初めの内は松葉牡丹にさへ圧しつけられるやうな有様、「鶏頭」が語り手となっており、夏目漱石の『吾輩は猫である』に先行する擬人法の写生文として注目されるものだが、そこに「眷属十四五本が一処に半壺程の中に育てられた」とあるのだから、子規の句が翌年になって一年前を思い起こした句であることは間違いなかろう。

だが、大岡の指摘はまだ控えめと言うべきだろう。なぜなら碧梧桐の写生文は、次のようにまとめられているのだから。

我々は此主人の庭に生長して千辛万苦を経て漸く他の草花を圧倒して来た処を思へば主人の経路と甚だ似て居る部分が多いやうに思はれる。此似た経路を踏んで来て今いくらかの名誉を担ふて此主人の土となるのは寧ろ我々の本望であるのだ。

つまり、この「十四五本」は、明らかに子規の門弟の数なのであって、ならば、それを受けた子規の句の「十四五本」は月並調と言わねばならない。そう読んだ虚子はこの句を採らず、句集にも収めなかった。しかし、成立事情を知らない斎藤茂吉などが写生の範として喧伝してしまったのである。

平板な叙景と見えるものが実は人事の比喩になっているという手法は、江戸時代からよく使われる手法で、それがパターン化して見えれば月並調であろう。

しかし、こうしたことがこの句の価値を低下させるということはない。子規自身にも、そこに俳句として別の思いを加えたという意識はあったろうし。その後の人々の読みが、この句を豊かなものにしていることも明らかだ。俳句は、さまざまな意味や解釈を含みながら悠然と空に浮かび続ける大きな器である。

だが、一年前の事象を、このように句にまとめ直せるという子規の手腕は、やはり旧派から引き継いだものと言わなければならない。

明治二十六年七月、「はて知らずの記」の旅に出るにあたり、子規は旧派の宗匠である三森幹雄に会いにいき、沿道の諸俳家に宛てた添書きを貰っている。これもそれまでの旧派の作法を踏襲してのことである。

松山版『ほととぎす』に載った俳句大会の広告には「正岡子規宗匠」とさえ書かれており、虚子や碧梧桐には、お前たちは月並を知らないが自分はよく知っているとさえ語っている。まったくそのとおりで、子規は、江戸期の俳句を私たち以上に知っている。それに気づかないとこちらが勘違いをしてしまう。

今泉恂之介は『子規は何を葬ったのか』（新潮社、二〇一一年）で、子規の「俳句問答」の「老鼠と言ひ永機と言ふ人、幾人《いくたり》もありとばかり覚えて、よく其の人を区別せず」という一文を「喧嘩を売った」と解しているが、そうではなく、実際に永機は複数いたのである。確かにここで子規は永機に低評価を与えているが、むしろこれはそれを和らげるための「よくは知らないけれど」というニュアンスの一文であろう。永機の門流は江戸の有力な点者の系譜を継いでおり、号も先代を踏襲する傾向があって、晋永機の父、六世其角堂鼠肝も永機を名乗っている。それ以前にも永機はいたと思われる。

さらに前述のとおり、子規は『俳句分類』において、『俳諧饒舌録』の影響とも思われる係り結びによる分類さえ試みている。

近代文学史に位置付けるなら、確かに子規は古典主義ではない。自然主義の潮流の源流に置くべき人かもしれない。つまり、過去の作品を踏まえた書き方よりも、個人の内面を重視する立場であって、子規はそれを〈写生〉と言った。これは、子規が大学で〈洋学〉を学んだ結果、理論化したものだ。ゆえに子規は〈新派〉と呼ばれ、近代俳句史の出発地点に位置付けられている。

だが、子規は江戸期からの俳諧文化を十分に自分のものとしていた。そのことを忘れてはいけない。「子規の旧派性」という見出しは、子規を貶めてのものではない。子規が江戸俳句の潮流を誰よりも身につけた存在だったと言っているのである。

⑥ 子規歿後の俳壇

子規歿後の俳壇に、旧派の宗匠はどのくらい残っていたのであろうか。

子規が歿した翌年（明治三十六年）に刊行された大阪の無界坊山田淡水編『俳諧千々の友』（山田仁三郎）には、東京の部だけでも次のような系統が記されている（これはすべてを網羅したものではなく、おおよその流れを類別したものである）。

去来系　芭蕉→去来→冷秋→為山→松左笠→照月
其角系　芭蕉→其角→老鼠肝→曾湖十→風湖十→昇江左→螺鼠肝→永機
　　　　介我→介我→桂花→兎州園桂島
　　　　芭蕉→其角→湖十→万和→漁千→禾木→春湖→採花→梅郊
雪門系　芭蕉→嵐雪→吏登→蓼太→完来→対山→椎陰→鳳州→梅年→碧海
　　　　　　　　　　　　蓼太→宜麦→青蛾→岱阿→雀志→葵陽
　　　　　　　　　　　　蓼太→寥松→禾葉→氷壺→如白→麗玉
伊勢派春秋庵系　芭蕉→乙由→柳居→鳥酔→鳥明→白雄→碩布→逸淵→西馬→幹雄
伊勢派菊守園系　芭蕉→乙由→柳居→鳥酔→鳥明→白雄→道彦→護物→見外→菊外
　　　　　　　　　　　　　　　　　　　　道彦→乙彦→松雄→梅雄→栄松
名古屋系　芭蕉→木因→巴雀→蓮阿→暁台→士朗→芝石→羽州→浅水
　　　　　芭蕉→北枝→希因→闌更→蒼虬→蘆風→羅風
飛鳥園系　芭蕉→杉風→宗瑞→一叟→一叟→貞翁→羽人→三令→三祥
白兎園系　　　　　　宗瑞・・・・・・・・・・・・蕉花軒
伊賀蕉門　芭蕉→猿雖→猿親→猿親→猿雷→雷煙→雷山
　　　　　素堂→馬光→素丸→野逸→白芹→道旧→菊雄→楓涯→彩秋

多様な系統の旧派が残っていたことが分かる。六十八人の掲載でこれだけの系統が記されていることとには驚くしかない。繰り返すが、これは子規歿後の資料である。為山が去来の系統におかれていることも不思議である。静岡や長野には数名残るが、その程度である。

全国では五百四十五人が紹介されている。そのうち百五十六人が大阪の俳家で、うち三十七人が其角系の俳家だが、これは編者の淡水自身が大阪に住む其角系の宗匠であるから当然の傾向であろう。また、大阪には北枝を師系に置く人が二十人いるが、みな希因、蘭更とつなげており、乙由を書く人がいない。大きく伊勢派と括ってしまうことの多い系譜だが、やはりこの二つの流れには違いがあるのだろう。貞門（松永貞徳の門流）が八人残っているのも大阪らしいことである。

これまでの俳句史で見落とされてきたと思うのは桃妖の存在である。掲載された大阪の俳家百五十九人中三十二人が桃妖を師系に置いている。言うまでもなく桃妖は、『おくのほそ道』の旅で芭蕉が長逗留した山中温泉の宿屋の子である。当時十四歳だったと言われているが、その師系が、明治後期に大阪でこのように広がっていたということは、これまであまり認識されてこなかったのではなかろうか。「3 俳句と国学」で紹介した楠蔭波鷗もこの系列にいる。

さて、これだけの旧派が残存していたとすれば、高濱虚子や河東碧梧桐の仕事の評価も少し考え直さないといけないかも知れない。子規歿後の俳句史は、碧梧桐と虚子の対立ばかりがクローズアップされるのであるが、彼らの眼前には、まだあまたの旧派の宗匠が全国に点在していたのである。

例えば明治四十一年からの碧梧桐の全国行脚は、虚子に対抗してのものというよりも、各地に残存する旧派を日本派に取り込むための旅であったと考えた方がよい。むろん内在的な文学的希求あってのことではあるが、碧梧桐は旧派に対抗し、新傾向俳句によって、徹底的に旧派の月並調とは異なった俳句を生みだそうとしたということである。

一方、内藤鳴雪、佐藤紅緑、寒川鼠骨は、秋声会の森無黄や角田竹冷、筑波会の佐々醒雪や笹川臨風とともに、通信教育の事業を行っていた東京の貞金近松が主宰する大日本俳諧講習会に協力し、明治四十三年一月から『俳諧講義録』を刊行する。これは四十三年八月の十二号まで続き、さらに大正期にも臨時増刊号が出されている。これは会員制の購読で、会員は月に十句の添削を求められるというシステムであった。

総ルビの編集で、初心者用の通信教育のようなものだが、これを旧派の宗匠が購読していた形跡がある。鳴弦文庫に、茨城県東茨城郡の四世北翠庵高木歩月の蔵書が一箱あるが、そのなかにこの『俳諧講義録』数冊が混じっているのである。

北翠庵や歩月について詳細は不明だが、伊勢派の菊守園系の俳家かと思われる。大正前期の地域での活動が残されているので、明治末期に『俳諧講義録』で学んで宗匠となった可能性もある。旧派と言えども、時代の新しいメディアによって学習していたということである。

『俳諧講義録』以外にも、旧派の若手に読まれた新派の俳書は多かったと思われる。博文館や俳書堂から刊行される活字本の俳書は多い。

かくして旧派は徐々に新派に融合し、一門独自の伝承によって門流を繋ぐ人たちは減少していく。それでも教林盟社の系統や、京都梅黄社の『俳諧鴨東新誌』は昭和にまで活動の痕跡を残し、美濃派の以哉《いさい》派など独自の作風や式目を守る人たちは各地に残っていた。明治四十五年に刊行された

『明治俳豪の俤』（霞吟場）には、写真も付して旧派の流れを汲む二百六十二人の宗匠が紹介されている。

だが、これ以降のことは本書の守備範囲を超える。二十世紀以降の俳句史が、旧派の実体をも踏まえて書き直されることを願うばかりである。

注

（1）大辻隆弘「調《しらべ》から韻律へ——子規におけるリアリズム的言語観の成立」『短歌』角川書店、二〇一七年十月号。

（2）乾裕幸「芭蕉・疎句の響」、宮本三郎編『俳文学論集』笠間書房、一九八一年。宮本三郎の退官記念論集である。

（3）ルートヴィヒ・クラーゲスの『リズムの本質』は、さまざまな訳が出版されている。架蔵本は杉浦実訳『リズムの本質』（みすず書房、一九七一年）である。

（4）坂野信彦『七五調の謎をとく——日本語リズム原論』（大修館書店、一九九六年）は諸説を踏まえ新たな視点を示しているが、連歌や俳諧連歌への視線がない。

（5）「BLOG 俳句新空間」https://sengohaiku.blogspot.com/2020/01/129-007.html

（6）矢羽勝幸『新資料による一茶・白雄とその門流の研究』（花鳥社、二〇二二年）に翻刻が載る。

（7）二神將『二神鷺泉と道後湯之町』アトラス出版、二〇〇三年。

（8）このことは、すでに拙著『虚子と「ホトトギス」』（本阿弥書店、二〇〇六年）で指摘した。

おわりに

昨今、近代俳句は一茶に始まるという論を見かけるようになった。当然のことと思うが、それは一茶だけのことではない。夏目成美《せいび》も田川鳳朗《ほうろう》も、新しい時代の俳句を模索していた。月並の代表のように言われている桜井梅室《ばいしつ》も、評価すべき俳家である。『俳諧七部集』に倣って無益な式目を廃し、秘伝を否定し、無季の発句をも詠んだ。まさに梅室は俳諧自由の先駆者であり、子規はその門流に連なっている。

教林盟社を作りだしたのも梅室の門流だが、彼らが他の門流を抱え込んだ組織を作ろうとしたことが近代俳句の始まりであった。彼らは、旧弊な宗匠俳句の残党と見られているが、そうではなく、国家神道という枠組みによって俳句界を再構成しようとした近代人である。

だからこそ彼らは文明開化の概念や事物を詠み、太陽暦を取り入れて世論を牽引しようとした。近代概念の取り込みも太陽暦の採用も、俳人個々の発想ではなく、国学思想にもとづいた時代の潮流と考えるべきであろう。

国学を信じた俳家は、当時の進歩的知識人であった。勤王派にも佐幕派にも、幕臣にも公武合体派にも国学を学んだ俳家はいて、それぞれの立場でこの国の近代化に力を尽くしていた。旅によって情報を収集し、各地の人々のつながりを作りだしたのも俳人であった。
実は俳人とは、世界や人間を、その時代の最新の知性で捉えたいと願う人たちである。十九世紀の俳家に、その知性を保証したのが国学であった。

国学は、歴史の捉え方を示し、言葉の見方を教え、人々に世界観を与えた。当時の俳家は、その世界観によって句を詠み、明日の行動を決めた。

国学によって国文法が見え始め、〈切字〉という括りが、文法の括りと合わないことに気づく俳人が出てきたのだと思われる。彼らは〈切れ〉は否定しなかったが、〈切字〉には距離を置き、統辞論的な視点から俳句を読み解き始める。『俳諧天爾波抄《てにはしょう》』や『俳諧饒舌録』については、さらに検討される必要があるだろう。

今言われている「俳句の常識」のほとんどは、近代になって作り上げられた伝説である。〈俳句〉は、発句だけから生まれたものではないし、無季の発句は存在した。切字も絶対的な概念ではない。

いつの時代も俳句史は誤解に満ちている。なぜかといえば、俳句史を語る人の多くが、俳句のあり方について自分の理想を持ち、それに適合する都合のいい事実だけを歴史から掘り起こしてしまうからである。切字が重要だと思う人はその根拠を探し、季語が大切だと思う人はその理由を探す。
それは、俳句の理解に少しは役立つかも知れない。けれどそれらは、少なくとも科学的な考察ではない。学問でもなく、ただのプロパガンダに過ぎない。私たちは、俳句というものの実相を、まるごと知ろうとすべきである。

本書は令和三年から二年にわたって本阿弥書店の『俳壇』誌に連載させていただいた稿がもとになっている。コロナウイルス禍中のことで、調査が十分でなく、細部にいくつかの誤りもあった。当時の読者諸氏にはお詫びを申しあげる。だが、そこで述べた論の骨格は重要なことであった。『俳壇』誌編集長の爲永憲司氏の我慢強いお支えに感謝を申しあげる。

今回、気づいた誤りを正し、稿の多くを書き直した。原稿を整理してくださったのは新曜社の渦岡謙一氏である。渦岡氏は、私の一冊目の著書『子規の近代』の編集もしていただいている。心から感謝を申しあげる。また、視力の衰えた私をサポートしてくれた妻にも感謝しなければならない。不思議な縁だが、渦岡氏も妻もかつては純粋数学の学徒なのであった。

とはいえ、本書が不完全であることは言を俟たない。もう少し時間があれば、とも思う。しかし、私に残された時間を考えると、そろそろ論の骨格くらいは残しておくべきと考えた。本書の不十分な箇所を、さらに埋めてくれる次世代に期待するばかりである。

私の俳文学への関心は、高校時代の堀越祥先生の古典の授業に始まる。六十年も前のことだが、今も松永貞徳の「しをるゝは何か杏子の花の色」のご講義が心に残っている。

大学では井上敏夫先生に、卒業後は飛田多喜雄先生に国語教育学を学んだ。国語教育学は、きわめて学際的な学問である。そのことが、俳句学という発想のきっかけとなっている。

中古文学の木越隆先生からは学問への自由な発想を学び、中世文学の外山映次先生には文学への国語学的なアプローチを、また漢詩の仕組みを緒方暢夫先生にお教えいただいた。

本書の核の一つである国語学は根上剛士先生に、近世文学は松本旭先生に学んだ。卒論にまとめた近代詩歌の韻律論は日沼滉治先生にお導きいただいた。当時私は良い学生ではなかったが、考えてみれば、本書の契機はすべてこの青春時代の学びにある。

教職を辞した後の大学院で、綿抜豊昭先生に書誌学をお教えいただいた。そこで作成した明治期俳書のデータベースが本書の基礎となっている。連句は丹下博之先生にご指導いただいた。

お導きくださった先生方に、心から感謝を申しあげる。

令和七年二月

鳴弦文庫にて

秋尾　敏

主な参考文献（引用文献については各章末の注に記した）

大川茂雄等編『國學者傳記集成』大日本図書、明治三七年
上田万年監修『国学者伝記集成 続編』國本出版社、昭和一〇年
松井利彦『近代俳論史』桜楓社、一九六五年
大塚毅編『明治大正俳句史年表大事典』世界文庫、一九七一年
市川一男『近代俳句のあけぼの』三元社、一九七五年
谷峯蔵『芭蕉堂七世内海良大』千人社、一九七七年
三宅清編『新編富士谷御杖全集 第七巻』思文閣出版、一九七九年
島居清・櫻井武次郎編『梅室関係俳書集』古典文庫、一九八八年
鈴木勝忠『近世俳諧史の基層』名古屋大学出版会、一九九二年
東明雅編『芦丈翁俳諧聞書』私家版、一九九四年
加藤楸邨等監修『俳文学大事典』角川書店、一九九五年
富田志津子『二条家俳諧——資料と研究』和泉書院、一九九九年
鎌田東二『平山省斎と明治の神道』春秋社、二〇〇二年
井上勝男『開国と幕末変革』講談社、二〇〇二年
谷光隆『考証 子規と松山』シード書房、二〇〇五年
松尾真知子『天野桃隣と太白堂の系譜並びに南部畔李の俳諧』和泉書院、二〇一五年
岩田真美・桐原健信『カミとホトケの幕末維新』宝蔵館、二〇一八年
鵜飼秀徳『仏教抹殺——なぜ明治維新は寺院を破壊したのか』文春新書、二〇一八年
金田房子・玉城司編『鳳朗《ほうろう》と一茶、その時代——近世後期俳諧と地域文化』新典社、令和三年

ま　行

や　行

ら　行

わ　行

な　行

は　行

た　行

さ　行

事項・書名索引

あ 行

か 行

や　行

ら　行

わ　行

ま　行

な　行

は　行

さ　行

た　行

か 行

人名索引

〔主に江戸期に活躍した俳人については俳号を見出し項目にした〕

著者紹介

秋尾 敏（あきお びん）

昭和25年、埼玉県吉川町（現吉川市）生れ。千葉県野田市在住。本名、河合章男。

埼玉大学卒業、図書館情報大学大学院修了（修士〔図書館情報学〕)、筑波大学大学院修了（博士〔情報学〕)。

「軸」俳句会主宰、俳句図書館鳴弦文庫館長。

平成３年、第11回現代俳句協会評論賞、令和２年、第75回現代俳句協会賞受賞。

全国俳誌協会会長、現代俳句協会副会長、野田俳句連盟会長。

日本ペンクラブ、日本文藝家協会、俳文学会等会員。

主な著書に『子規の近代』（新曜社)、『虚子と「ホトトギス」』（本阿弥書店)、『俳句の底力』（東京四季出版)、『河東碧梧桐の百句』（ふらんす堂)。

新曜社

子規に至る
十九世紀俳句史再考

初版第１刷発行　2025年３月15日

著　者　秋尾 敏
発行者　堀江利香
発行所　株式会社　新曜社
〒101-0051
東京都千代田区神田神保町3-9
電話（03)3264-4973(代)・FAX(03)3239-2958
e-mail　info@shin-yo-sha.co.jp
URL　https://www.shin-yo-sha.co.jp/
印刷所　星野精版印刷
製本所　積信堂

ISBN978-4-7885-1875-9 C1091